Anita Brookner
Seht mich an

ANITA BROOKNER

Seht mich an

ROMAN

Mit einem Nachwort von Daniel Schreiber

Aus dem Englischen
von Herbert Schlüter

EISELE

Besuchen Sie uns im Internet:
www.eisele-verlag.de

Die Originalausgabe »Look at Me«
erschien 1983 bei Jonathan Cape, London.

Taschenbuchausgabe
1. Auflage März 2025

© 1983 Anita Brookner
© 2023 der deutschsprachigen Ausgabe
Julia Eisele Verlags GmbH, Lilienstraße 73, 81669 München
© der deutschen Übersetzung: Piper Verlag GmbH,
München 1987
Alle Rechte vorbehalten
Bei Fragen zur Produktsicherheit wenden Sie sich bitte an
info@eisele-verlag.de
Gesetzt aus der Quadraat Pro
Satz: LVD GmbH, Berlin
Druck und Bindearbeiten: CPI books GmbH, Leck
ISBN 978-3-96161-256-7

1 Sobald eine Geschichte bekannt geworden ist, kann sie nie wieder unbekannt werden. Allenfalls kann man sie vergessen. Doch solange sie in unserem Gedächtnis lebt, wird sie, die Zeit überwindend, auch unsere Zukunft bestimmen. Weiser ist unter allen Umständen das Vergessen, weiser ist es, sich in der Kunst des Vergessens zu üben. Sich erinnern heißt, dem Feind ins Angesicht zu sehen. In der Erinnerung liegt die Wahrheit.

Ich heiße Frances Hinton, und ich schätze es nicht, wenn man mich Fanny nennt. Ich arbeite in der Präsenzbibliothek eines medizinischen Forschungsinstituts, in dem die Probleme des menschlichen Verhaltens untersucht werden. Ich verwalte das Bildmaterial, ein Archiv, das, wie es heißt, seinesgleichen in der Welt nicht hat, mit seinen fotografischen Wiedergaben von Kunstwerken, aber auch von volkstümlichen Drucken, auf denen Ärzte und Patienten aus allen Jahrhunderten zu sehen sind. Es ist eine Enzyklopädie der Krankheit und des Todes, denn früher konnte man nur wenige Krankheiten heilen, und wohl deshalb übten sie eine so schaurige Faszination auf die Fantasie der Zeitgenossen aus. Unser spezielles Interesse gilt den Träumen und dem Wahnsinn, und natürlich liegt das Schwergewicht unserer Sammlung eher auf allem, was sich dem planen Verständnis oder der Diagnose entzieht. Es gibt menschliche Verhaltensweisen, die uns ein Rätsel geblieben sind, aber wenigstens haben wir sie ordentlich in unserer Bibliothek registriert.

Ich arbeite mit meiner Freundin Olivia zusammen. Wir schreiben an die Museen und Gemäldegalerien wegen der Fotografien. Sobald sie bei uns eintreffen, kleben wir sie auf Karteikarten und tippen alle sachdienlichen Informationen darüber auf einen Papierstreifen, der dann ebenfalls auf die Karteikarte geklebt wird. Es ist außerordentlich interessant, wenn auch auf eine etwas makabre Weise. So viele Irre, so viele Gefängnishospitäler, so viel Elend. Und dass es immer noch weitergeht, dass so vieles ungelöst geblieben ist. Aber das ist glücklicherweise nicht mein Problem, obschon es offenbar den meisten der Leute, für die ich arbeite, großes Kopfzerbrechen bereitet.

Nehmen wir zum Beispiel die Melancholie. Ich könnte beinahe eine Abhandlung über die Melancholie schreiben, und das allein dank den Blättern in meiner Kartei. Auf den alten Drucken findet man die Melancholie für gewöhnlich als Frau mit zerzausten Haaren dargestellt, verstört, umgeben von zerbrochenen Krügen, umgestürzten Fässern und zerrissenen Büchern. Sie ist vielleicht in einen unruhigen Schlaf versunken, eine schwergliedrige Gestalt, überwältigt von ihrer Unfähigkeit, die Welt zu verstehen; sie hat den Kompass und das Buch beiseite gelegt. Sie ist Furcht erregend, aber der Mensch, dem sie am meisten Furcht macht, ist sie selbst. Sie ist ihre eigene Krankheit. Dürer stellt sie uns geflügelt dar, in einem plumpen weiten Kleid, auf dem strähnigen Haar einen Kranz. Ihr Gesichtsausdruck ist grimmig und ihre Verwirrung groß; sie ist umgeben von den Symbolen für das Studium, die Pflicht und das Leiden: eine Glocke, ein Stundenglas, eine Waage, eine Weltkugel, ein Kompass, eine Leiter und Nägel. Manchmal wird diese Gestalt auch inmitten von wucherndem Unkraut gezeigt, über dem Haupt ein Spinnengewebe. Ein andermal schaut sie aus dem Fenster zum Vollmond hinauf, denn sie ist mondsüchtig. Ist aber ein Mann von Melancholie befallen, dann, weil er an einer romantischen Liebe leidet. Er stützt den Arm, der in wattiertem Atlas steckt, auf ein samtenes Kissen und blickt unter einem Hut mit wippender Feder hervor zum Himmel; oder er ergreift einen Dornenzweig oder eine Brennnessel und gibt uns damit zu verstehen, dass er nicht schlafen kann. Auf mich wirken diese Männer allerdings so, als würden sie ein bisschen posieren, ganz anders als die Frauen, bei denen die Melancholie nicht so malerisch in Erscheinung tritt. Die Frauen machen den Eindruck, als stünden sie im Bann eines Kummers, der zu groß ist, um ihn in Worte zu kleiden. Die Männer dagegen wirken, als hätten sie sich für die Gelegenheit herausgeputzt und legten Wert darauf, ihr Leid mit edler Duldermiene zu tragen. Was beweist, dass sich, mindestens in dieser Hinsicht, seit dem sechzehnten Jahrhundert nicht viel geändert hat.

Die Mittel zur Behandlung der Melancholie schließen die Musik ebenso wie die Geißel ein. Wie man glaubt, waren einige der großen religiösen Gestalten der Vergangenheit Melancholiker. El Greco suchte sich sogar die Modelle für seine Heiligen und Apostel in der Irrenanstalt von Toledo.

Gleich nach der Melancholie rangieren in unserer Kartei die Geisteskrankheiten; auch diese Abteilung wird von unseren Besuchern sehr in Anspruch genommen. Aber in diesem Bereich hat sich glücklicherweise eine ganze Menge geändert. Früher galten ja Verrückte als ungeheuer belustigend, und es gibt Unmengen von volkstümlichen Darstellungen – meistens englischer Herkunft, wie ich zu meinem Bedauern sagen muss – mit komischen Männern, die sich gegenseitig auf den Kopf hauen oder Grimassen schneiden. Natürlich kann es sich dabei auch um durchaus seriöses Material handeln, zumal es gar nicht so wenige Künstler gibt, die ein sehr weitgehendes Verständnis für diesen traurigen Zustand haben. Wie stark doch diese Irren sind! Auf alten Bildern sieht man sie nackt, wie sie sich in ihren Fesseln winden. Sie raufen sich die Haare, um ihr Gesicht damit zu verdecken. Ein mittelalterliches Sinnbild des Narren auf einer Tarockkarte zeigt eine gewaltige, in Felle gekleidete Gestalt mit einem Raben auf der Schulter, die Dudelsack spielt. Allein Géricault hat den Irren als ein Geschöpf mit eigener Würde gezeigt; freilich lebte er in dem großen Jahrhundert, in dem den Geisteskranken die Fesseln gelöst wurden und in einigen Fällen den Patienten erlaubt wurde, ihre eigene Kleidung zu tragen. Außerdem wird behauptet, dass Géricault selbst wahnsinnig war, wenigstens von Zeit zu Zeit, und das könnte zweifellos sein Gefühl von Artverwandtschaft zu diesem merkwürdigen Menschenschlag noch vertieft haben. Obsessionen und Wahnvorstellungen lassen bei Géricault die Augen der Irren rot und von Misstrauen entzündet sein – wenn sie nicht, mit einem Ausdruck vollkommener Unschuld, weit aufgerissen sind. Die einen halten sich für Kinder, andere für Generäle und wieder andere für Könige. Auf einem erschütternden Gemälde Goyas sehen wir in einem weiten, gewölbten, mit einem hohen Fenster ausgestatteten Raum einen wütenden Tumult nackter Gestalten, von denen einige in einer Schlägerei begriffen sind, während andere nur herumhocken oder auf dem Boden kriechen. Aber auch unter diesen kaum noch menschlichen Geschöpfen haben sich einige mit Papierkronen, Federn oder auch Amtsketten geschmückt. Goya zeigt uns auch eine Gestalt, die alles Menschliche hinter sich lässt, mit Tierkopf und riesigen Füßen und mit einem Körper, der von einem Hagel schwarzer Kohlestriche wie mit elektrischen Schlägen gezeichnet ist. Ich weiß sehr wenig über Goyas geistige Verfassung, nur so viel, dass sie kaum beneidenswert gewesen sein kann. Jedenfalls scheint er sein Leben lang am Rande seiner Leidensfähigkeit gestanden zu haben.

Wir verfügen außerdem über eine schier vollkommene Auswahl von Todesszenen, und hier ist des Grauens kein Ende. Auch der Tod kann eine Frau sein, von täuschender Schönheit, den Totenschädel in der Hand. Aber für gewöhnlich ist der Tod ein Gerippe, das man als männlich begreift. Der Tod kann die Mutter mit ihrem Kind bedrohen, er kann in das reich ausgestattete Haus des Handelsherren treten, kann plötzlich den Geizhals beim Zählen seines Goldes heimsuchen oder den Gelehrten in seinem Studium. Der Tod kann dem Bräutigam und dessen Braut auflauern; ja, er kann unter den Hochzeitsgästen sein. Der gekrönte Tod, den knöchernen Fuß auf eine Kugel gesetzt, hält einen Spiegel in der Hand, auf dem die Worte stehen: »Der Spiegel, der nicht schmeichelt.« Übrigens ist der Tod durchaus nicht friedlich, wie ich wohl weiß. Am Ende kommt die Versuchung in Gestalt von Ungeheuern und Teufeln, und rund um das Schmerzenslager ringen die Engel und kämpfen um die Seele des Sterbenden.

Am beliebtesten ist in unserer Bibliothek die den Träumen gewidmete Abteilung. Es gibt Träume, die von Frauen handeln, von Gott, von Wirbelwinden, Riesenvögeln, Hunden oder vom Ruhm. Die heilige Helena träumt vom Wahren Kreuz, das sie später finden sollte. Die berühmteste Traumdarstellung zeigt einen Mann, um den die Fledermäuse kreisen, während sein Kopf auf den verschränkten Armen ruht. All diese Träume müssen sehr quälend sein. Ich selbst träume nie, und ich glaube, das ist ein großes Glück. Auch bin ich so glücklich, mich einer ausgezeichneten Gesundheit zu erfreuen, und dieser Umstand, verbunden mit dem, dass mir alle Kenntnisse des Spezialisten fehlen, machen mir meine Arbeit erträglich. Wäre ich irgendwie belastet, glaube ich nicht, dass ich den ganzen Tag lang all dieses Zeug ansehen könnte. Glücklicherweise – sogar für jemanden, der so unverwundbar ist wie ich – gibt es auch Bilder von guten Ärzten, obwohl man zugeben muss, dass die meisten anscheinend nichts anderes taten als Zähne zu ziehen oder mit großen eisernen Instrumenten in offenen Wunden zu graben, falls sie nicht gerade eine Urinprobe musterten. Aber ich versuche, mir jenes Gemälde Goyas zu vergegenwärtigen (Sie sehen, wie sich dieser Name immer wieder aufdrängt), das der Künstler zum Zeichen seiner Freundschaft für seinen Arzt, Dr. Arrieta, gemalt hat. Für dieses Bild habe ich eine ganz besondere Vorliebe. Es zeigt den Maler im Schlafrock; er steht vor dem Beschauer als ein im höchsten Grade Leidender; die Struktur von Gesicht und Körper zerfällt unter dem Gewicht seiner Qual, und sein

Ausdruck ist zugleich wehrlos und ungläubig. Hinter ihm steht sein Arzt, klein, adrett, hoffnungsvoll und resolut. Den einen Arm hat er um die Schulter seines Patienten gelegt, während er ihm mit der freien Hand eine Arznei reicht. Soviel ich weiß, starb Goya damals noch nicht, aber er dürfte sich auch kaum je wieder völlig erholt haben. Niemand weiß, was seine Krankheit war, aber sie war offensichtlich furchtbar. Dr. Arrieta war so etwas wie ein Experte auf dem Gebiet der Pest; er reiste nach Afrika, um sie zu erforschen. Ob er sich irgendwann ansteckte, weiß ich nicht. Hier endet meine Information.

Die meiste wirkliche Arbeit in unserer Bibliothek leistet ihr Leiter, Dr. Leventhal. Er durchkämmt die verschiedenen Nachschlagewerke auf der Suche nach Krankheiten und Bildern von Krankheiten, und er gibt dann seine Informationen an Olivia oder mich weiter. Unsere Arbeit besteht in der Führung und Ergänzung der Kartei, im Sammeln von Sonderdrucken wissenschaftlicher Veröffentlichungen und schließlich darin, dass wir uns um die Besucher kümmern, die unsere Archive zu Rate ziehen. Das allgemeine Publikum kennt uns kaum, was auch nicht unbedingt unser Wunsch wäre. Wir besorgen vielmehr das Material für unseren eigenen wissenschaftlichen Mitarbeiterstab, für auswärtige Fachkollegen und für die gelegentlichen, sehr seltenen Besucher. Im Augenblick können wir nur mit dem Erscheinen von Mrs. Halloran und Dr. Simek rechnen. Mrs. Halloran ist eine etwas wild dreinblickende Dame mit einer täuschenden Aura von Autorität, die behauptet, in Kontakt mit der überirdischen Welt zu stehen, und die sich bemüht, ihre Theorie zu beweisen, dass die meisten Anomalien im menschlichen

Verhalten dem Einfluss des Saturn zuzuschreiben sind. Solche Grenzfälle begegnen einem sehr häufig in Bibliotheken. Dr. Simek ist ein ungemein zurückhaltender Tscheche oder Pole (wir sind uns nicht ganz sicher, was von beiden, und wir meinen, dass es auch nicht unsere Sache ist, dem nachzuforschen). Anhand einer Reihe kleiner Karteikarten arbeitet er über die Geschichte der Behandlung von Depressionen oder, wie man früher sagte, der Melancholie. Er kommt jeden Tag. Beide kommen jeden Tag, und zwar, wie ich vermute, hauptsächlich deshalb, weil die Bibliothek so gut geheizt ist.

Mrs. Hallorans Versuche, mit Dr. Simek ins Gespräch zu kommen – Bemühungen, die er ebenso höflich wie wortkarg ignoriert –, erreichen für gewöhnlich dann einen Höhepunkt, wenn sich beide auf die Durchsicht derselben Fotomappe kapriziert haben. Aus dem Disput geht Mrs. Halloran stets als Siegerin hervor, weil sie dermaßen laut wird, dass es in jedermanns Interesse liegt, sie zum Schweigen zu bringen. Sie macht es ebenso wie gewisse Leute, die durch ständiges Klagen allseits Mitleid erwecken. Dr. Simek pflegt bei diesen Gelegenheiten zu lächeln und etwa zu sagen: »Miss Frances, wenn Sie so gut wären ...«, und um eine andere Fotomappe zu bitten. Um Dr. Simek kümmere ich mich, weil Olivia eine etwas rücksichtslosere Art hat und Mrs. Halloran zum Beispiel einmal empfohlen hat, ruhig zu sein oder eine andere Bibliothek aufzusuchen. Aber Mrs. Halloran weiß wohl, dass sie keine fünf Minuten außerhalb der Atmosphäre dieser besonderen Stätte – halb Studierzimmer, halb Kinderstube – leben könnte, und fügt sich, wenigstens für ein Weilchen. So um die Mittagszeit pflegt sie zu fragen: »Kommt jemand von euch mit zu den ›Bricklayers‹?« Worauf wir dann beide antworten, dass wir einfach zu beschäftigt seien und nur rasch in der Kantine ein Sandwich essen wollten. Darauf verschwindet Mrs. Halloran für ein paar Stunden und kommt dann schwer atmend zurück, unfähig, sich zu konzentrieren, was sich daran zeigt, dass sie lange nur aus dem Fenster sieht und dazu mit einem ihrer schweren Onyxringe auf den Tisch klopft. Sie scheint sich ihres Tuns nicht bewusst zu sein, und schließlich hebt Dr. Simek den Blick und sagt, den Kopf höflich geneigt: »Madam, wenn Sie so freundlich wären …«

Ich glaube, dies war die erste Redewendung, die er, als er in unser Land kam, gelernt hat. Er geht nie zum Lunch. Anscheinend isst er überhaupt nicht. Wenn ich Olivia ihren Tee bringe, habe ich manchmal auch für ihn eine Tasse übrig, was insofern lästig wird, als dann auch Mrs. Halloran eine Tasse haben will und schließlich Dr. Leventhal in der Tür zwischen der Bibliothek und seinem Büro erscheint und gern wüsste, ob hier eine Party stattfinde und ob uns nicht bekannt sei, dass die Hausordnung strikte Ruhe verlange. Er gehört zu den Männern, die ihr Schweigen nur brechen, um eine kritische Bemerkung zu machen. Aber sonst ist er ganz harmlos. Ich kann nicht behaupten, dass ihm unsere ganze Sympathie gehöre (das würde es kaum treffen), aber es ist leicht, für ihn zu arbeiten; er ist ein freundlicher, würdevoller Mann, wahrscheinlich im Grunde scheu, wahrscheinlich einsam, sehr korrekt und durchaus verträglich. Wir kommen alle gut mit ihm aus.

Die etwa drohende Langeweile unserer Routinearbeit wird von den Besuchen des einen oder anderen der wissenschaftlichen Mitarbeiter des Instituts unterbrochen, zumal wenn es einer der beiden ist, denen wir bei ihren Forschungen zuarbeiten, also James Anstey oder Nick Fraser. Besonders wenn es sich um Nick Fraser handelt. Nick ist bei allen beliebt, sogar bei Dr. Leventhal. Solange Olivia und ich ihn kennen, zeichnet er sich durch den Charme und das sichere Auftreten aus, die den gesellschaftlichen Erfolg verbürgen. Er ist groß und blond, ein Athlet, gehört zur guten Gesellschaft, hat Beziehungen, sieht gut aus und ist liebenswürdig. Kurz, er hat alles, was man sich bei einem Mann nur wünschen kann. Unser englischer Nationalheld, wie Olivia ihn nannte, als sie in ihn noch ziemlich heftig verliebt war. Vielleicht ist sie es noch heute, was weiß ich, aber sie spricht nicht darüber, und ich frage sie nicht danach. Manchmal bekommt sie einen schmalen Mund, wenn er bei einem seiner Blitzbesuche in einer Stimmung allgemeiner Heiterkeit oder Euphorie hereinkommt, den Arm Mrs. Halloran um die Schulter legt (»Delia, altes Ungeheuer, was treiben Sie hier?«), mit einem energischen Fingerschnalzen einen Stapel von Fotografien anfordert, darauf auf seine Armbanduhr blickt und sich erinnert, dass er gerade eine Verabredung hat, und dann mich mit seinem hinreißenden Lächeln bittet, die Fotos in sein Büro zu bringen, darauf wieder hinauseilt und eine Spur von Unordnung und Aufregung hinter sich lässt. Dr. Leventhal erscheint in der Tür seines Büros, sieht, wer da ist, und ist beruhigt. »Bringen Sie ihm nicht die Fotos«, sagt Olivia. »Wie kommen Sie dazu?« »Aber ich muss doch«, antworte ich. »Ich kann nicht seine Arbeit behindern. Er ist so brillant. Seine Arbeit, meine ich.«

»Sie meinen ihn. Er hat Sie in seinen Bann gezogen, wie

alle anderen auch. Der diskrete Charme der Bourgeoisie ist wieder einmal überwältigt von der brutalen Faszination der oberen zehntausend.«

Das ist ihre Art zu sprechen. Sie ist in einer streng sozialistischen Familie groß geworden. Außerdem, glaube ich, kommt sie nicht darüber hinweg, dass Nick mit der ebenfalls brillanten Alix verheiratet ist, gegen die Olivia aus allerlei Gründen eine entschiedene Abneigung hat. Wir haben nie darüber gesprochen, denn es gibt Dinge, über die man besser schweigt, zumal dann, wenn man auch mit einer Änderung der Gefühle rechnen muss. Ich finde, dass wir beide ein bisschen altmodisch sind, und so tief und aufrichtig unsere Freundschaft auch ist, so gehören wir doch nicht unbedingt der feministischen Guerillabewegung an. Wir bewahren gern den Männern, die unsere Liebe und Zuneigung besitzen – oder besaßen –, eine gewisse Loyalität. Wir betrachten uns ein wenig mitverantwortlich für ihre Ehre. Es ist ja eigentlich lächerlich, wenn man es sich einmal überlegt. Ich habe die Erfahrung gemacht, dass es in dieser Hinsicht keine Gegenseitigkeit gibt. Aber wie auch immer, Olivia hat viel zu gute Manieren, um derlei Erörterungen nicht geschmacklos zu finden. Also sprechen wir nicht darüber, wenn ich auch sehr wohl bemerkt habe, wie nach solchen Besuchen ihre Augen dunkler und ihr Gesicht noch blasser als sonst werden. Natürlich ist die Sache hoffnungslos. Ich glaube, sie hat das noch vor mir eingesehen. Sie ist sehr tapfer.

Ich quäle mich also mit den Fotos für Nick die Treppe hinauf, und er lehnt sich einen Augenblick in seinem Sessel zurück und sagt mit einem Lächeln: »Fannyschatz, was für ein gutes Mädchen Sie doch sind!« Und ich steige die Treppe wieder hinunter und tue irgendetwas Mühsames und Langweiliges wie zum Beispiel im Eiltempo Karteikarten anlegen, bis Mrs. Halloran von ihrem Lunch zurückkommt, mit ihrer Handtasche etwas von einem Tisch fegt und der Nachmittag seinen Lauf nimmt.

Auch Nick arbeitet über Depressionen, und manchmal wundert es mich, dass er lieber mit Mrs. Halloran spricht, die er aus dem Pub kennt, als mit Dr. Simek, der doch sicher in seiner Heimat eine Autorität war. Ich hätte gedacht, dass sie vieles miteinander verband. Dr. Simek hat des Öfteren versucht, Nicks Aufmerksamkeit zu fesseln, aber er ist zu höflich, zu resigniert, und Nick ist immer zu sehr in Anspruch genommen, als dass die beiden je zusammenkommen könnten. Dr. Simek scheint es hinzunehmen, wie er auch sonst alles hinnimmt: den uneuropäischen Charakter unserer Bibliothek mit ihren Teetassen und Aschenbechern oder auch Mrs. Halloran, die manchmal richtig betrunken ist, sowie die Tatsache, dass eine der Bibliothekarinnen mehr oder weniger unbeweglich ist. Ich finde es ganz gut, dass Dr. Simek hauptsächlich über das neunzehnte Jahrhundert arbeitet, denn es kann gar keinen Zweifel geben, dass Nick alle Ehren einheimsen wird, wenn sein Werk über die Depressionen erscheinen wird. Dr. Simek wartet immer geduldig, bis Nick seine Scherze mit Mrs. Halloran beendet hat, den Kopf ein wenig zur Seite geneigt, die Lippen leicht gekräuselt, während er aufmerksam das Foto betrachtet, das er in der leicht zitternden Hand hält. Und wenn dann das Lachen verhallt ist, räuspert er sich und sagt: »Dr. Fraser, wenn Sie vielleicht so freundlich wären ...« – das ist seine

Allzweck-Redewendung –, und dann zeigt er ihm die Fotografie. Nick, der stets in rasender Eile ist und seine Forschungsarbeit und seine beruflichen Pflichten mit einem ausgefüllten gesellschaftlichen Leben zu verbinden hat, antwortet ihm mit einem Blick der Enttäuschung und des Bedauerns. »Joseph, es ist wirklich zu lächerlich, dass wir nie die Zeit finden, darüber ausführlich zu sprechen. Warum kommen Sie nicht einmal abends zum Essen? Ich werde meiner Frau sagen, dass sie Sie anrufen soll.«

»Ich habe kein Telefon«, sagt Dr. Simek, wie zu erwarten war. »Aber vielleicht könnten wir jetzt –«

»Ich werde ihr sagen, sie soll Sie hier anrufen«, versichert ihm Nick. »Eins von den Mädchen wird es Ihnen ausrichten.« Eigentlich dürfen wir den Apparat, der in Dr. Leventhals Büro steht und der allein sein Telefon ist, nicht benutzen, aber ich glaube nicht, dass er etwas dagegen hätte, wenn es sich um die wissenschaftliche Arbeit handelte. Ich nehme an, dass das Essen inzwischen stattgefunden hat, das Dr. Simek, nach seinem Aussehen zu urteilen, auch brauchen konnte. Trotzdem macht er keine Anstalten, Nick in Ruhe zu lassen, und manchmal kommt dieser hinter Dr. Simeks Rücken herein, wobei er mit übertriebener Vorsicht auftritt, damit Dr. Simek sich nicht nach ihm umdreht. Und Dr. Simek dreht sich niemals um. Ich vermute, dass er als Ausländer von einem so formlosen Hereinkommen keine Notiz nimmt. Natürlich weiß er, dass Nick da ist, weil er ihn hereinkommen sah, und ich glaube, er weiß auch, dass Nick ihm ausweichen will, aber er verzieht nur ein wenig den Mund und arbeitet ruhig weiter. Merkwürdigerweise befinde ich mich bei diesen Gelegenheiten zusammen mit Mrs. Halloran in einer Art Komplizenschaft mit Nick. Wir folgen mit den Blicken seinem Gang durch die Bibliothek, und mit einem Augenzwinkern dankt er uns, wenn er auf Zehenspitzen wieder hinausgeht.

Es ist seltsam, dass mich das nicht weiter stört, da ich doch im Allgemeinen empfindlich auf schlechte Manieren reagiere. Es ist einfach so, dass man gelegentlich – sehr gelegentlich – auf einen Menschen trifft, der sich so deutlich vom Durchschnitt unterscheidet, dass man instinktiv mit Bewunderung und Nachsicht reagiert und, wenn man nicht sehr aufpasst, mit Ergebenheit. Ich erörtere nicht, ob solches Verhalten richtig oder falsch ist; ich stelle nur die Tatsachen fest, wie sie mir erscheinen. Und nicht allein mir, denn ich habe die Beobachtung gemacht, dass ausnehmend nette Männer und ausnehmend schöne Frauen eine Macht auf andere ausüben, die zu analysieren sie selbst weder das Bedürfnis verspüren, noch die Zeit dazu hätten. Männer wie Nick finden ihre Bewunderer, Anhänger und Jünger. Sie ziehen auch Menschen wie mich an, die nur Beobachter sind. Man ist niemals ganz unbefangen im Umgang mit solchen Leuten, denn sie sind wie Königliche Hoheiten, die zu unterhalten unsere Pflicht ist. Fragen der Bedeutung oder des Verdienstes finden bei ihnen selten große Beachtung, zumal sie, ausgestattet mit der Macht der Wahl, die ihnen Schönheit oder Charme verleihen, ihre Meinung ändern, sobald es ihnen gefällt. Gerade weil ihre Möglichkeiten so weit reichen, ist die Spanne ihrer Aufmerksamkeit sehr begrenzt. Außerdem sind sie ihrer Schönheit wegen an die ständige Befriedigung ihrer Wünsche gewöhnt.

Ich finde solche Menschen – und ein paar von der Art

habe ich kennengelernt – durchaus faszinierend. Ich bewundere sie, so wie ich eine Naturerscheinung, zum Beispiel einen Regenbogen, ein Gebirge oder einen Sonnenuntergang bewundere. Es ist mir klar, dass sie vielleicht gar kein wahres Verdienst haben, und doch werde ich mich immer bemühen, ihnen zu gefallen und ihre Aufmerksamkeit auf mich zu lenken. Seht mich doch an!, möchte ich ihnen zurufen. Seht mich an! Außerdem fesseln mich ihre Schicksale, die fantastisch sein könnten oder sein sollten. Ich werde mich stets um solche Menschen bemühen, und ich werde ihnen stets nachtrauern, wenn sie nicht mehr da sind. Ich werde immer alles über sie erfahren wollen, denn ich neige nun einmal dazu, mich in ihr ganzes Leben zu verlieben. Das lässt die Macht ermessen, die ihnen eigen ist. Darum erwidere ich Nicks komplizenhaftes Lächeln, wenn er sich die Langeweile eines Gesprächs mit Dr. Simek erspart. Hier muss eine Art Naturgesetz walten.

»Dieser Mann«, erklärt Mrs. Halloran schwer atmend nach einem dieser aufregenden Besuche Nicks in der Bibliothek, »dieser Mann ist ein Mordskerl«, worauf Olivia sie um Ruhe bittet und an das hier geltende Schweigegebot erinnert, was Mrs. Halloran zu einer Erwiderung veranlasst wie etwa: »Miss Benedict, warum können Sie mir nicht diesen blöden Sonderdruck besorgen, um den ich Sie seit einem Monat täglich bitte, statt dass Sie mir sagen, was ich zu tun habe? Ich sage Ihnen doch auch nicht, was Sie zu tun haben, nicht wahr?«

»Sie haben es gerade getan«, sagte Olivia, die niemals ihre Fassung verliert. Danach verhalten sie sich für ein paar Stunden friedlich, bis es von neuem zu einer Meinungsverschiedenheit kommt, diesmal über die Frage, ob auch Mrs. Halloran eine Tasse Tee bekommen soll. Merkwürdigerweise mag Olivia Mrs. Halloran ganz gern, obwohl sie doch sicher deren Anwesenheit in der Bibliothek manchmal recht aufreibend findet. Aber sie würde nie etwas sagen. Wie könnte sie auch! Neben ihrer unausgesprochenen Liebe zu Nick empfindet sie ein ebenso unausgesprochenes Missfallen an seinem Benehmen. Natürlich wird er weder von dem einen noch von dem anderen je etwas merken. Wenn ich über all dies nachdenke, gratuliere ich mir, dass ich in niemanden verliebt bin. Ich bin nicht in Nick verliebt. Auch nicht in Dr. Leventhal (schwer vorzustellen), so wenig wie in Dr. Simek (noch schwerer vorzustellen), nicht einmal in James Anstey, obwohl er groß ist und toll aussieht, unverheiratet und eine präsentable Erscheinung ist und bestimmt das, was Mrs. Halloran einen Kerl von einem Mann nennen würde.

Ich pflegte meine Mutter zum Lachen zu bringen, wenn ich nach Hause kam und ihr die Typen beschrieb, die die Bibliothek aufsuchten. »Fan, Liebstes«, sagte sie und riss die Augen auf, »ich finde, du hast Talent.« Sie kannte inzwischen alle Gewohnheiten dieser Leute, und sie wusste, wo sie wohnten; für sie war es wie ein Roman in Fortsetzungen. Sie ermutigte mich, das alles aufzuschreiben; also kaufte ich mir ein gewöhnliches dickes Schreibheft und begann, eine Art Tagebuch zu führen. Ich spiele mit dem Gedanken, dieses Material eines Tages für einen komischen Roman zu verwenden, für eine dieser drolligen und pikanten Chroniken, wie sie die Dons an den Colleges von Oxford und Cambridge lieben. Ich weiß, dass ich das könnte. Seit dem Tod meiner Mutter habe ich niemanden mehr, mit dem ich über diese

Dinge sprechen könnte, keinen, der so interessiert ist, der die Personen kennt und gern wüsste, wie es weitergeht, und dann mit solchem Entzücken reagiert. Wenn ich nun abends nach Hause komme, bemühe ich mich, ein bisschen weiterzuschreiben. Aber es ist nicht dasselbe wie früher, und ich habe alle Mühe, einen Ton von Mutlosigkeit aus dem herauszuhalten, was da zustande kommt. Ja, manchmal muss ich mich wirklich anstrengen, denn ich kann nun einmal keine deprimierten Leute leiden. Ich möchte sogar behaupten, dass ich unglückliche Menschen nicht ausstehen kann, was auch der Grund dafür ist, dass ich nicht allzu genaue Nachforschungen über Dr. Simek anstelle. Ich lehne es ab, mich damit zu beschäftigen.

Und es sieht ganz so aus, als sei es richtig, was ich da mache. Eine Erzählung, die ich geschrieben habe – tatsächlich über die Bibliothek, aber natürlich alles total verändert –, wurde damals gedruckt. Ich selbst war mit der Erzählung nicht ganz so zufrieden wie anscheinend alle anderen, aber ich freue mich doch, dass meine Mutter noch vor ihrem Tod davon erfuhr. Es war eine Geschichte, die ich ihr nicht vorgelesen hatte, und irgendwie war es wohl ganz gut so gewesen. Sie nahm die Menschen immer viel ernster, als ich das zu tun versuche.

Mein Leben verläuft in geregelten Bahnen. Ich stehe auf, gehe zur Arbeit, nehme mit Olivia zusammen den Lunch ein, klebe dann weiter meine Fotos ein und mache sogar den Versuch, einige Bilder zu meinem eigenen Vergnügen zu interpretieren. Ich empfinde sehr stark die Macht, die von Bildern ausgeht, auch wenn ich sie nicht verstehe. Manchmal steht ein Bild für etwas, dessen Bedeutung man erst zu einer bestimmten Zeit erkennt. Es kann ein Zeichen sein, das unsere Erinnerung weckt, ein verschlüsselter Text, oder auch, freilich nur selten, die Offenbarung eines Vorauswissens. Bilder erregen immer in hohem Maße meine Aufmerksamkeit, ob nun in der Bibliothek oder irgendwo sonst. Ich bin viel allein, und was mir da so durch den Kopf geht – beileibe nichts Ungewöhnliches –, überrascht mich zuweilen durch eine unvorhergesehene Bedeutsamkeit. Deswegen arbeite ich auch so gern in der Bibliothek: nicht nur wegen der Archivarbeit, welche die Hauptaufgabe unserer Bibliothek ist, sondern einfach wegen der Macht und Magie dieser Bilder, wie zum Beispiel des Narren auf der Tarockkarte oder der Melancholie mit dem zerrissenen Buch oder Goyas mit seinem Arzt.

Der Tag nimmt weiter einen sehr ruhigen Verlauf, schließlich wird es dunkel, und wir fangen an aufzuräumen. In Dr. Leventhals Büro geht das Licht aus, und wir fragen Dr. Simek, welche Fotografien wir für seine morgige Arbeit liegen lassen sollen. Nach einer Weile zieht er seinen alten, zu engen ausländischen Mantel an, setzt seine Astrachanmütze auf, bindet sich das graue Halstuch um, streift sich die dicken braunen Handschuhe über seine ständig zitternden Hände, verabschiedet sich mit einer leichten Verbeugung vor uns beiden und geht. Mrs. Halloran dagegen fragt uns, ob vielleicht eine von uns sie zu den »Feathers« begleiten wolle, die sie abends meistens besucht, und wenn wir ihr antworten, dass wir anderswo zum Dinner erwartet werden, zieht sie energisch einen Kamm durch ihr drahtiges Haar, wirft sich das Tweedcape über die Schultern und rauscht mit einem »Na schön, dann nicht« aus dem Raum.

Sie kann einem schon auf die Nerven gehen. Ich habe einmal versucht dahinter zu kommen, warum sie eigentlich zu uns kommt. Sie braucht gar nicht unser Material für ihre Artikel, die sie in psychologischen Zeitschriften veröffentlicht, aber Olivia meint, dass sie sich in der Pension in South Kensington, in der sie wohnt, tagsüber nicht aufhalten könne; außerdem könne sie einfach nicht allein sein. Und ich glaube, dass ihr ihre Artikel etwas besser honoriert werden, wenn sie ein paar Illustrationen beisteuern kann. Jedenfalls bleibt sie hier jeden Tag bis zum bitteren Ende, und ich habe beobachtet, wie gegen Ende unserer Öffnungszeit ihre Gesichtszüge erschlaffen und einen geradezu verzweifelten Ausdruck annehmen. Die vorstehende Unterlippe, deren Innenseite man nun sieht, verleiht ihrem Gesicht etwas Kindisches und Leeres.

Ich begleite Olivia bis zu ihrem Auto, kaufe mir dann eine Zeitung und lese sie irgendwo bei einer Tasse Kaffee. Ich habe niemals Lust, nach Hause zu gehen, und schiebe es deshalb so lange wie möglich auf. Im Allgemeinen gehe ich vom Manchester Square, wo sich das Institut befindet, bis zur Edgware Road, an all diesen schrecklichen Geschäften vorbei, die mit Korsetts und Schwesternkleidung voll gestopft sind, mit Videokassetten oder indischen Lebensmitteln. Ich wandere vorbei an den Schnellwäschereien und billigen Friseurläden mit den violetten Neonröhren, bis ich das zuträglichere »Hochland« erreicht habe. Ich gehe bei jedem Wetter zu Fuß. Und wenn ich schließlich meine innere Unruhe und meine Neigung zur Grübelei überwunden habe, betrete ich meine Wohnung und bleibe für den Rest des Abends zu Hause. Es ist etwas zu essen da, und später versuche ich zu schreiben. So bringe ich den Rest des Tages hinter mich.

Gewiss, ich habe mit inneren Widerständen zu kämpfen. Das ist nur natürlich. Ich bin noch ziemlich jung, und ich bin mir bewusst, dass ich ein langweiliges Leben führe. Manchmal bereitet es mir eine fast physische Anstrengung, mich an den Schreibtisch zu setzen und mein Heft aus der Schublade zu ziehen. Manchmal entringt sich mir ein tiefer Seufzer, wenn ich das durchlese, was ich bereits geschrieben habe. Und manchmal ist die Mühe, zur Feder zu greifen, so groß, dass ich buchstäblich im Kopf einen Schmerz verspüre, so als ob die gesamte innere Ausstattung umgestellt, aufgereiht und bereitgemacht würde für die Abholung vom Lager. Doch wenn ich dann anfange zu schreiben, verschwindet der Druck; ich fühle mich wie von einer elektrischen Kraft durchströmt. An und für sich kein unangenehmes Gefühl, das aber unweigerlich wieder zu einer neuen, noch größeren Unruhe führt.

Zu meinem Glück bin ich nicht hysterisch. Ich bin es gewohnt, allein zu leben, und zuweilen bezweifle ich, dass ich überhaupt viel Aufregung aushalten könnte. Freilich bleibt das eine rein theoretische Frage, denn in dieser Beziehung bin ich bisher nie in Versuchung geführt worden. Ich bin sehr ordentlich und habe spartanische Gewohnheiten. Und ich bin bekannt für meine Selbstbeherrschung, die mir durch manche Krisen geholfen hat. Aber dank einer köstlichen Ironie des Schicksals ist meine Selbstbeherrschung so groß, dass diese Krisen den anderen unbekannt bleiben und ich deshalb als gefühllos gelte. Selbstverständlich spreche ich auch nie darüber. Es wäre mir unerträglich. Wenn ich je einsam sein sollte, dann darum, weil ich mich mit dem herben Geschick abgefunden habe, alle Probleme nur mit mir selbst abzumachen.

Manchmal wünsche ich mir, es wäre anders. Ich wäre gern schön, träge, verwöhnt und unzuverlässig. Kurz gesagt, ich hätte es gern etwas leichter. Es kommt vor, dass ich nach so einem stillen Abend wach im Bett liege und mich frage, ob das nun mein Schicksal sein soll, ob diese Einsamkeit mein ganzes Leben andauern soll. Solche Gedanken treiben mich bis an den Rand einer hysterischen Angst. Denn ich will mehr vom Leben, und ich finde auch, dass ich es verdient hätte. Ich habe etwas zu bieten. Ich bin keine Schönheit, sehe aber doch ganz nett aus. Tatsächlich sagt man mir, ich sei »attraktiv«, was mich allerdings immer deprimiert. Es ist so, wie wenn einem gesagt wird, man sei »brillant«, was rundheraus gesagt gar nichts bedeutet. Aber davon abgesehen bin ich gesund und verfüge über ein beträchtliches Vermögen. Ich habe, abgesehen von meiner spitzen Zunge, nur wenige schlechte Eigenschaften. Ich bin nicht fromm, beachte aber gewisse Verhaltensregeln mit aller schuldigen Pietät. Ich glaube, ich bin sehr empfindsam. Wenn ich nicht sehr Acht gebe, werde ich mich zu einem grässlichen alten Drachen entwickeln.

Das ist der Grund, warum ich schreibe und warum ich schreiben muss. Wenn ich mich von meiner Einsamkeit verschlungen fühle, von ihr versteckt, in Dunkel getaucht und unsichtbar gemacht, dann ist das Schreiben meine Möglichkeit, von mir zu reden. Die Leute daran zu erinnern, dass ich noch da bin. Und wenn ich meine Romanpersonen in Stellung gebracht habe, meinen Vorrat an Bildern erschöpft und die Trauer von ihnen genommen habe, die ich selbst in mir fühle, dann kann ich den Strom einschalten, der es mir ermöglicht, so leicht zu schreiben, wenn ich erst einmal angefangen habe, und die Leute zum Lachen zu bringen. Denn lachen mögen sie gern, wie es den Anschein hat. Und wenn mir das gut gelingt und ich alle Literaturkenner und Kritiker betört habe, dann werden sie mein eigentliches Anliegen nicht begreifen, das doch ganz einfach ist. Wenn mir mein Aussehen und mein Auftreten dabei mehr zustatten kämen, könnte ich mein Anliegen oder meine »Botschaft« auch persönlich übermitteln. »Seht mich an«, würde ich nur sagen. »Seht mich an!« Aber da ich in dieser Angelegenheit ganz auf mich allein gestellt bin, muss ich Ausflüchte und Listen gebrauchen; und mit ein bisschen Glück und Geschicklichkeit wird diese spezielle Botschaft nie entschlüsselt werden, und der Grund, warum ich sie in dieser Form vermittle, wird für immer im Dunkeln bleiben.

2

Dieses Gefühl von Einsamkeit hat vielleicht auch mit der unmittelbaren Umgebung zu tun, in der ich wohne und die man wohl anachronistisch nennen kann. Maida Vale ist für mein Gefühl ein sehr merkwürdiges Viertel voll von riesigen Wohnblocks, in denen lauter kleine, ältliche Leute wohnen. Nur wenige dieser Leute scheinen auf die Straße zu gehen, die immer verlassen wirkt, und die wenigen, die sich für einen kleinen Einkauf hinauswagen, tragen üppige Pelzmäntel und sind nie ohne Stock und Hund. Wenn ich abends nach Hause komme, sehe ich niemanden, obwohl ich auf jedem Treppenabsatz durch die geschlossenen Doppeltüren hindurch die verlockendsten Küchengerüche riechen kann. Ich stelle mir vor, wie hier eine Dinnerparty vorbereitet wird und wie die silberhaarige Gastgeberin mit den kleinen Diamantohrringen sich mühsam vorbeugt, um die Kerzen auf dem Nussbaumtisch anzuzünden. Ihre Gäste werden wohl von nicht viel weiter als von der nächsten Tür oder dem Stockwerk darunter kommen, aber sie werden sich für die festliche Gelegenheit ordentlich herausgeputzt haben, die Damen in alten, aber gut erhaltenen schwarzen Chiffonkleidern, die Herren in Samtjacketts und mit Krawatten. Allesamt haben leichte physische Beschwerden, wie sie ihrem Alter entsprechen, aber sie sind alle sehr zuvorkommend und gut aufgelegt und brechen in Rufe des Entzückens aus über den kräftigen Geschmack des Sherrys in der Bouillon und überschütten ihre Gastgeberin mit Komplimenten. Diese braven Leute gehen zu Vorträgen im Victoria-and-Albert-Museum und gelegentlich tun sie sich zusammen zu einem Besuch des National Theatre, das ihnen indessen keinen Genuss bereitet. »Also ich bekam einfach keine Luft da drinnen«, gestehen sie einander. Im Allgemeinen finden sich vier zum Bridge zusammen, manchmal auch zwei Gruppen; für die Damen gibt es eine Tasse Tee und für die Herren einen Whisky-Soda um halb zwölf. Beim Abschied küssen sich alle liebevoll und jeder sagt: »Das nächste Mal kommen Sie zu uns!« Ich kenne natürlich keinen Einzigen von ihnen. Ich rieche nur ihr Essen, und es riecht sehr gut. Einige Damen schickten Blumen, als meine Mutter starb, aber nachdem ich ihnen schriftlich gedankt hatte, warf ich ihre Beileidskarten weg. Ich bemerke im Vorübergehen ein Kopfnicken und ein Lächeln, wenn zufällig eine Tür auf dem Treppenabsatz offen steht. Aber da ich den ganzen Tag außer Haus bin und sie allem Anschein nach den ganzen Abend Bridge spielen – oder jedenfalls bis halb zwölf –, bietet sich die Gelegenheit zu einer Begegnung nicht eben oft. Außerdem sind sie alle so viel älter als ich.

Ich bin mir durchaus darüber klar, dass dies ein Haus für alte Menschen ist, mit dem roten Treppenläufer, dem schweren Lift mit Eisengitter, den blankgeputzten Messingbriefkästen und dem kleinen behäbigen Portier. Die Bewohner gehören jener Schicht und Generation an, der man nie gesagt hat, sie sollten leise sprechen, sodass man jetzt Rufe wie: »Phyllis, meine Liebe!« von Stockwerk zu Stockwerk hören kann, bis sich die Tür hinter der pelzbekleideten Besucherin geschlossen hat. Zur Weihnachtszeit habe ich kleine Enkelkinder zu Besuch kommen sehen, in mit Samtkragen besetzten Mänteln. Fest an der Hand der Mutter, benehmen sie sich über alle Maßen gut. Wenn sie wieder auftauchen, glühen ihre Wangen, sei es von dem Genuss des Weihnachtskuchens (»Kinder, das ist noch nach dem Rezept eurer Urgroßmutter!«), sei es in der Vorfreude auf das Aufschnüren der knisternden Pakete, die sie im Arm halten. Im Sommer geht es sogar noch ruhiger zu. Denn dann sind die alten Leute an der Reihe, ihre Kinder zu besuchen, und von meinem Fenster aus kann ich von der Straße herauf ihre Stimmen und das Tappen ihrer Stöcke hören, und wenn ich hinunterschaue, kann ich Mrs. Hunt oder Lady Cohen sehen und hören, wie sie die Schwierigkeiten beklagen, die ihnen das Einsteigen in den Wagen bereitet. »Auf Wiedersehen, Mr. Reardon, und nochmals besten Dank!«, rufen sie, während sie ihre alten Gliedmaßen in dem knappen Raum unterbringen. »Auf Wiedersehen, Madam«, grüßt der Portier und wartet auf dem Bürgersteig, bis sich der Wagen in Bewegung gesetzt und sicher seine Fahrt aufgenommen hat.

Ich empfinde dieses Haus kaum als mein Zuhause, obwohl ich immer hier gewohnt habe, und da die Wohnung jetzt mir gehört, besteht eigentlich kein Grund umzuziehen, zumal die Preise gerade jetzt so hoch sind. Im Grunde wohne ich ausgesprochen gern hier, und mein Leben verläuft in so geregelten Bahnen, dass mir der Gedanke an einen Wohnungswechsel nur selten in den Sinn kommt. Aber diese innere Unruhe, von der ich sprach, kommt zu einem Teil von der Langeweile und zum anderen von dem Mangel an Geselligkeit. Manchmal träume ich von einem Leben, in dem ich ganze Abende lang am Bett einer Freundin sitze, in vertraulichem Geplauder, und wir uns gegenseitig über unsere Liebesaffären auf dem Laufenden halten, wenn wir uns nicht unsere neuen Kleider zeigen oder eine andere Frisur ausprobieren ... Dabei ist das alles nicht eigentlich nach meinem Geschmack. Aber es ist sehr schwer, hier überhaupt jemanden einzuladen. Sollte es einmal in meinem Leben einen plötzlichen Wechsel geben und ich einen völlig neuen Freundeskreis um mich scharen können, dann müsste ich allerdings einige radikale Änderungen vornehmen. Zwar ist es kaum wahrscheinlich, dass ich ein Dinner für zehn Personen oder eine Soiree für fünfzig geben werde, wenn auch die Räume groß genug dafür wären. Und ich sehe schon jetzt, dass es mir sehr schwer fallen würde, mich einmal von meinen Möbeln, die mir unerklärlicherweise so ans Herz gewachsen sind, zu trennen, obwohl ich doch in meinen kritischsten Jahren nur über sie gelästert habe. Die Veränderung in meinem Leben müsste schon sehr einschneidend sein, damit ich das Gefühl bekomme, endlich von dieser Wohnung Besitz ergriffen und damit das Recht zu haben, sie zu meinem persönlichen Zuhause zu machen.

Denn in meinen Gedanken gehört sie noch immer meinen Eltern. Sie bezogen sie während des Krieges, als die Tätigkeit meines Vaters sie zwang, in London zu wohnen. Sie bewerkstelligten den Umzug in aller Eile, wie es damals üblich war. Innerhalb einer Woche mussten sie ihr Haus in Surrey loswerden, was meiner Mutter schwer genug fiel. Sie übernahmen diese Wohnung mit allem Zubehör, da die Eigentümerin es mit dem Verkauf eilig hatte, um zu ihrer Schwester nach Amerika ziehen zu können. So erbten sie diese ganz ungewöhnliche Einrichtung, die den Eindruck macht, als sei sie der Fantasie einer anspruchsvollen Halbweltdame aus der Provinz entsprungen. Aber angesichts der damaligen Verhältnisse unternahmen meine Eltern nichts, um daran etwas zu ändern. Sie gingen auf jeden Fall so sehr ineinander auf, waren jeder so sehr um die Sicherheit des anderen besorgt, dass sie sich keine Gedanken um die Einrichtung ihrer Wohnung machten, solange sie noch heil, warm und komfortabel war und ihnen Schutz vor Gefahr bieten konnte. Aber auch als sich die Lage beruhigt hatte und das Leben sich normalisierte – mehr, als sie je zu hoffen gewagt hatten –, auch dann änderten sie nichts, vielleicht aus einer Art Aberglauben. So wuchs ich denn auf zwischen abscheulichen Spiegeln aus geschliffenem Glas mit abgeschrägten Kanten, die an Ketten über gekachelten Kaminen hängen, und zottigen schmutzigweißen Teppichböden, Brücken mit Zickzackmuster, Sitzecken mit Nussbaumtischen und halbkreisförmigen Sesseln, die mit hellem knarrenden Leder bezogen sind, und Stehlampen mit vieleckigen elfenbeinfarbenen Seidenschirmen, zwischen schmiedeeisernen weißen Gittern vor den Heizkörpern der Zentralheizung, einem Esstisch, so wuchtig, dass er die zehn dazugehörigen Stühle in den Schatten stellt, Stühle, deren Sitze immerhin aus beigefarbenem, mit Messingknöpfen besetztem Brokat gefertigt sind, und Couchen mit Kopfstützen, die sich herumschwenken lassen, um dann als Nachttisch zu dienen. Nicht vergessen sei die Frisierkommode mit der glasbedeckten Ablagefläche und dem dreiflügeligen Spiegel und schließlich, als pièce de résistance, die Sammlung von Porzellan- und Glasvögeln, von denen einige ziemlich groß sind; sie marschieren in einer Reihe auf den glänzend polierten Regalen der hellfarbenen Bücherschränke, die mit gläsernen Schiebetüren (noch mehr Glas!) versehen sind.

Meine Mutter machte diese Einrichtung heimisch, indem sie ihre vielen Fotografien von meinem Vater, später auch von mir, unter die Glasscheibe ihres Frisiertisches steckte. Sie mochte das Interieur nicht besonders, schätzte aber die solide Bauweise des Hauses. Die Wohnung befand sich in einem Vertrauen erweckenden Gebäude am oberen Ende von Westminster Bank, an der Ecke von Maida Vale und einer dieser ruhigen Straßen, die nach St. John's Wood führen. Ein leise quietschender Lift mit blanken Messingbeschlägen wird von dem Portier, Mr. Reardon, bedient, der ein Kämmerchen im Erdgeschoss bewohnt. Meine Mutter hatte allmählich das feierlich rasselnde Geräusch der eisernen Fahrstuhltüren lieb gewonnen; es bedeutete ihr schützendes Umschlossensein, und dies war ein Bedürfnis, das bei ihr mit den Jahren immer größer geworden war.

Die Wohnung ist sehr groß, viel zu groß für mich. Als meine Eltern noch lebten, löste sich das Problem dadurch, dass sie durch einen Zufall Nancy fanden. Nancy stammt aus Irland. Sie stießen auf sie, wie sie weinend in dem Flur des Hauses stand, in dem sie ein Zimmer gehabt hatte und das nun nach einem Luftangriff dem Erdboden gleichgemacht war. Sie nahmen sie mit zu sich nach Hause. Sie wurde ihr ihnen treu ergebenes Mädchen, und seitdem wohnt sie hier. Da diese Wohnungen mit Unterbringungsmöglichkeiten für Personal versehen sind, bekam sie hinter der Küche ihr eigenes Zimmer mit Bad. Dieses Zimmer ist groß genug, um ihr auch als Wohnzimmer zu dienen. Sie ist jetzt schon ziemlich alt, und zweifellos wird sie bis an ihr Lebensende hier wohnen. Sie steht sehr früh auf und besucht täglich die Messe. Wenn sie zurückkommt, frühstückt sie, aber ich bin dann schon auf dem Weg zu meiner Arbeit. Später geht sie aus, um die nötigen Besorgungen zu machen, und danach bleibt sie bis zum nächsten Morgen im Hause. An dieser Gewohnheit ändert sich nichts. Sie pflegte meinen Eltern jeden Abend das Dinner zu servieren, sodass meine Mutter nicht sehr viel zu tun fand. Es kam ihr nicht ungelegen, denn sie hatte ein schwaches Herz, und der Arzt hatte ihr verboten, etwas Schweres zu heben oder zu tragen. Nach dem Tode meines Vaters war sie noch hinfälliger geworden. Nancy machte ihr das Abendbrot und brachte es ihr auf einem Tablett. Praktisch war es jeden Abend dasselbe: eine Tasse Brühe, ein bisschen Huhn, dazu Kompott – alles in kleinsten Portionen. In dem Maße, in dem es meiner Mutter schlechter ging, wurde auch ihre Mahlzeit immer kleiner und fader: die Brühe, die sie kaum berührte, ein paar Cracker mit Butter, ein Custard oder Grießbrei. Wenn ich jetzt abends zu Hause bin, macht Nancy mir das gleiche zu essen, und wie abscheulich ich es auch finde, so weiß ich doch, dass ich sie nicht dazu bringen kann, daran etwas zu ändern. »Madam hat es immer so haben wollen«, sagt sie und blickt mich aus ihren kleinen, aber erstaunlich blumengleichen blauen Augen enttäuscht und mit stillem Vorwurf an.

Ich kenne keinen Menschen, der so trauern und sich vor Gram verzehren kann wie Nancy. Ich konnte nach dem Tod meiner Mutter keine Träne weinen und zeigte ein steinernes Gesicht. Ich war froh, dass die Qual vorüber war. Während ich mit steifen, gezwungenen Bewegungen im Schlafzimmer arbeitete, die Vorhänge aufzog und all die nutzlosen Tabletten in einen Plastikbeutel warf und dann dieses schreckliche Bett abzog, saß Nancy im Sessel meiner Mutter wie ein verschüchtertes Kind. Die Tränen liefen ihr über die Wangen, und die grauen Haarsträhnen klebten an ihrem nassen Gesicht. Sie hielt mich gewiss für herzlos, als sie nach den Pantoffeln meiner Mutter griff, die ich gerade wegwerfen wollte. Sie presste sie an sich und wiegte sie in ihren Armen ... Bei ihrer Pflege hatte sie sich vor nichts gescheut. Sie hielt meiner Mutter den Kopf, wenn die Anfälle kamen, bei denen ich vor Grauen zur Tür rannte; noch heute kann ich die Erinnerung daran nicht ertragen. Nancy brachte meine Mutter zu Bett, schob ihr das Kissen unter den Kopf und streichelte ihr die Stirn. Sie ergriff ihre Hand, tätschelte sie und legte sie aufs Betttuch. Oder sie hielt sie fest und streichelte sie, diese Hand, die so mager geworden war, dass man die Ringe an den Fingern mit einem Klebestreifen festhalten musste. Doch meinetwegen blieb meine Mutter wach; sie wartete auf meinen Gutenachtkuss, vor dem ich mich allmählich so fürchtete wie vor allem anderen. »Meine liebe, gute Fan«, flüsterte sie, aber Nancy blieb bei ihr, bis sie eingeschlafen war.

Wie schon meine Mutter habe auch ich in der Wohnung nichts geändert. Wenn auch der Gang meiner Tage heute ganz anders geworden ist, als er damals war, die Nächte sind die gleichen geblieben: wenn ich höre, wie Nancy den Korridor entlangschlurft, um die Tür abzuschließen, und dann denselben Weg schlurfenden Schritts zurückkommt. Auch das Essen ist das gleiche geblieben. Und auf die Einrichtung und Ausstattung der Wohnung habe ich so wenig Einfluss wie meine Mutter. Ich bringe Nancy geradezu zur Verzweiflung, wenn ich ihr vorschlage, die Vögel aus Glas und Porzellan, die sie täglich abstaubt und jede Woche abwäscht, wegzuräumen. Die Wohnung ist bei weitem zu groß, aber wir haben die drei zusätzlichen Schlafzimmer abgeschlossen, und es bleibt noch immer so viel Platz, dass wir uns gegenseitig nicht stören. Außerdem kann ich von hier aus zu Fuß in die Bibliothek gehen. Manchmal finde ich das alles unmöglich, und ich träume von einer einfachen Wohnung im Dachgeschoss irgendwo, ganz weiß und leer, mit dem Blick auf Bäume. Dann fingere ich an den Vorhängen aus Goldbrokat mit goldenen Quasten und denke daran, wie meine Mutter hier an diesem Fenster stand und auf meinen Vater wartete. Und dann weiß ich, dass ich hier bleiben werde.

Einmal brachten mich Nick und Alix nach Hause, als wir uns gerade kennengelernt hatten. Sie sahen sich verblüfft um, aber, ich glaube, auch voller Anerkennung, denn die Wohnung ist sehr komfortabel. Doch als sie die Vögel sahen, die Nancy erst kürzlich wieder gewaschen hatte, wechselten sie einen Blick, und es dauerte nur Sekunden, bis sie sich vor Lachen nicht mehr halten konnten. Sie taumelten und krümmten sich wie vor Schmerzen über die Lehnen der abscheulichen Ledersessel. Sie wurden wieder ernst, aber nur, um sogleich wieder loszuplatzen. Ich musste schließlich mitlachen, obschon ich dachte ... Was dachte ich denn? Dass ich die Vögel noch nie richtig angesehen hatte, noch nie bemerkt hatte, wie abgeschmackt sie wirken. Ich legte sie, nachdem Nick und Alix gegangen waren, in eine Schublade. Doch am nächsten Morgen nahm Nancy sie wieder heraus und wusch sie, diesmal außer der Reihe. Ich sagte nichts.

Im Übrigen war Alix sehr angetan von der Wohnung. Zwar bekam sie noch einmal einen Lachanfall, als sie mich um einen Aschenbecher bat und ich ihr einen aus grünem Malachit gab, mit einem ebenfalls aus grünem Malachit gefertigten Kakadu auf dem Rande, der den Blick nach unten gerichtet hatte wie auf eine tropische Lagune. Da ich selbst nicht rauche, hatte ich den Aschenbecher eigentlich nie richtig wahrgenommen; immerhin brachte ich es fertig, ihn nach dem Weggang der beiden in die hinterste Ecke eines Geschirrschranks zu verbannen. Natürlich entdeckte ihn Nancy dort, und bald stand er wieder am alten Platz.

Zu dem Besuch von Alix und Nick war es ganz unerwartet, unverhofft gekommen. Sie hatten mich mit dem Auto nach Hause gebracht, nachdem ich bei ihnen zu Abend gegessen hatte, und ich hatte sie aufgefordert, zugleich voller Eifer und panischer Angst, mit hinaufzukommen. Ein bisschen neugierig und stets bereit, sich über etwas zu amüsieren, willigten sie ein, sich für einen Augenblick zu setzen, doch ohne Mantel, Schal und Handschuhe abzulegen. Es war also kein richtiger Besuch. Weder wollten sie einen Drink annehmen, noch zulassen, dass ich uns einen Kaffee kochte; trotzdem zögerten sie, sofort wieder aufzubrechen, und nahmen ungeniert das Inventar auf. »Mich interessiert immer, wie andere Leute wohnen«, gestand Alix. »Ich hatte selbst einmal ein sehr schönes Haus.« Sie stieß einen tiefen Seufzer aus und zog ihre Zigaretten und das Feuerzeug aus der Tasche. »Bitte nicht!«, sagte Nick mitleidsvoll, aber gerade in diesem Augenblick kam ich mit dem Kakadu-Aschenbecher und sorgte damit für eine Ablenkung im richtigen Moment. Wir stimmten in ihr Gelächter ein, dankbar, dass sie ihre gedrückte Stimmung überwunden hatte. Aber auch dann noch bemerkte ich, wie Nick sie ständig daraufhin beobachtete, ob ihre Stimmung wieder umschlug. Ich dachte, wie glücklich sie doch war.

Alix nahm sich mit einer Anstrengung zusammen, die ihr größere Autorität verlieh, als ihr sonst zu Eigen war. Es sei einfach lächerlich, erklärte sie, dass ich diese viel zu große Wohnung hätte; ich sollte Nancy in ein Altenheim stecken und dann ihr Gästezimmer beziehen. Sie hätten schon immer daran gedacht, es zu vermieten, um ein bisschen mehr Geld einzunehmen. Dann könnten sie auch ein wenig auf mich aufpassen. Nun, ich lasse es mir durch den Kopf gehen, obwohl Nancy ein Problem dabei ist; bisher habe ich ihr noch nichts davon gesagt. Alix wurde ganz aufgeregt, als sie das große Badezimmer sah mit den blassgrünen Kacheln im Stil der dreißiger Jahre und die Badewanne, die so viel größer ist als ihre eigene. Eigentlich sei diese Wohnung ihrer Größe nach mehr für sie, Alix und Nick, geeignet als für mich, erklärte Alix; und sie wurde ungehalten, als ich ihr versicherte, dass mir ihre Wohnung lieber wäre. »Sie wissen nicht, was es bedeutet, dort zu wohnen«, antwortete sie gereizt. »Außerdem haben Sie sie erst einmal gesehen.« Nick ist es immer sehr unangenehm, wenn sie anfängt, über ihre Wohnung zu sprechen. »Liebling, warum schlägst du Fanny nicht vor, dir ihre Wohnung zu verkaufen; sie könnte dann unsere übernehmen. Sie hätte eher ihr Format.« Mir kam diese Form der indirekten Rede sehr merkwürdig vor. Eigentlich gab es keinen Grund, warum er nicht selbst diese Frage stellte. Aber natürlich hatte er gar keine Lust umzuziehen; er will nur seine Frau glücklich sehen. Ihre Augen verengten sich wie immer, wenn vom Kaufen und Verkaufen die Rede ist. Sie kann es nicht verwinden, dass sie einmal bessere Tage gesehen hat, wie sie es gern ausdrückt (wobei sie eine komisch gemeinte tragische Grimasse zieht), und dass der Familienbesitz auf Jamaika verkauft werden musste, um Schulden zu bezahlen. Sobald das Gespräch auf Geld kommt, zieht sie den Pelzmantel enger um sich und fröstelt, denn es erinnert sie daran, dass sie, bevor sie von dem Bankrott ihres Vaters erfuhr, noch nie einen Winter in England verlebt hatte. Man darf vor Alix weder Geld noch Kälte erwähnen. Es deprimiert Nick wie Alix gleichermaßen.

Wir wohnen also weiter in dieser Wohnung, Nancy und ich, so gut wie ohne je ein Wort miteinander zu wechseln. Allerdings bin ich am Tage nicht hier und neuerdings auch kaum an den Abenden, Gott sei Dank! Es besteht kein Grund, irgendetwas ändern zu wollen. Ich habe mehr als genug Geld, wie ich mich beinahe schäme zu sagen, wenn ich an die arme, in ihrem Pelzmantel fröstelnde Alix denke, auch wenn es nicht das Geld ist, was Alix schätzen würde. Mein Vater erbte eine Spielwarenfabrik in East End von seiner etwas exzentrischen Familie. Er verkaufte die Fabrik sobald wie möglich und gründete mit seinem Freund Sydney

Goldsmith eine Art Offener Handelsgesellschaft, um an der Börse zu spekulieren. Sie waren dabei unglaublich erfolgreich. Sie wandelten ihr Geschäft in eine GmbH um, trafen sich zwei- bis dreimal wöchentlich zum Lunch, um Geschäftliches zu besprechen, nahmen zu ihrem Unternehmen neue Geschäftsbereiche hinzu und wurden am Ende ziemlich reich. Daher also kommt mein Geld, und mir macht das so wenig aus wie meinem Vater. Ihm war vor allem wichtig, seinen Lebensunterhalt auf eine Art zu verdienen, die ihm genug Zeit ließ, sich meiner Mutter zu widmen. Nach meiner Meinung war Sydney die Seele des Unternehmens. Er mochte meinen Vater sehr gern, und in ihrer Freundschaft war etwas von zarter Rücksicht, wie ich es nirgendwo sonst erlebt habe. Wie ich überhaupt sagen muss, dass alle damals empfundenen Gefühle nie wieder ihresgleichen hatten … Nach dem Tode meines Vaters pflegte Sydney jeden Monat einmal meine Mutter zu besuchen. Er erschien jedes Mal mit einer Schachtel Konfekt, die sie, sobald er gegangen war, an Nancy weitergab. »Nun, Fanny, wie geht es unserer Lieben heute?«, fragte er mich auf der Diele, während er sich seines eleganten Kamelhaarmantels und seines weichen braunen Filzhuts entledigte (er kleidete sich immer wie ein Gangster). Dann setzte er sich zu meiner Mutter und sprach mit ihr von meinem Vater; dabei glaube ich, dass er selbst meine Mutter liebte. Ihrer beider Unschuld war, wie ich es heute sehe, schier grenzenlos. Ich hatte vor diesen Besuchen ein leises Grauen. Sie verliefen immer nach dem gleichen Muster, dem gleichen altmodischen Muster. Ich musste stets, wenn Sydney kam, zu Hause sein, und wenn ich auch gern zugab, dass er, wie mein Vater behauptet hatte, der beste aller Menschen sei, zählte ich die Minuten, bis er sich verabschiedete. Auch der Abschied folgte einem vorgeschriebenen Muster. Er beugte sich über den Sessel, küsste meiner Mutter die Stirn und sagte: »Aber jederzeit, Beatrice. Wann immer Sie mögen, kommen Sie zu mir. Meine Zeit gehört Ihnen.« Stets hatte er beim Fortgehen auch ein Wort für Nancy. Ja, er ließ es sich nicht nehmen, an die Küchentür zu klopfen, um ihr für den Tee zu danken. Auch sie liebte ihn. Er kommt noch immer, wenn ich auch selten zu Hause bin. Ich glaube, er wohnt jetzt in Worthing. Wenn ich mich nicht irre, sagte er einmal, dass er dorthin ziehen wolle. Wie ein steuerloses Schiff dahintreibend, sagte er.

Die Männer im Leben meiner Mutter glichen Priestern, die ihr geistlichen Beistand leisteten. Sie liebten sie auf eine Art, wie ich hoffe nie geliebt zu werden: mein Vater, Sydney Goldsmith und Dr. Constantine, der so lange Jahre ihr Arzt gewesen war. Darum suche ich nun die Gesellschaft von jungen Leuten, Leuten von Welt, mit geschliffenen Manieren, die Gesellschaft der Ambitionierten und der großen Begabungen so wie Nick und seine Freunde. In der Welt meiner Mutter, zumindest in ihren späteren Jahren, waren die Männer gütig, schüchtern, verletzlich und viel zu mitfühlend mit ihren Schmerzen. Ich möchte nie wieder solchen Männern begegnen. In gewisser Hinsicht habe ich es noch lieber, wenn sie abweisend sind, selbst wenn das bedeutet, dass sie es mir gegenüber sind. Ich ertrage nicht länger den schmachtenden Ausdruck in ihren Augen, nicht, dass sie so leicht die Fassung verlieren und ihre Hoffnungen so rasch dahinwelken. Heute erwarte ich von den Menschen, dass sie lebensfähig sind, geformt aus einem durablen Material. Ich versuche, mir ihre Unverletzlichkeit anzueignen. Ich möchte glauben können, dass Menschen hart genug sind, einen Schlag einzustecken wie selbst Schläge auszuteilen. Ich liebe den Anblick von Glück und Gesundheit – und die Menschen, die sich beider erfreuen. Aber diese priesterliche Betulichkeit, diese einfältig-kindliche Fröhlichkeit, dieses bemühte Zartgefühl, diese unterdrückten Seufzer, die dankbare Annahme konventioneller Aufmerksamkeiten, das Vertrauen auf die eingefahrenen Gleise des Lebens, all diese Treue und Beständigkeit – und das Grauen dahinter ... Das alles nie wieder!

Es besteht für mich nun nie mehr der Zwang, so zu tun, als ob alles in bester Ordnung sei. Denn das ist es jetzt nicht und ist es nie gewesen. Es war unerträglich, und ich übte mich darin, es zu ertragen. Von all den traurigen, so viel Geduld erfordernden Tugenden, die in den Möbeln und Stoffen dieser Wohnung eingeschlossen wurden wie in einen Schrein – die Frivolität der Details kämpft ganz ohne Erfolg gegen die Feierlichkeit des Gesamteindrucks an –, von all diesen Tugenden hat fortan keine mehr eine Rolle in meinem Leben zu spielen. Die Untadeligkeit, die innerhalb dieser Wände gedieh, hatte zur Folge, dass uns die Laster fehlten, die man braucht, um sich in der Welt zu behaupten, überhaupt alle Kenntnisse, die für unser Leben notwendig sind, wenn es uns glücken soll. Heute weiß ich, dass man so listenreich wie Odysseus sein muss, um seinen Lebensweg mit Erfolg zu gehen. Ich glaube, dass ich das nun begriffen habe – ich hoffe es jedenfalls zuversichtlich –, und ich bin gewillt, von meiner Erkenntnis guten Gebrauch zu machen, obwohl ich noch nicht genau weiß, wie. Wenn nötig, werde ich mich in einen neuen Lebensstil hineinschreiben, und dieser Lebensstil wird sehr amüsant sein. Ich weiß, dass ich noch einen weiten Weg vor mir habe. Das alte Muster ist noch wirksam, weil es so vollkommen ist, weil sich hier alles verschworen hat, es zu erhalten. Es ist wie ein einsames Altern, in Erwartung des Endes. Jeden Morgen beeile ich mich jetzt, aufzustehen und die Wohnung zu verlassen, bevor Nancy von der Frühmesse zurückgekommen ist. Ich eile in die Bibliothek und bin bereit, wieder die grenzenlose Komik seriösen Vertieftseins zu beobachten. Ich lasse mir keine Absonderlichkeit im Verhalten um mich herum entgehen, und wenn ich nach Hause komme, schreibe ich jede meiner Beobachtungen nieder, und ich meine zu spüren, wie sich das Gewicht all der in dieser Wohnung eingeschlossenen Tugenden von mir hebt, mich erleichtert zurücklässt, beinahe schon wieder bereit, von neuem zu beginnen.

Wahrscheinlich werde ich in dieser Wohnung bleiben, bis Nancy stirbt oder aber auszieht, was freilich unwahrscheinlich ist, obwohl sie eine Schwester in Cork hat. Dies ist ihr Heim so gut wie meines, und ich bin durchaus bereit, es zu verlassen und habe es auch schon für eine Weile getan. Ich sollte vielleicht doch lieber in die Nähe von Nick und Alix ziehen, wenn auch nicht gerade in ihre Wohnung. Ich brauche die gute Laune der beiden, ihre Energie und Widerstandsfähigkeit. Ich muss teilnehmen an dem Leben, das um sie herum zu entstehen scheint; ich brauche diese improvisierten Mahlzeiten, die in letzter Minute getroffenen Entscheidungen, ihre Ungezwungenheit. Hier dagegen herrschen Behutsamkeit, Vernunft, Vorsicht. Die Fahrstuhltüren schließen sich mit einem klirrenden Geräusch,

Nancy schlurft in ihren ausgetretenen Pantoffeln durch die Wohnung, und manchmal erscheint wieder dieses Tablett vor mir, mit der immer gleichen winzigen Mahlzeit, angesichts derer ich mich insgeheim schüttele, die ich aber ihr zuliebe dann doch esse. Ich könnte sie nie kränken. Aber sie scheint zu glauben, dass sich nichts geändert hat und auch nie ändern wird. Und sie begreift nicht (wie sollte sie auch?), dass mir das Angst macht.

Bei den Frasers ist alles anders. Alix, die ihr ganzes Leben lang Personal gehabt hat, kann keine Mahlzeit zubereiten, abgesehen von einem Steak und Spaghetti, die sie allerdings recht gut macht, sodass ihre Spaghetti »ihre« Spaghetti geworden sind, für die man ihr Komplimente macht. Sie hat diese amüsante Art, ihr vollkommen fremde Leute anzusprechen, wenn sie meint, sie sähen interessant aus, und oft sind wir abends zu dritt ins Restaurant gegangen, und am Ende waren wir zwei oder drei mehr, oft war es auch nur einer. Sie ist immer fasziniert von Menschen, die selbstständig sind. Ich glaube aber nicht, dass sie viele dieser Art kennt. Jeder erliegt dem Charme und der Energie Alix', die die unerhörtesten Fragen stellen kann, ohne dass die Befragten gekränkt sind. Vielmehr verspürten sie nach einer Weile den Wunsch, sich ihr anzuvertrauen. Meistens rufen sie schon am nächsten Morgen an, und ich bin überzeugt, dass sie alle das Gefühl haben, eine bedeutende Bekanntschaft gemacht zu haben. Wahrscheinlich warten sie, genau so wie ich es tat, auf die erste Einladung: »Sie müssen einmal zu uns kommen und meine Spaghetti kosten«, sagte Alix damals, als sie in die Bibliothek kam, nachdem sie mit Nick geluncht hatte. »Es wird keine große Sache sein«, fügte sie hinzu, »weil meine Verhältnisse nicht mehr danach sind.« Dabei zog sie eine komische kleine Grimasse und sah Nick an; er erwiderte ihren Blick in einer Weise, die mich etwas verlegen machte. Dann gingen sie zusammen fort und ließen sich eine ganze Zeit lang nicht mehr in der Bibliothek sehen. So habe ich sie damals kennengelernt, obwohl ich Nick schon seit Längerem kannte. Er ist alle Augenblicke in der Bibliothek und ebenso schnell wieder draußen.

Nun, eines Abends ging ich zum Dinner zu ihnen, genau einen Tag, nachdem ich Alix' Bekanntschaft gemacht hatte. Ich war entzückt. Ich fand alles wundervoll: die kleine Wohnung in einer Nebenstraße von King's Road, die winzige Küche, wo ich zusah, wie sie ihre berühmten Spaghetti kochte, die wirklich sehr gut waren, und das Gästezimmer, in dem ich meinen Mantel ablegte und das tatsächlich recht klein ist. Vor allem aber mochte ich das Gefühl, dass mich Alix unter ihre Fittiche genommen hatte, jemand mit ihrer Kraft und Entschlossenheit – nach dem Schattenreich, in dem ich so lange gelebt hatte. Wir hatten ein bisschen Zeit für uns, bevor Nick kam, und sie erzählte mir ausführlich von ihrer wundervollen Kindheit auf Jamaika, von ihren Reisen um die ganze Welt mit ihrem Vater, und wie sehr sie dieses dynamische, erregende Leben vermisse. Wahrscheinlich ist es ziemlich langweilig, nach einer solchen Jugend nun als Frau eines Arztes und Wissenschaftlers in London zu leben, aber das Verblüffende ist, dass sie sich für Nicks Arbeit interessiert und immer bereit ist, ihm zu helfen. Ich finde es auch großartig von ihr, sich so viel Zeit für Leute zu nehmen, denen es an Kraft oder Selbstvertrauen fehlt, und ihnen Mut zu machen. Ich kenne kein stärkeres Stimulans als ein Gespräch mit Alix. Ich weiß, dass die Leute von ihr begeistert sind, und ich konnte sehen, wie sie ihnen von ihrer Kraft abgegeben hat. Es ist eine besondere Gabe, über die sie verfügt. Sie erzählte mir von ihrem Erfolg bei einem besonders unglücklichen Mann, und was für einen großen Eindruck das auf alle gemacht habe. Sie glaubt, es liege einfach daran, dass sie gerade der Typ von Frau sei, der Verständnis für seine Probleme hatte. Aber dann schloss sie mit einem Seufzer, dass dies alles doch sehr schwiwig und niederdrückend sei und so gar nicht das, was sie von früher her gewohnt war zu tun.

Ich sagte ihr, dass sie damit, wie ich meinte, einen großen Dienst leiste.

Sie antwortete mit einem Seufzer. »Man glaubt das gern«, sagte sie. »Und wenn ich Nick damit helfen kann ... Schließlich ist das jetzt meine Aufgabe. Und selbstverständlich bin ich absolut verschwiegen. Das wissen alle. Verschwiegen wie ein Grab.«

Und wieder äußerte ich meine Anerkennung.

»Und wie steht es um Sie?«, fragte sie. »Was tun Sie so, abgesehen von Ihrer Plackerei in dieser albernen Bibliothek?«

Ich erklärte ihr, was für eine Hilfe es nach dem Tode meiner Mutter für mich bedeutet haue, meine Arbeit in der Bibliothek fortsetzen zu können. Denn ich hatte begriffen, dass die Arbeit mein einziger Schutz war und dass allein schon die Einteilung des Arbeitstages, auch und gerade mit seiner ganzen Banalität, mir nach der aufwühlenden und zermürbenden Zeit, die hinter mir lag, geholfen hatte, meine innere Fassung zurückzugewinnen. Ja, wie schon die stille

Anwesenheit von Dr. Leventhal und Olivia mir in der Schwindel erregenden Perspektive meiner plötzlichen Einsamkeit einen festen Punkt bedeutete ...

»Oh, Sie sind Waise!«, rief sie mit komischer Emphase aus. »Liebster, sie ist eine Waise!«, begrüßte sie Nick, der gerade hereinkam. »Arme kleine Waise Fanny!« Sie sagte es so, dass man meinte, es wäre alles in Großbuchstaben geschrieben. Sie ließ es komisch und albern klingen, und ich fühlte mich plötzlich erleichtert. Seitdem nennen sie mich Fanny oder kleine Waise Fanny.

Danach sprachen wir nicht weiter, weil Nick einen Mann mitgebracht hatte, mit dem er im Pub Fingerhakeln (mit aufgestütztem Arm) geübt hatte, und dieser Mann, ein Ire, erzählte uns seine vollständige Lebensgeschichte. Sie war sehr interessant.

Ich machte mir Gedanken wegen der Gegeneinladung, obwohl ich in diesem Stadium schon die Grenze bei dem Iren zog, denn irgendwie spürte ich, dass Nancy etwas dagegen haben würde. Sie kocht neuerdings nicht mehr viel, und da wir so gut wie nie abends Gäste hatten, schließt sie gern früh das Haus ab, und jede Veränderung des gewohnten Ablaufs regt sie auf und macht ihr Angst. Ich erklärte es Alix, und da stellte sich heraus, dass ich mir deshalb gar keine Gedanken hätte machen müssen, weil sie im Allgemeinen außer Haus essen. Im Erdgeschoss ihres Wohnblocks befindet sich ein Restaurant, in dem sie es viel bequemer finden zu essen. Dies zu hören, war mir überaus angenehm, denn es hieß, dass ich mich ohne ein schlechtes Gewissen zu ihnen setzen, für mich selbst zahlen oder sie auch zugleich einladen konnte.

Ich ging schon in der nächsten Woche mit ihnen in dieses Restaurant, und das war wieder eine neue Offenbarung für mich. Als bloßes Esslokal gesehen, hat es den Vorteil der Bequemlichkeit, aber das, worauf es ankommt, ist, dass Alix hier ihre Freunde trifft. Sie gehört zu den glücklichen Frauen, um die sich, wo immer sie sich befinden, ein Kreis getreuer Freunde bildet. Ist man mit ihr zusammen, gehört man gleichsam einem Klub an. Besonders intim ist sie mit einer schrecklich aristokratischen italienischen Dame namens Maria. Auch sie lebt in diesem Wohnblock und auch sie hat eine faszinierende Vergangenheit. Maria und Alix sind so gut miteinander befreundet, dass sie sich die schlimmsten Dinge an den Kopf werfen, sich in jeder Weise beschimpfen können, nur um am Ende in lautes Gelächter auszubrechen. Maria ist sehr eindrucksvoll in der etwas eckig-hochmütigen Art, wie man sie manchmal bei Norditalienerinnen findet. Ich sage lieber eindrucksvoll als schön. Sie ist eine stattliche, Achtung gebietende Erscheinung, aber sie hat die gleiche Ungezwungenheit wie Alix und verträgt sich auch mit allen übrigen Tischgenossen aufs beste. Ich hatte übrigens den Eindruck, dass die Stammgäste etwas früher essen und die Freunde von Alix sich erst später einfinden, sodass ein Abend in der Gesellschaft von Alix und Maria und natürlich auch von Nick ein unvergleichliches Erlebnis ist.

Ich war entzückt und wie geblendet. Wir verbrachten den ganzen Abend dort, und Maria saß an unserem Tisch und rauchte Zigaretten, und es wurde der klassische Bohemeabend, wie ich ihn sonst nur aus Büchern kannte. Maria ist anscheinend ziemlich reich, wenn auch ihre finanziellen

Verhältnisse auf Grund ihrer Scheidung auf einigermaßen abenteuerliche Weise verwickelt sind. Diesem Problem widmen Alix und sie eine Menge Zeit. Ich begriff so viel, dass sie es vorzieht, in London zu bleiben, weil sie hier viele Freunde hat. Eine ganze Anzahl von ihnen kam an diesem Abend hereingeschneit, und sie begrüßte sie stets mit großer Begeisterung, ging von Tisch zu Tisch oder rief den Hereinkommenden einen Gruß zu. Manche dieser Leute deuteten zwar eine scherzhafte Fluchtbewegung an, aber niemand kam an Maria vorbei, die Nick als Italiens nuklearen Brückenkopf bezeichnete. »Wir haben alle Angst vor ihr«, erklärte er. »Wenn wir nicht sehr aufpassen, sorgt sie dafür, dass wir nichts zu essen bekommen. Sie kann Langweiler nicht ausstehen.« Maria tat so, als ob sie ihm eine Ohrfeige geben wolle, und er tat so, als wolle er zurückschlagen, und dann schlug sie wirklich zu. »Das ist nicht fair«, sagte er, und dann brachen beide in schallendes Gelächter aus.

»Das ist Fanny«, sagte Alix mit einem zeremoniösen Räuspern. »Seid nett zu ihr. Sie ist Waise.«

»Hallo Fanny«, sagte Maria und bot mir die Hand, die ich schüttelte. Sie hatte große Hände. »Willkommen in unserem Klub!« Ich war so bewegt, dass ich nur »Danke!« sagen konnte.

Ich gab mir Mühe, das alles noch am selben Abend, als ich im Bett lag, auszuarbeiten. Ich hatte ein Gefühl, als sei ich plötzlich aus der fürchterlichen Leere meines bisherigen Lebens befreit worden. Ich hatte mich so angestrengt, vernünftig und ohne übertriebene Erwartungen zu leben – denn meine Erwartungen haben mich leider oft zu Irrtümern verleitet –, und als nun etwas eintrat, was so in mein

Leben eingriff und es erst lebendig machte, da fand ich es nicht ganz leicht, an mein Glück zu glauben. Nur Gutes konnte sich daraus ergeben. Lange lag ich wach, und nach einigem Nachdenken entschloss ich mich, alle Irrtümer und Missverständnisse von früher der Vergessenheit anheim zu geben. Ich hatte mir immer gewünscht, mit mir selber ins Reine zu kommen, und nun sah es so aus, als sollte ich genau die Hilfe bekommen, die ich dazu brauchte. Freunde können dein Leben verändern, und wenn du auch weißt, dass sie irgendwo existieren, triffst du sie nicht immer im rechten Augenblick. Doch jetzt schien der Weg vor mir leichter zu bewältigen zu sein. Ich war aus meiner Einsamkeit erlöst; man hatte mir eine neue Chance gegeben, und ich hatte große Hoffnungen auf eine Zukunft, welche die Vergangenheit auslöschen würde.

3 Als ich zum ersten Mal Nick und Alix zusammen sah, glaubte ich, das lebende Beispiel für die aus dem neunzehnten Jahrhundert stammende Theorie der natürlichen Auslese vor mir zu haben. In den Personen von Nick und Alix hatten offensichtlich die Tauglichsten überlebt. Menschen wie Olivia und mich oder Mrs. Halloran, Dr. Simek und Dr. Leventhal stürzten sie gleichsam ins Dunkel unsagbarer Anonymität. So überwältigend war ihre physische Erscheinung, fast möchte ich sagen, ihr physischer Triumph, dass ich mir sogleich ganz schwach und blass vorkam, weniger dekadent als unterernährt, nicht gespeist von den wahren Kräften des Lebens, sondern verdammt zum Dahinvegetieren in dunklen Räumen, bei knappen Mahlzeiten, verdammt zu einer obskuren, geduckten Existenz, die meinem geschwächten Zustand angemessen wäre und die mir erlaubte, sanft dahinzuschwinden, ja zu verlöschen.

Ich war natürlich an Nicks hektischen Charme bereits gewöhnt, an seine gewaltige Größe und an seinen im Großen und Ganzen goldenen Charakter. Ich brauchte nur Olivia und Mrs. Halloran zu beobachten, um zu erkennen, dass seine Wirkung auf Frauen einen sehr hohen Grad auf der nach oben offenen Richterskala erreichte. Wie soll ich es beschreiben? Eigentlich war nichts besonders Tiefschürfendes an all seiner verbalen Zärtlichkeit, an die wir von ihm gewöhnt waren; und doch brachte er es irgendwie fertig, einem das Gefühl zu geben, als könnten all seine Darlings (Darling Fanny, Darling Olivia, Darling Delia) eines Tages etwas zu bedeuten haben. Er schien eine Atmosphäre der Zuneigung für sich schaffen zu wollen, und doch, glaube ich, spürten wir alle, dass dies seine natürliche Wesensart war. Er war damit geboren. Er hatte nicht die geringste Ahnung – jedenfalls schien es so – von den traurigen Kompromissen und Notbehelfen, den Substitutionen und Fantasien, die das Gefühlsleben eines Durchschnittsmenschen ausmachen.

Wir nahmen an, dass ihn diese Atmosphäre von Liebe von Kind an begleitet hatte, dass sie sein natürliches Element war, dass er sie nie entbehrt hatte. Wenn er Kosenamen gebrauchte, dann weil er sie von jeher, auf sich selbst angewandt, gehört hatte. Er machte den Eindruck eines vielgeliebten Menschen. Aber da war diese Unrast, diese Eindringlichkeit, die einen an seine zweifellos sehr starke sexuelle Ausstrahlung denken ließ oder sie einem vielleicht überhaupt erst zum Bewusstsein brachte. Und gerade diese besondere Dimension seiner Persönlichkeit machte ihn so eindrucksvoll. Wie spektakulär und genussreich sein Leben in dieser Beziehung auch sein mochte, gab er einem stets das Gefühl, dass er zu mehr und zu anderen Erfahrungen fähig sei, ja zu einer unendlichen Erfüllung. Er war ein Jäger. Und die Kombination seiner strahlenden, unterschiedslos verteilten Freundlichkeit mit diesem scharfen, wenn auch immer wie zufälligen Blick auf die Frauen um ihn gaben einem das Gefühl, dass er vielleicht, ja dass er denkbarerweise doch eine von ihnen begünstigen könnte. Und eine Gunst müsste man es nennen, daran bestand kein Zweifel. Denn bei ihm fehlte völlig das Moment des Bedürfnisses, des Es-nötig-Habens, das so manche Männer und übrigens auch nicht wenige Frauen in ihren Begierden unattraktiv macht. Er war zwar selbst die verkörperte Begierde, aber es war Begierde, die nicht notwendigerweise aktiv war, die vielleicht in einem unvorhergesehenen Augenblick erwachte, unvorhersehbar auch, wovon ausgelöst, ein blinder Impuls, eine natürliche Lebensbedingung.

Wir liebten ihn als ein Phänomen, als ein Beispiel dafür, wie ideal ein Mann sein kann. Auch die Männer liebten ihn und merkwürdigerweise aus demselben Grund. Sie wünschten, selbst dieses Modell zu sein, diesen scharfen, scheinbar zufälligen Blick zu haben und dazu die Gewissheit eines leichten Sieges. Sie würden ihm sogar jede Untreue oder Indiskretion gestattet oder wenigstens verziehen haben. Allerdings war er nach allem, was ich weiß, nie treulos oder indiskret. Er verkörperte allenfalls die Möglichkeit, fast möchte ich sagen, die Verheißung solchen Verhaltens. Er ließ ahnen, dass ihn der Vorwurf der Zügellosigkeit nicht stören würde und dass man seinem Willen gehorchen würde. Er erinnerte daran, dass es im Leben ungerecht zuging, und er konnte die erregende Vorstellung vermitteln, dass man, sobald er es wünschte, an dieser Ungerechtigkeit teilhaben könnte, die stets auf der Seite der Schönen, Starken, der Herrischen, Gesunden, Entschlossenen stand und die es den Sanftmütigen überließ, die Erde zu erben oder, besser gesagt, von der Verheißung dieser Erbschaft zu leben. Nick oder doch seine Erscheinung konnte davon überzeugen, dass die Ungerechtigkeit jedem System innewohnt und dass der Verlorene Sohn, ungeachtet seines bedauernswerten Verhaltens und seiner wenig erbaulichen Vergangenheit, von seinem Vater in die Arme geschlossen wurde, nur darum, weil er zurückgekommen war und weil es während seiner Abwesenheit so leer im Haus gewesen war.

Das Gleiche empfanden wir mehr oder weniger gegenüber Nick. Seine improvisierten Auftritte, stets hastig, stets vorzeitig wieder abgebrochen, brachten uns zum Bewusstsein, wie langweilig es vor seinem Besuch gewesen war. Wenn er die Bibliothek wieder verließ, räumten wir hinter ihm auf, trugen wir die Stapel von Fotografien in sein Arbeitszimmer hinauf, und niemals erinnerten wir ihn daran, dass er regelmäßig den Rückgabetermin für die entliehenen Bücher überschritt, die zuweilen auch von anderen Lesern angefordert wurden. Wir nahmen für ihn Bestellungen an und entschuldigten ihn, wenn nötig; und wir lehnten es stets ab, ihn zu kritisieren. Wir fanden, dass er, als ein Beispiel der höchstentwickelten Züchtung des menschlichen Geschlechts, einer geschützten Spezies angehörte. So stark wirkte die Aura, die um ihn war, dass man sie zunächst gar nicht mit den Privilegien in Verbindung brachte, die er zweifellos schon von Geburt an genossen hatte. Seine Herkunft, sein Elternhaus, seine Erscheinung, seine Begabung, seine Schule und Universität und seine fachlichen Leistungen – alles war untadelig, aber wir kamen nie auf den Gedanken, darin die Ursache von allem zu sehen. Eher sahen wir darin Wirkungen, die ihn in seinem Selbstvertrauen bestätigten, es aber nicht eigentlich begründeten. Dass er sich stets richtig kleidete, den richtigen Friseur hatte, den richtigen Sport trieb – das alles erklärte sich für uns eher aus seiner Persönlichkeit als aus der intelligenten Anwendung richtiger Verhaltensmaßregeln, wie sie ihm von Kindheit an eingeprägt worden waren. In unseren Augen war er die geborene Führerpersönlichkeit. Aber seine größte Gabe war unserer Meinung nach dieser periodische, forschende Blick, so als wollte er jemand von uns von seinem langweiligen, aber sicheren Platz weg- und für einen Augenblick an seine Seite rufen. Natürlich tat er es nie. Aber die Möglichkeit, so glaubten wir alle, die Möglichkeit dazu bestand. Jede von uns – und alle Frauen, denen er je begegnet war, mit Ausnahme von Olivia – wartete in sozusagen aktiver Bereitschaft auf solche Aufforderung.

Aber als ich ihn dann zusammen mit Alix sah, wusste ich gleich, dass wir umsonst gewartet hatten. Ich erkannte, dass er schlechthin unerreichbar war. Das heißt, unerreichbar für jeden, der nicht Alix oder ihrem Ebenbild glich. Alix war genau die Frau, die ein Mann wie Nick wählte, und wir hatten entschieden den Eindruck, dass es in beiden Kategorien jeweils nur ein Beispiel gab: Nick und Alix. Auch war es unser Eindruck, dass sich die beiden über diesen Umstand vollkommen klar waren und dass sie ihm Rechnung trugen. Als ich sie so zum ersten Mal zusammen sah, sich gleichsam sonnend im Glück ihres Komplizentums, ihrer physischen Ähnlichkeit, da versagte ich mir jedes Gefühl gegenüber Nick, das über das bereits beschriebene hinausging. Stattdessen verliebte ich mich in beide. So erging es jedem. Und sie waren daran gewöhnt.

Der erste Eindruck bei ihrem Erscheinen war der eines erhabenen Paares, dessen Partner in jeder Hinsicht einander ebenbürtig waren. Die Gemeinsamkeit, die am stärksten auffiel, war physischer Natur. Sie sahen gesund und kühn aus. Man sah ihnen an, dass kein exotisches Land sie einschüchtern und dass keine noch so unvorhergesehene Situation ihnen Angst machen könnte und dass es für sie keinen Augenblick ohne Erfüllung geben durfte. Man sah ihnen an, dass ihnen die Welt gehörte, die physische Welt, die offenbar zu ihrem Vergnügen erschaffen worden war, und dass sie, wenn sie Sehnsucht nach der Sonne bekamen, selbstverständlich nach Afrika fliegen würden, statt hier zu frösteln und jammernd auf den Sommer zu warten wie wir. »Mich interessiert einfach alles«, hörte ich Alix immer wieder sagen. Ich zweifelte nicht daran, denn wie sollte es anders sein, wenn ihr die ganze Welt zur Besichtigung offen stand? Während ich dazu neigte, mich in Gedanken mit meiner nächsten Umgebung zu beschäftigen – mit Nachbarn, Freunden, Kollegen oder den Leuten, die an der Bushaltestelle warteten –, pflegten Alix und Nick ganze Kulturen und ethnische Prototypen miteinander zu vergleichen. Was mir dabei den größten Eindruck machte, war weniger die Weite ihres geistigen Horizonts, als dass es in ihrem Leben keine Routine gab, dass sie jedem Appell folgten, natürlich immer vorausgesetzt, dass es ihnen Spaß machte, dass sie jede Einladung annahmen, überallhin gingen und taten, was sie wollten. Ich fand sie mutig. Sie fanden sich nur vernünftig.

Als sie an jenem ersten Nachmittag durch die Tür kamen, hatten beide den gleichen zuversichtlich-gemächlichen

Schritt. Sie hatten mehr Augen füreinander als für ihre Umgebung, so als ob die Umgebung warten könne und ohnehin nicht wichtig genug sei, um ihre Aufmerksamkeit zu fordern. Ausgenommen, während sie über einen Scherz lachen, wie man es in den Bildunterschriften der alten Nummern des *Tatler* lesen konnte, die meine Mutter nach der Lektüre Nancy zu geben pflegte und die sich gewiss noch heute in irgendeiner Ecke des Küchenschranks befinden. Auch die Scherze der Frasers waren von der gleichen gehobenen und exklusiven Art. Es handelte sich dabei nicht um bloße Heiterkeit und Lachlust, nicht um das Losprusten aufgrund flüchtiger Belustigung; hier herrschte vielmehr geheimes Einverständnis, so etwas wie das gemeinsame Wissen um ein äußerstes, sublimes Vergnügen, das sie für sich behalten wollten. Man konnte sich gut vorstellen, wie sie mit der gleichen Unbekümmertheit und dem gleichen Blick füreinander statt für die Umwelt in jeder Lebenslage ihren Weg gehen würden, gemächlichen Schritts. Man konnte sie sich vorstellen, wie sie, in entlegenste Kulturen verpflanzt, in die exotischsten, noch unerforschten Gebiete dieser Erde, immer noch sich selbst, allein sich selbst eine elementare und unmittelbare Bedeutung zuerkannten.

Ich übertreibe natürlich. Hätte ich nur einen einzigen Augenblick nachgedacht, als wir uns zum ersten Mal trafen, hätte ich mir sagen können, dass es so etwas wie ein verzaubertes Leben nicht gibt, mag auch der Anschein zu solcher Annahme verführen. Und ich bin von jeher für einen solchen Anschein sehr empfänglich gewesen. So ging ich einmal auf der Straße einem jungen Mädchen nach, einfach weil es so glücklich aussah, dass ich mich von ihrem Anblick nicht losreißen konnte. Von ihrer Jugend und Schönheit abgesehen, hatte sie dieses Selbstvertrauen, das vom Vertrauen in die eigene Zukunft sprach, so als seien ihre Erwartungen an das Schicksal von Natur aus so hoch, dass sie für sich einen Standard in Anspruch nahm, der für andere ein Ansporn war. Sie schien von allem das Beste zu erwarten, und ich erinnere mich, dass ich sie anstarrte, als ob sie von einem anderen Planeten herabgestiegen sei. In solchen Fällen Beobachter zu sein, ist nicht immer hilfreich. Zuweilen vermitteln einem die beobachteten Szenen und Menschen auf ihre Weise, dass man von ihnen ausgeschlossen bleibt. Und doch, die Faszination des so seltenen Beispiels des vollkommenen Menschen bleibt bestehen und verlangt, dass man die Feder niederlegt und sich an den Gegenstand seiner Bewunderung heranpirscht, ihn studiert, seziert, ihn sich durch Erfahrung aneignet und ihn liebt. Das waren meine Empfindungen, als ich zum ersten Mal Alix und Nick zusammen sah. Ich wusste, dass ich nie genug über sie in Erfahrung bringen könnte, aber auch, dass ich vielleicht nie verstehen würde, was ich erfuhr. Deshalb beobachtete ich sie mit besonderer Aufmerksamkeit.

Diesem ersten Eindruck von königlichem Anspruch, von vollkommener Ausgeglichenheit und gegenseitigem Einverständnis folgte ein zweiter, stark wie der erste und für mich noch viel überzeugender. Auf irgendeiner Ebene meines Bewusstseins erkannte ich, dass an den beiden alles abprallte; man konnte ihnen keinen Schaden zufügen, kein Schock würde sie zum Scheitern bringen, und keine Vernachlässigung konnte sie in ihrem Selbstbewusstsein treffen. Sie waren unverletzlich, es sei denn, sie selbst verletzten einander, aber ihre Übereinstimmung war so offenkundig, dass es keine Differenzen zwischen ihnen geben konnte und es unwahrscheinlich war, dass sie sich gegenseitig eine Kränkung zufügten. Sie waren Verbündete, Partner, Komplizen; sie hatten das gleiche Tempo, dieselben Vorlieben und Abneigungen, auch die gleichen Vorbehalte. Man könnte ihnen, wenn man wollte, unhöflich entgegentreten (obwohl das unvorstellbar war), und doch würde man umgekehrt erwarten, dass sie mit Freundlichkeit reagierten, denn ihre überlegene Stärke stand nie in Frage. Die einzige Gefahr, die von ihnen drohte, bestand darin, dass man für sie nicht amüsant genug war, dass man sie langweilte und von ihnen ignoriert wurde. Mir kam der Gedanke, dass so Kinder ihren Eltern gegenüber empfinden mögen, wenn diese sie ihre Überlegenheit spüren lassen. Ich persönlich hatte zwar meinen Eltern gegenüber nie derartige Gefühle; sie waren bescheidene, gütige Menschen, die immer um den gegenseitigen Seelenfrieden besorgt waren. Ich musste bei meiner scharfen Zunge sehr Acht geben, sie nicht zu verletzen, und sie haben mich natürlich nie gekränkt. Andererseits bedurfte es keiner großen Anstrengung von mir, ihnen zu gefallen, sie zu unterhalten oder zu amüsieren, und ich glaube, es reizte mich einfach, meine scharfe Zunge zu gebrauchen, nervös, kritisch und witzig zu sein, auch wenn es auf Kosten anderer ging. Für mich bedeutete es damals so etwas wie Freiheit, nicht auf die Gefühle anderer Rücksicht zu nehmen, wenn ich keine Lust dazu hatte. Ich wollte nichts davon wissen, dass die Welt alt und aus den Fugen war, dass der Mensch ein verletzliches Geschöpf und jeder mehr oder weniger ein

Sterbender war. Mit alldem hatte ich schon gar zu lange leben müssen.

Jetzt brauchte ich die Erfahrung, dass nicht jeder Mensch eine Wunde trägt, die sein Leben lang immer wieder einmal blutet. Jetzt musste ich belehrt werden, dass das Leben ein gehöriges Tempo anschlagen und einen förmlich mitreißen kann. Ich hatte noch von Experten den reinen Egoismus zu erlernen, zu dem ich es bisher noch nicht gebracht hatte, denn das bisschen, was ich bisher an Selbstvertrauen und Egoismus aufgebaut hatte und das sich bis heute nur in meinem Schreiben ausgewirkt hat, verflüchtigte sich nur allzu schnell angesichts des ängstlichen, verlorenen Ausdrucks der Augen, der Enttäuschung, die mich verfolgte, sich mir in den Weg legte und sich meinem Bewusstsein aufdrängte, wenn ich dabei war, mich hinter einem kleinen Wall von Selbstsucht abzuschirmen. Da brauchte ich nur zu sehen, wie sich Mrs. Hallorans trockenes, gefärbtes Haar in ihrem Kamm verhedderte, wenn sie sich für den abendlichen Besuch bei den »Feathers« zurechtmachte, oder wie Dr. Simek seine altmodischen Handschuhe am Handgelenk zuknöpfte, oder ich brauchte mich nur an den strengen und doch so vertrauensvollen Blick aus Nancys blauen Augen zu erinnern, um mein ganzes Gebäude aus Selbstschutz und Egoismus wieder zusammenstürzen zu lassen. Und dieser Vorgang würde sich wiederholen, obwohl ich mich streng ermahnt habe, ihn zu ignorieren. Er stellt sich in Form von Bildern dar, was, wie ich vermute, ganz angemessen ist, da ich täglich mit Bildern zu tun habe, aber sie irritieren mich, so wie etwas, das mein natürliches Gesichtsfeld verdunkelt. Diese kurzen Zustände treten ganz zufällig auf und sind unvorhersehbar; sie tauchen auf aus einer Tiefe, die ich nicht kontrollieren kann und die ich sehr gern vergessen würde. Manchmal sehe und höre ich vergessene Episoden aus meinem wirklichen Leben, und immer wieder versuche ich angestrengt, für mich ein neues Leben zu erfinden, sodass ich von dem alten wegkommen kann, obgleich dieses alte Leben, das ich bis heute, seiner Fragwürdigkeit durchaus eingedenk, mit einer Mischung von Resignation und Ungeduld geführt habe, eigentlich ganz bequem war. Es war sogar so bequem, dass ich damit nicht zufrieden war. Wahrscheinlich ist das der Grund, warum ich schreibe – um die Ereignisse neu zu ordnen, sie schärfer zu konturieren, auch um sie komischer zu machen, als sie in Wirklichkeit waren. Komischer vor allem. Ich schreibe, um hart zu werden. Ich habe nicht die Absicht, irgendwelche Gefühle zu schonen, außer selbstverständlich meine eigenen.

Es geschah denn auch zu meinem ausgesprochenen Verdruss, dass gerade am Morgen jenes Tages, an dem ich Alix Fraser zum ersten Mal begegnete und eine Ahnung von einer souveräneren Art zu leben verspürte und an dem ich leichten Herzens alles aus meinem Leben verbannte, was nicht nach meinem Geschmack war, dass mich gerade an diesem Morgen das Gespenst Dr. Constantines heimsuchte. Dr. Constantine war der Arzt meiner Mutter gewesen, ein kleiner, sehniger Mann mit O-Beinen und einem Gesicht wie eine Nuss. Er glich mehr einem Jockey als einem Arzt, und sein starker Dubliner Akzent verstärkte diesen Eindruck noch. Ich bezweifle, dass ihn jemand ernstlich für einen Arzt hielt; er war zu schüchtern und erzählte zu viele alberne Witze, von denen einige nicht zum Anhören waren, um einen mit seinem überlegenen Wissen zu beeindrucken. Für meine Mutter konnte er nur wenig tun, außer ihren Lebensmut zu stärken. Er tat es, indem er sie an jedem Samstag besuchte. Es war ein Besuch, der nach einem vorgeschriebenen Muster verlief. Dr. Constantine pflegte genau eine Dreiviertelstunde zu bleiben, während der er bedächtig ein Glas Whisky zu sich nahm, das ich ihm, einer Kopfbewegung meiner Mutter gehorchend, eingeschenkt hatte. Dabei erzählte er ihr den Klatsch aus der Nachbarschaft. Nebensächliche Dinge, wie von einem jungen Mann, der irgendwo als Partner eintreten sollte, oder davon, dass die Tochter seiner Sprechstundenhilfe wieder ein Kind bekam. Derlei Dinge. Während er redete, fühlte er ihr den Puls und sagte am Ende: »Es geht ja prächtig!« »Dank Ihren Mühen, Herr Doktor«, pflegte sie zu antworten, worauf er errötete – und dann fügte meine Mutter hinzu: »Und dank meiner lieben Tochter.« Ich wartete mit Nancy an der Tür auf ihn, und er wiederholte vor uns noch einmal: »Es geht ihr prächtig.« Aber er sah mir dabei nicht in die Augen. Und eines Tages ... Eines Tages rief Nancy in der Bibliothek an, ich müsse sofort nach Hause kommen. Es war ein Schlaganfall. Dr. Constantine hockte über dem Telefon auf der Diele, mit gerötetem Gesicht und ganz ohne die gewohnte Gelassenheit. »Ich flehe Sie an, Oberin«, hörte ich ihn sagen, »verschaffen Sie mir ein Bett! Mein Gott, ich kann sie doch nicht hier behandeln.« Er war verzweifelt, aufgeregt; seine kleinen braunen Augen suchten irgendwo hinter meinem Kopf nach Hilfe. Und doch behandelte er sie hier, denn im Krankenhaus war kein Bett frei, und schließlich starb sie zu Hause, als er nicht da war. Er entschuldigte sich bei mir. Er hätte geweint, wenn ich nicht sehr höflich und zurückhaltend geblieben wäre und mich bemüht hätte, seine Entschuldigung kurz zu halten. Ich empfand nichts. Jedenfalls weniger als er.

Er war nicht da gewesen, aber ich.

So mag sich erklären, dass es für mich an dem Tag, an dem Alix in die Bibliothek kam, über die Maßen ärgerlich war, vor meinem geistigen Auge Dr. Constantine zu erblicken, über das Telefon gebeugt, das Gesicht gerötet und in den blicklosen kleinen Augen die Verzweiflung, und dazu in meiner Vorstellung den Klang seiner Stimme zu hören. Wie sie bettelte. Hoffnungslos.

Außerdem sah ich, aus mir unerkennbaren Gründen, eine Zigarettendose aus Rosenholz mit Einlegearbeit, die meinem Vater gehört hatte. Als Kind hatte ich, an den langen, stillen Nachmittagen, wenn meine Mutter ruhte, damit gespielt. Aber erst jetzt sehe ich, in welch schlechtem Zustand das Kästchen war; die Kante war rau und leicht aufgeworfen statt, wie es sich gehört hätte, glatt wie Seide zu sein.

In solchen Stimmungen ist Olivia die beste Gesellschaft für mich. Ihre innere Stärke versagt nie; bei ihr sammle ich meine Kräfte – vielleicht für den nächsten Anfall, vielleicht aber auch, um den Hauch einer Idee zu bekommen, worüber ich abends zu Hause schreiben kann. Olivia ist meine einzige Kritikerin. Aber ich glaube, dass sie meine schwer erworbene Frivolität verurteilt.

Wie gesagt, ich war von der Erscheinung dieses für einander geschaffenen Paares, Nick und Alix, erregt, ja fasziniert. Da kamen sie herein, unbekümmert und lachend, mit ihren Gedanken irgendwo anders. Im ersten Moment, und tatsächlich auch bei näherer Bekanntschaft, erschienen sie mir als ein einziges Wesen. Erst später sah ich Alix als einen selbständigen Menschen, und sobald ich bemerkte, dass sie eine eigene Persönlichkeit besaß, wurde mir auch klar, dass sich diese Persönlichkeit vor ihrem Leben mit Nick entwickelt hatte und dass sie der Nicks überlegen war. In unserem dunklen, etwas feierlichen Bibliothekssaal, der einem Kinderzimmer für große Kinder gleicht, tranken wir, das heißt, Olivia und ich, Kaffee aus Bechern mit passenderweise jugendlichem Dekor. Frauen geben auf dem Arbeitsplatz häufig solchen häuslichen Impulsen nach und statten ihr Büro mit Topfpflanzen, Ersatzschuhen und einer Strickjacke für alle Fälle aus. Meine Vorgängerin, Miss Morpeth, hatte ihre eigene Tasse und Untertasse aus feinem Porzellan und einen gepolsterten Samtbügel, und ich übernahm diese Details in meine Geschichte, was Olivia ziemlich geschmacklos fand. Da wir beide, unverheiratet und kinderlos, noch im elterlichen Hause wohnen, gehen wir nicht so weit, uns ein zweites Heim neben unserem Zuhause zu schaffen. Wir beschränken uns also auf unsere Mickymausbecher und beobachten, während wir trinken, über deren Rand hinweg die Bibliothek und warnen uns gegenseitig mit einem Blick, wenn irgendetwas unsere Ordnung Störendes oder gar Umstürzendes einzutreten droht. Und einen solchen warnenden Blick wechselten wir, als wir draußen, vor der Tür, dieses Lachen hörten, das den Auftritt von Alix ankündigte.

Sie war nicht schön, aber es ging eine Kraft von ihr aus, dass sie unsere Aufmerksamkeit völlig in Anspruch nahm. Sie war groß und blond, mit struppig-strähnigem Haar und ziemlich kleinen grauen Augen, die ganz verschwanden, sobald ihr herrlicher Mund sich zu diesem Lachen öffnete, das ich bald so gut kennen sollte. Der Mund mit allem, was dazu gehörte, war das dominierende Merkmal ihres Gesichts: die langen schmalen Lippen, die makellosen Zähne und die hohe, weit tragende Stimme. Wir sahen und verstanden das Entzücken Nicks, wenn er sie zum Lachen brachte und wenn ihr Kopf sich zurückbog, der Mund sich weit öffnete und der Klang ihres Gelächters, das eigentlich eher verschluckt und zurückgehalten wurde, ihn belohnte. Das Leuchten dieses lachenden Gesichts mit den unordentlichen Haaren und den Raubtierzähnen war die genaue Ergänzung zu dem schweifenden und alles andere als platonischen Blick Nicks, der schier unerschöpfliche Reserven von Lust und Begierde verriet. Sie ließ niemanden im Zweifel, dass es eine Ehre war, wenn man ihre Aufmerksamkeit erregte.

Sie schienen sich in einer endlosen körperlichen Verbindung zu befinden. Er hielt ihre Hand oder legte ihr den Arm um die Schultern, oder er suchte ihren Blick, und mit hochgezogenen Brauen erwiderte sie spöttisch den seinen. Sie führten einen wortlosen Dialog miteinander, den sie gelegentlich unterbrachen, um sich nach neuen Gegenständen ihres Interesses oder ihrer Belustigung umzusehen. Sie blickte abwägend auf Olivia, die unter ihrem Blick errötete, dann auf mich, und es ermutigte mich in diesem frühen Stadium unserer Bekanntschaft, die hochgezogenen Brauen und ihr Lächeln zu sehen, als ich meinen Becher niedersetzte und aufstand. Es geschah ganz unwillkürlich, halb auf der Hut, halb um sie willkommen zu heißen, ganz ehrerbietig.

»Wir haben uns gerade gestritten«, sagte sie, als ob sie mich seit Jahren kenne, oder als ob sie Formalitäten überhaupt für Zeitverschwendung hielt. »Ich finde, mein Haar sieht besser aufgesteckt aus, aber Nick ist absolut dagegen. Was meinen Sie?«

Ich wusste nicht, was ich sagen sollte, aber es bestand auch keine Notwendigkeit dazu, da Nick bereits protestierte.

»Darling, du weißt doch, dass ich es mag, wie du es jetzt trägst. Denn so war es, als ich dich kennenlernte. Es kann nicht dein Ernst sein, es ändern zu wollen.«

Sie lachte. »Ich habe es satt. Und du willst doch nie etwas ändern. Sieh es dir wenigstens einmal an. Nein, sage noch nichts.«

Sie streifte den Pelzmantel ab und warf ihn über die Rückenlehne eines Stuhls, wobei sie einen Stapel Fotografien zum Einsturz brachte; die Handtasche stellte sie auf meinen Schreibtisch, entnahm ihr eine Hand voll Kämme und Haarnadeln und türmte ihr üppiges Haar auf dem Kopf auf. Als es genügend verankert war, sah sie mich in Erwartung meines Urteils an.

»Ich finde, es steht Ihnen so und so gut«, bemerkte ich stockend, aber es schien so und so keine Rolle zu spielen, was ich sagte, denn sie hatte sich bereits wieder Nick zugewandt und posierte vor ihm, die eine Hand in die Hüfte gestemmt, während sie mit der anderen ein paar ungebändigte Strähnen im Nacken feststeckte. Mrs. Halloran und Dr. Simek hatten unterdessen ihre Arbeit unterbrochen und sahen dem Schauspiel zu, als ob man eigens zu ihrer Unterhaltung eine laszive Kabarettvorstellung arrangiert hätte.

»Liebling«, erklärte Nick, »selbstverständlich musst du deine Haare so frisieren, wie du willst, aber du weißt, was ich dabei empfinde. Könntest du es nicht einfach beim alten lassen? Mir zuliebe?«

Sie blickte in einen Taschenspiegel und drehte den Kopf von einer Seite auf die andere, um die Wirkung zu studieren. Ich gab mir Mühe, ein Gesicht zu machen, als sei dies alles etwas, das sich üblicherweise so in einer Bibliothek abspielt. Ich spürte Olivias Missbilligung und wusste instinktiv, dass ich mich von dieser Missbilligung distanzieren wollte. Der flehende Ton, in dem Nick gesprochen hatte, überraschte mich, aber ich nahm an, dass er irgendwie zu einer erotischen Übereinkunft gehörte, eine Vorstellung, die mich fesselte und befremdete.

»Hm«, lenkte sie am Ende ihrer Besichtigung ein, die eine ganze Weile gedauert hatte. »Ich werde es mir überlegen. Und was dich betrifft«, wandte sie sich an Nick, »so muss es doch immer nach deinem Kopf gehen, oder nicht? Immer nach deinem Kopf, nicht wahr?«

Dabei lachte sie und stieß mit dem Finger nach ihm, ständig ihre Frage wiederholend: »Nicht wahr?« Dr. Simek warf schmollend die Lippen auf und wandte sich nun wieder seinem Schnellhefter zu, in dem er seine Notizen abgelegt hatte. Nur Mrs. Halloran hörte nicht auf, die beiden ungeniert anzustarren, während Olivia eine Fotografie in die Hand nahm und daran ging, sie mit der Schere sorgfältig zurechtzuschneiden.

Als Alix mit einem schnappenden Geräusch ihre Handtasche schloss, sah sie mich an und fragte: »Sind Sie Frances oder Olivia?«

»Ich bin Frances, und das ist Olivia«, sagte ich, aber sie achtete schon nicht mehr darauf und lud mich im selben Augenblick ein, ihre berühmten Spaghetti zu probieren, nicht ohne – es war unvermeidlich – hinzuzufügen, dass sie einmal bessere Tage gesehen habe. Ich holte meinen Kalender hervor, aber sie hatte für ihn nur eine wegwerfende Handbewegung. »Ich weiß nie, was für ein Tag heute ist«, sagte sie. »Kommen Sie morgen. Nick, Liebling, haben wir morgen etwas vor?«

Dr. Simek blickte auf, und sogleich nahm Nicks Gesicht einen übertriebenen Ausdruck schmerzlichsten Bedauerns an.

»Ich weiß, ich weiß«, sagte er. »Wir hatten uns diese Besprechung vorgenommen, stimmt's, Joseph? Aber es wäre mir lieber, wenn Sie erst meinen Artikel gelesen hätten, wissen Sie. Was meinen Sie zu einem Tag in der nächsten Woche?«

»Ich habe –«, begann Dr. Simek.

Aber er wurde von Alix unterbrochen, die schon ihren Mantel angezogen hatte und nun gern wüsste, wo sie wohl ihre Handschuhe hingetan hätte. Ob sie sie im Restaurant hatte liegen lassen? Dann müsste er noch einmal zurückgehen, um sie zu holen.

»Einfach hoffnungslos, dieser Mann«, sagte sie in vertraulichem Ton zu Mrs. Halloran, die aber, wie ich zu meiner Überraschung feststellte, sie nur ansah, ohne eine Miene zu verziehen, und ihr den Beifall vorenthielt, den ich ihr zu spenden so überaus bereit war.

»Das wäre es dann«, sagte sie, sobald sich die Handschuhe gefunden hatten. »Wir sehen Sie also morgen bei uns. Nick wird Ihnen sagen, wie Sie zu uns kommen.« Und sogleich wandte sie ihre Aufmerksamkeit wieder Nick zu. Sie sah ihm in die Augen und blendete ihn mit ihrem langsam aufleuchtenden Lächeln.

Es wurde ziemlich still bei uns, nachdem die beiden weggegangen waren. Ich hatte die ganze Zeit über gestanden, und als ich mich langsam wieder setzte, konnte ich sie hinter der Tür lachen hören. Ich konnte sogar noch hören, wie sie sagte: »Nun sage mir nur nicht, dass ich nicht meine Pflicht täte.« Nick murmelte etwas, worauf sie antwortete, ohne ihrer Stimme etwas von ihrer weithallenden Resonanz zu nehmen: »Ja. Aber, Schatz, *was* für eine Crew! Was ich alles für England tue. Frances, sagst du, heißt das Mädchen? Ich glaube, ich habe sie zum Abendessen eingeladen. Was ist mit dem anderen Mädchen?« Ihre Stimme wurde leiser, und nach wenigen Minuten hörte ich die Haustür hinter ihnen ins Schloss fallen. Olivia sagte nichts. Sie hatte während der ganzen Episode die Augen nicht von ihrer Arbeit genommen. Die Röte, die anfänglich ihr Gesicht überzogen hatte, war verblasst. Zurück blieb eine erschreckende Blässe.

»Also, meine Lieben«, sagte Mrs. Halloran nach einer so vollkommenen Stille, dass wir sogar Verkehrsgeräusche von der gegenüberliegenden Seite des Platzes hören konnten, »ich hoffe, Sie haben gut aufgepasst. So müssen Sie einen Mann behandeln, wenn Sie je einen bekommen sollten, was ich, zumindest an diesem Ort, bezweifle. *Ihn* werden Sie nicht bekommen, so viel ist sicher. Sie hält ihn fest an der Kandare.«

Dies brachte uns wieder auf den Boden der Wirklichkeit. Ohne die Stimme zu erheben, schlug Olivia vor, dass Mrs.

Halloran mit ihrer Arbeit doch besser in der Westminster Public Library aufgehoben sei. Dr. Leventhal erschien, die Brille in der Hand, in der Tür und fragte, ob wir vielleicht zufällig nichts zu tun hätten. In diesem Falle wäre im Souterrain noch allerlei Karteiarbeit zu erledigen. Dr. Simek, der bei dieser letzten Äußerung von Mrs. Halloran die Augen geschlossen hatte, gab einer zweifellos kostspieligen Versuchung nach: Er steckte eine gelbe Zigarette in eine lange, alte, mit einem goldenen Ring verzierte Bernsteinspitze und zündete die Zigarette mit einem ebenso alten Feuerzeug an, um endlich tief den Rauch zu inhalieren. Mrs. Halloran dagegen, das Gesicht voller Flecken, blickte mit verstimmter Miene starr geradeaus, wobei sie mit ihren Onyxringen einen Trommelwirbel auf der Tischplatte vollführte. »Schon gut, schon gut«, sagte sie, als Dr. Simek mit gewohnter Höflichkeit ihren Blick suchte. »Ich habe selbst noch zu arbeiten.«

»Dann würde ich damit anfangen«, bemerkte Olivia freundlich. »Wir haben heute schon genug Zeit verschwendet.«

Und irgendwie kehrte der Nachmittag in seine normalen Bahnen zurück und fiel wieder in das gewohnte gemächliche Tempo. Allmählich glitt er über den Rand, der ihn mit dem hellen Tag verband, und begann, den nahenden Abend anzukündigen. Ich arbeitete damals, wie ich mich erinnere, über die Selbstporträts von van Gogh und versuchte, die Reihenfolge der Bilder zu bestimmen, die er malte, als er sich dem Wahnsinn näherte oder ihm bereits verfallen war. Ich arbeitete sehr gewissenhaft, suchte die entsprechenden Stellen aus seinen Briefen heraus und tippte die Auszüge sorgfältig auf den Zettel, den ich jeweils an die Karteikarte heftete. Ich gab mir Mühe, für meine Arbeit ein sachlich-kühles, doch produktives Interesse aufzubringen, aber an einem bestimmten Punkt wurde ich mir der kleinen verschlagenen Augen des Malers bewusst, die mich aus dem scharlachroten Hintergrund anstarrten. Ich empfand keine Sympathie. Ich fühlte im Gegenteil eine plötzliche Abneigung gegen ihn in seinem Arbeiteranzug und mit der albernen Pelzkappe auf dem Kopf. Meine Sympathie gehörte ganz seinem unwissenden Bruder, der nichts als ein anständiger Kunsthändler in Paris sein wollte und der es nun mit diesem Narren und seinen Ansprüchen zu tun bekam. Ich versuche ab und zu, ein bescheidenes Hoch auf den gesunden Menschenverstand auszubringen. Wir Rationalisten müssen die Fahne hochhalten.

An diesem Tag machte ich Tee für uns alle, denn wir waren alle ein bisschen außer Fassung. Aber wenn die anderen, jeder aus seinen eigenen Gründen, sich von dem Eindruck zu befreien suchten, den die Frasers auf sie gemacht hatten, so war das bei mir anders. Ich ließ mir die Erinnerung daran immer wieder durch den Kopf gehen. Und als ich an diesem Abend Olivia zu ihrem Wagen brachte, hielt ich mich nicht weiter auf. Ich machte auch nirgends halt, um einen Kaffee zu trinken, wie ich es sonst tat, sondern ich eilte aufgeregt mit Riesenschritten heim. Als Nancy die Tür hinter mir abgeschlossen hatte, wie sie es üblicherweise tat, wenn ich ihr nicht sagte, dass ich noch einmal ausgehen wollte, roch ich die dumpfe, eingeschlossene Luft dieser Wohnung und rüstete mich, das rituelle Mahl auf dem rituellen Tablett tapfer durchzustehen. Ich wusste, wie unerträglich dies alles war, und ich ertrug es nur, weil mir ein flüchtiger Blick in die Welt draußen vergönnt gewesen war. Ich wollte nur sehen, wie die anderen, die freien Menschen, ihr Leben führten, und dann konnte ich mein eigenes beginnen.

4

Allmählich wurde es mir zur Gewohnheit, mit den Frasers zu essen, ich vermochte kaum an mein Glück zu glauben. Zu meiner Überraschung stellte ich fest, dass Alix offenbar Gefallen an mir fand und dass Nick jedenfalls meine Anwesenheit in ihrer Wohnung ohne Kommentar hinnahm. Ja, er pflegte sogar abends gegen sechs den Kopf durch die Tür zu stecken und mir zuzunicken, worauf ich nach meiner Handtasche griff und ihm nach draußen folgte, die forschenden Blicke Mrs. Hallorans im Rücken. Ich glaube nicht, dass ich ihnen meine Gesellschaft aufdrängte, so begierig ich auch auf die ihrige war. In der Anfangszeit unserer Beziehung rief ich sie nie an, außer um ihnen zu danken; aber diese Gespräche führten zu einer neuen Einladung oder, besser gesagt, zu der von Alix geäußerten Vermutung, dass ich nichts Besonderes zu tun hätte. Ich wollte Alix gegenüber nicht von meinen unausgefüllten Abenden sprechen, und so behauptete ich immer, dass ich schreiben wolle, worauf die regelmäßige Antwort kam: »Ach, wenn Sie weiter nichts vorhaben, können Sie doch ebenso gut zu uns herüberkommen.« Und das tat ich dann natürlich immer. Ich beschwichtigte mein Gewissen, indem ich ihr ein paar Einkäufe abnahm, und selbstverständlich bestand ich darauf, selbst für mich zu zahlen, wenn wir ins Restaurant gingen.

Ich glaube, sie sahen es beide gern, dass ich mich so sehr für die Arbeit von Nick interessierte. Bei ihm lagen die Gründe auf der Hand, bei Alix war es so, dass sie in Wahrheit von seiner Arbeit genug hatte. Sie betrachtete sie zwar voller Stolz, aber auch mit einem gewissen Groll, und zuweilen benahm sie sich so, als würde er sie betrügen, während er nur mit seiner Arbeit beschäftigt war. Die gleiche Einstellung hatte sie auch, wie ich bald feststellen konnte, meinem Schreiben gegenüber, obwohl ich nicht begriff, wieso meine literarischen Versuche ihren Seelenfrieden bedrohen konnten. Ich war viel zu froh, von der Last meiner Einsamkeit befreit zu sein – die sich hinter meinem Schreiben verbarg –, um weiter darauf zu bestehen. Freilich war es eine alte Gewohnheit, zu der ich immer dann Zuflucht nahm, wenn mich die Einsamkeit wieder bedrängte, gewöhnlich spät in der Nacht, wenn ich keinen Schlaf fand. Wenn ich mich dann an mein Tagebuch setzte, fand ich weit mehr einzutragen als früher, immer im Hinblick auf meinen noch einigermaßen konturlosen Roman. Nun sah ich aber, dass dieser Roman, der von der Bibliothek und ihren Besuchern handeln sollte – diesen kuriosen Leuten, die ich einst meiner Mutter so amüsant zu schildern pflegte –, dass dieser Roman durch die ungeheure Menge an neuen Informationen, die ich unablässig aufnahm, aus seinem ursprünglichen Gleise gedrängt worden war. Ich notierte alles, wusste aber noch nicht, wie ich es verwenden sollte, denn es hatte alles mit den Frasers zu tun, und was konnte ich damit wohl anfangen? Aber in den stillen Stunden um Mitternacht, wenn im Hause längst alles schlief, eilte mein Stift über das Papier und gewann an Schnelligkeit und Kraft in dem Maße, in dem mich das Leben der Frasers absorbierte.

Wie gesagt, Alix mochte es nicht gern, dass ich schrieb. Sie sah darin ein Geheimnis, das ich vor ihr hatte. »Aber worüber schreiben Sie denn?«, pflegte sie mich zu fragen. Ich konnte es ihr nicht sagen, nicht weil ich befangen war, sondern weil das, was ich schrieb, noch keine bestimmte Form angenommen hatte. Ich hatte das Gefühl, es müsse unter Verschluss gehalten werden, bis es sich selbst für eine Form entschied, was früher oder später der Fall sein würde. Ich hatte eine abergläubische Furcht davor, mir etwas darüber entschlüpfen zu lassen. Ich versuchte es ihr zu erklären, aber es gelang mir offenkundig nicht, sie zu überzeugen, und so sah sie in meinem Verhalten nur einen Mangel an Loyalität. »Nick«, sagte sie dann, »unsere kleine Waise Fanny hat ein Geheimnis vor mir.« »Mein armes Baby«, antwortete darauf Nick mit halberstickter Stimme, da er sich gerade ein frisches Hemd über den Kopf zog, bevor wir alle zusammen ins Restaurant gingen. »Sag du ihr, sie soll mir alles erzählen«, forderte Alix, und beinahe meinte sie es ernst. Darauf kam Nick, mit den Armen schon im Hemd, aber mit nackter Brust, ins Wohnzimmer, trat auf Alix zu und wühlte sein Gesicht in ihr Haar. »Sie, der man Gehorsam schuldet«[1], deklamierte er, um sich dann an mich zu wenden: »Geben Sie sich einen Ruck«, sagte er. »Am Ende setzt sie ja doch ihren Kopf durch.« So überwand ich mich denn, und mit einem

---

[1] Anspielung auf die Romantrilogie ›She‹ von Sir Henry Rider Haggard (1856–1925). A. d. Ü.

leisen Gefühl von Verrat (aber dies war immer noch besser als meine Einsamkeit früher) erzählte ich ihr von den Personen – wobei sie erst zu Personen wurden, während ich erzählte –, die ich in meinen Roman einzuführen gedachte. Ich stellte fest, dass ich, wenn ich das Groteske im Verhalten meiner Figuren übertrieb, bei Alix ein momentanes Lachen auslösen konnte. Aber das meiste von dem, was ich ihr erzählte, ließ sie gleichgültig. »Hm«, meinte sie, »das kommt mir alles sehr seltsam vor. Ich kann mir nicht denken, dass irgendjemand über eine solche Gesellschaft von Habenichtsen und Schnorrern etwas lesen möchte.« Sie selbst las wenig, obwohl ihre Wohnung immer von teuren Magazinen überschwemmt war. Ich sehe Alix vor mir, wie sie geringschätzig die Seiten umblättert, als könne sie sich nicht vorstellen, dass irgendeine Frau besser angezogen oder verführerischer sein könnte als sie, wie sie solche Frauen mit ausgestrecktem Arm von sich weg hält, um sie endlich in eine Ecke zu schleudern und sich der Erneuerung ihres Nagellacks zu widmen, oder, wieder einmal, dem Versuch, die neue Frisur zu perfektionieren. Bei alledem wurde Nicks Aufmerksamkeit und abschließendes Urteil erwartet, und wenn wir drei uns dann um ihren Toilettentisch versammelten, um zuzuraten oder abzuraten, dann rückte die Frage nach dem, woran ich schrieb, selbstverständlich in den Hintergrund. Nach einer Weile verzichtete ich bei meinen Anrufen auf die Ausrede, ich wolle gerade schreiben, sondern fragte sie stattdessen, ob ich ihr etwas aus der Stadt mitbringen könne.

Einmal sagte sie zu mir: »Wenn Sie schon schreiben müssen, dann suchen Sie sich etwas aus, was die Leute interessiert. Sie können nicht erwarten, dass sie sich für eine Bande von Verrückten interessieren.« Sogleich war ich besorgt, mich von diesen Menschen zu distanzieren, wenn auch ihre Geister weiterhin in all ihrer Kläglichkeit meine Fantasie nicht losließen. »Ich müsste einen Roman schreiben«, fuhr Alix fort. »Wenn Sie wüssten, wie mein Leben war, bevor es mit mir bergab ging!« Und dann erzählte sie mir von ihren Schweizer Schuljahren und der Zeit in Paris, als sie das erste Mal über ihr Geld verfügen konnte, und von dem schönen Besitz auf Jamaika, auf den sie jeden Winter zurückkehrte, zu ihrem sie vergötternden Vater, einem prächtigen Mann, den sie auf seinen Reisen begleitete und dem es so viel Freude machte, eine so reizvolle und interessante Tochter an seiner Seite zu haben. »Die Leute hielten uns für ein Liebespaar«, berichtete sie. Nie war sie über den Tod ihres Vaters ganz hinweggekommen, so wenig wie über die Nachricht von seinem bevorstehenden Bankrott. »Armer Daddy«, sagte sie. »Er starb gerade noch rechtzeitig.« Aber sie ertrug nur schwer die Erinnerung an die Tage, als der Besitz zur Versteigerung kam. Sie hatte es zwar geschafft, einige Möbel zu retten und nach England zu bringen, aber sie ertrug es kaum, sie in ihrer neuen Umgebung zu sehen.

Ich betrachtete diese Möbel mit einem gewissen Respekt. Ich weiß nicht genau, was ich eigentlich erwartete hatte, doch gewiss nicht diese schweren, stattlichen Stücke aus der Zeit Edwards VII., diese mit Aufsätzen versehenen Nussbaumkommoden und Tische, die olivgrünen Sessel und Sofas, deren Rückenlehnen mit Knöpfen besetzt waren – und alles zusammengepfercht in den so trostlos regelmäßigen kleinen Zimmern ihrer Wohnung in Chelsea. Ich konnte zwar Alix' Möbel nicht bewundern, aber ich nahm zur Kenntnis, dass sie sozusagen von vornehmerer Abstammung waren als die meinigen, und ich verstand nun auch, warum die Brücken mit dem Zickzackmuster und die schmiedeeisernen Stehlampen in Maida Vale bei Alix so viel Heiterkeit ausgelöst hatten. Der Unterschied zwischen uns bestand darin, dass sie an ihren Erinnerungen hing und es zuließ, dass sie die Gegenwart überschatteten, während ich mir alle Mühe gab, mich von meinen Erinnerungen loszusagen, und nur die Zeit erwartete, wo sie mich nicht mehr beunruhigen würden. Dann wollte ich meine häusliche Umgebung abschütteln, wie ein Schmetterling aus seiner Puppe schlüpft, und einer Zukunft entgegenfliegen, die nicht voll gestopft war mit den Relikten von anderen Leuten. Alix dagegen wollte eine Vergangenheit bewahren, die nicht nur vergangen, sondern auch überholt war, da sie jetzt ihr Leben mit Nick teilte. Manchmal konnte ich spüren, wie sie beide gegeneinander abwägte, als ob … ja, als ob sie von ihnen im Stich gelassen worden wäre. Es war für mich schwierig, das zu verstehen; ich konnte nur ihre konsequente Haltung bewundern. Sie bekam schmale Augen, wenn sie Nicks Bücher auf dem Schreibtisch sah, der einst der Schreibtisch ihres Vaters gewesen war, und sie hatte die Vorhänge immer halb zugezogen, weil sie die metallenen Fensterrahmen oder auch den Blick auf die Häuser gegenüber nicht ertrug. In ihrem Wohnzimmer herrschte immer ein Halbdunkel, was irgendwie gut zu ihrer Raubtierart passte. Dies alles trug ich in meinem Tagebuch ein.

Auch die kleinen Einzelheiten, die dazugehören. Zum Beispiel, wie einst Melanie, ihr schwarzes Mädchen, allmorgendlich ihr Nachthemd zu waschen und zu bügeln pflegte. Wie die Houseboys immer erst heißes Wasser in die dünnen Teetassen gossen, sie dann leerten und abtrockneten, bevor sie darin den Tee servierten. Und die prächtigen tropischen Früchte zum Frühstück auf der Veranda. »Mangofrüchte kann man auch bei Harrods kaufen«, versuchte ich sie zu trösten. Aber sie schüttelte nur den Kopf. Ich konnte mir gut vorstellen, wie sie die kalten grauen Straßen hasste und wie sie Nicks depressive Patienten verachtete, und wie sie, die Tochter des reichen Zuckerrohrpflanzers, unzufrieden war mit dieser endlosen Folge von langweiligen, grauen Tagen mit langweiligen Besuchern wie zum Beispiel mir. Sie schien auf eine undefinierbare Weise auch von ihren Freunden enttäuscht zu sein. Und ich, die ich ein absoluter Neuling in diesem Kreis war, fühlte mich immer noch wie nur zur Probe angenommen.

Aber auf meine Weise war ich ihr durchaus notwendig. Ich war Zuhörer und Bewunderer; ich nahm ihr etwas von ihren Frustrationen, und ich teilte ihre Hochachtung vor ihrer Überlegenheit. Ich war loyal, wohlerzogen und vollkommen unkritisch. Aber sie fand mich langweilig, von Grund auf langweilig, gerade weil ich loyal, wohlerzogen und vollkommen unkritisch war. Und ich wusste genau, dass sie mir immer Menschen wie ihre Freundin Maria vorziehen würde, Menschen, die sie beleidigen und schockieren konnte, verleumden und vor den Kopf stoßen, nur um dann das gleiche von ihnen zu erfahren. Dies verschaffte ihr eine bestimmte Erregung, während ich es eher ermüdend und langweilig fand. Sie begrüßte dann Nick und mich mit einem wütenden Bericht all dessen, was Maria über sie einer gemeinsamen Freundin gesagt hatte. Es war eine der Freundinnen, mit denen sie täglich telefonierte. »Ich will dieses Biest nie wieder sehen«, verkündete sie, und zwar meistens an den Abenden, an denen ich sie ins Restaurant eingeladen hatte. Dann pflegte Nick zum Hörer zu greifen und eindringlich mit Maria zu reden, um dann den Hörer an Alix weiterzureichen, die »Alberne Kuh!« hineinrief und, nach einer langen, mit Beschuldigungen gespickten Erwiderung Marias, die Augen schloss und sich ihrem heimlichen, lustvollen Lachen überließ. Dann konnten wir endlich, mit etwa anderthalbstündiger Verspätung, ins Restaurant gehen, und ich durfte, wie es meine Absicht gewesen war, die Rechnung bezahlen.

Was mich weit mehr interessierte, obwohl ich es gleichzeitig auch abstoßend fand, waren ihre ehelichen Intimitäten. Ich erriet, dass hier der Grund lag, warum sie mich brauchten: Sie führten mir ihre Ehe vor, ohne mich in sie einzubeziehen. Ich lernte bald, ein ebenso freundliches wie unverbindliches Lächeln beizubehalten, wenn sie sich in die Augen sahen oder auch Zärtlichkeiten austauschten. Ich fühlte mich sehr allein und erregt. Ich war da, weil in dieser so vollkommenen Ehe etwas fehlte, weil die beiden einer rituellen Zurschaustellung bedurften, um einen bestimmten Grad von Spannung zu erhalten, den sie mit ihrer eigenen Fantasie nicht erreichten, weil sie zu sehr von sich selbst eingenommen, vielleicht auch zu verwöhnt, ja einfach zu träge waren. Ich war der Bettler bei ihrem Festmahl, der ihnen allein durch seine Gegenwart bestätigte, dass sie reicher waren als ich. Oder als ich auch nur hoffen konnte, es je zu werden.

Alix pflegte sich mit einem Lachen aus Nicks Umarmung zu befreien, ihn mit seiner Erregung allein zu lassen und mit einem Blick auf mich zu bemerken: »Sie ist ganz rot geworden! Wir haben sie schockiert.« Darauf lächelte ich freundlich und unverbindlich, während sie sich in einen Sessel warf, eine Zigarette anzündete und zu Nick sagte: »Wir müssen etwas für sie tun. Nick, du musst doch ein paar Männer kennen. Kannst du niemanden für Fanny finden? Sie wird Spinnweben bekommen, wenn sie andauernd nur hier mit uns herumsitzt. Es wird ihr allmählich langweilig werden.« Und Nick pflegte zu antworten: »Ich weiß, ich weiß«, mit dieser komischen schuldbewussten Miene, die er auch immer aufsetzte, wenn ihm Dr. Simek auflauerte. Ich lächelte ihnen zu und hoffte, ungeachtet meiner Abneigung gegen ihre Zurschaustellung, dass ihr Wunsch aufrichtig war, mich glücklich wie sie zu sehen, und dass sie irgendwie aus unserer Dreiergruppe eine Vierergruppe machen würden, dass es zwei Paare gab und wir endlich einander gleichgestellt waren. Ihre Grausamkeit machte mir nichts aus, ich sah darin nichts anderes als eine Nebenwirkung ihrer Exaltation. Ich kannte diese Euphorie, diese Besessenheit, die eine unbekümmert sich auslebende Liebe hervorruft. Und weil ich mich danach sehnte, sie noch einmal am eigenen Leibe zu erfahren, statt sie nur bei anderen zu beobachten, musste ich mich denn auf Alix und Nick verlassen.

»Aber zuerst müssen wir etwas für ihr Äußeres tun«, sagte Alix jetzt, und das bedeutete, dass ich mich vor ihren Frisiertisch setzen musste und sie mit Rouge und Lidschatten an mir herumtupfte, um mich dann umzudrehen und Nick zu zeigen. Er belohnte mich mit seinem kühlen, forschenden Blick, der mir erst recht die Röte in die Wangen trieb; wenn ich aber zurückgedreht wurde, damit ich mein Bild im Spiegel begutachtete, so war ich allerdings entsetzt, mein klares dunkles Gesicht so verschmiert zu sehen. Und während ich beobachtete, wie sich meine jetzt ein wenig anders geschwungenen dunkelroten Lippen beim Sprechen bewegten, war ich nur noch erstaunt, dass ich mit meinen ebenfalls neuen, so viel größer gewordenen Augen all diese Qual aufnehmen konnte. Jedenfalls bildete ich mir eine entschiedene Meinung über mein Aussehen, was bedeutete, dass ich alle Farbe aus meinem Gesicht rieb und schrubbte; und als ich im Badezimmer das tropfende Gesicht hob und mich aufrichtete, erblickte ich Nick, der neugierig am Türpfosten lehnte. Ich eilte an ihm vorbei ins Schlafzimmer, um mich zu frisieren, fand dort aber Alix vor ihrem Frisiertisch, wie sie den Kopf hin- und herwandte, um ihren Nacken zu studieren. Sie befestigte ihren Haarknoten mit Nadeln und Kämmen, steckte sich die Perlen ans Ohr und drückte ihre Zigarette aus. Mich hatte sie ganz vergessen.

Die beiden waren, zuerst und vor allem, Verliebte. Verliebte, die sich neckten und provozierten, um sich wieder zurückzuziehen. Es war ihnen zur zweiten Natur geworden, genauso wie der Wechsel von Befriedigung und gelegentlich auftretender Langeweile. Da ich seit langem in die Rolle eines Beobachters geschlüpft war, immer im Gedanken an meine literarische Arbeit, beschränkte ich mich aufs Zuschauen, was allerdings nicht ohne kleine Schocks abging, Schocks des Vergnügens wie auch der Enttäuschung. Ich beobachtete, wo sie tolerant waren und wo nicht, beobachtete ihre Freundschaftsangebote, die ebenso unvermittelt, wie sie gemacht wurden, auch wieder zurückgezogen wurden. Ich war sehr bemüht, ihre Aufmerksamkeit und ihr Wohlwollen zu gewinnen. Denn ich wusste, dass ich das alles leicht wieder verlieren konnte, aus dem einfachen Grunde, weil meine Reaktionen so leicht vorauszusehen, kurz, weil ich so beständig war. So bürgerlich, wie Alix es nannte, wobei sie sich keine Mühe gab zu verhehlen, dass dies für sie das schärfste Verdammungsurteil war. Ich selbst finde an einer bürgerlichen Lebensführung nichts Schlechtes. Ich bin für normales Benehmen, für gute Manieren und die gebührende Rücksicht auf andere Menschen. Ich bin für Ordnung, Diskretion und Zuverlässigkeit. Auch für Ehrlichkeit. Und Ehrgefühl. Aber ich bin mir darüber klar, dass dies alles nicht viel zu sagen hat, sobald Liebe und Freundschaft im Spiel sind, und auch darüber, dass charmante Unverschämtheit ein Schlüssel zum gesellschaftlichen Erfolg ist. Dass sie jedenfalls sehr viel mehr geschätzt wird, wie mir Alix beipflichtete, als ich ihr einmal etwas von diesen Gedankengängen mitteilte.

Und trotzdem hatten sie beide eine gewisse Achtung vor mir, vielleicht war es auch nur Toleranz oder ein anerzogener Geschmack, jedenfalls etwas ganz Neues. Sie wiesen mir die Rolle ihrer Schülerin zu, und in diesem Sinne sorgten sie für mich. So ließen sie es zum Beispiel nie zu, dass ich ein Taxi nahm, wenn wir aus dem Restaurant kamen, sondern bestanden darauf, mich in ihrem Auto nach Hause zu bringen. Alix fragte mich ständig über meine Liebesaffären, über mein Einkommen und über meine Wünsche aus, worauf ich in schlichter Ehrlichkeit antwortete. Und doch sah ich, mit welcher Erleichterung sie sich dann wieder dem Ritual der stürmischen Beleidigungen zuwandte, die sie mit Maria austauschte. Maria war auf ihre Weise eine Kritikerin. Maria schärfte ihre Sinne. Und wenn Alix einen Streit zu führen hatte, eine Intrige zu spinnen, ein Geheimnis zu erforschen, dann war sie wie erlöst von der kalten, grauen Langeweile, in der mein Leben sich ganz offensichtlich abspielte.

Mein Verhältnis zu Nick und Alix glich bald einer Art Sucht, der ich mich hingab in dem Bewusstsein, wie gefährlich sie war, aber auch wohlwissend, dass ich durch sie mehr bekam als durch meine gewohnte geordnete Lebensweise, mehr Geselligkeit, mehr Spaß und Aufregung, als ich je hätte hoffen können, allein zu finden. Manchmal überfiel mich Traurigkeit. Dann tauchten die Bilder wieder an die Oberfläche des Bewusstseins, Bilder der Resignation und jener Geduld, mit der ich nie viel Geduld gehabt hatte. Ich wollte die Last meiner Erinnerungen samt Nancy, Dr. Constantine, Dr. Simek und überhaupt sämtlichen Doktoren, die ich täglich sah (und ich musste an Goyas Dr. Arrieta denken) – ich wollte diese Last eintauschen gegen die unberechenbare, sich in Improvisationen gefallende, aufregende Gesellschaft der Frasers, gegen ihre Unrast, ihre Grausamkeit und ihre Freundlichkeit. Ich nahm sie, wie sie nun einmal waren, mit allen guten und schlechten Eigenschaften. Ich konnte mir ein Leben ohne sie nicht mehr vorstellen.

Was Maria betrifft – ich fand sie von merkwürdig friedlicher Wesensart. Sie war mir gegenüber freundlich auf eine lässige, aber durchaus höfliche Weise, und sie begrüßte mich stets mit einem förmlichen Händedruck, bevor sie sich Nick und Alix zuwandte, mit denen sie den Spaß an beißenden und frechen Scherzen teilte. Ich sah in ihr ein Zubehör von Alix' und Nicks Leben, gegen das ich nichts einzuwenden hatte, das mich nicht einmal besonders interessierte. Ich beschäftigte mich mit meinem Dinner und überließ die beiden dem Witz Marias. Ihre Streitereien und Neckereien gingen wie ein Sturmwind über meinen Kopf hinweg, während ich Kräfte sammelte für das weitere Studium ihres Verhaltens. Und selbstverständlich schrieb ich alles auf.

Das Restaurant war immer überfüllt, immer voll von Rauch und Lärm. Stimmen schwollen plötzlich an; über die Tische hinweg flogen die Scherzworte; Neuankömmlinge wurden mit Spottrufen oder lautem Hallo begrüßt. Jeder kannte jeden oder wusste über ihn Bescheid. Es herrschte eine Art obszöner Aufrichtigkeit, und ich kannte bald die Geheimnisse jedes Paares oder Trios; aber diese Geheimnisse interessierten mich kaum, da sie für meine Untersuchungen ohne Bedeutung waren, und so überhörte ich die bissigen Kommentare. Freilich überraschte mich ein wenig der allgemeine Mangel an Zurückhaltung wie auch die Hartnäckigkeit, mit der Alix die anderen ausfragte. Aber sie schienen das alles normal zu finden, und vielleicht war es normal. In jedem Fall schienen sie Spaß daran zu haben. Es hatte für sie die befreiende, aufrüttelnde Wirkung, wie man sie aus der Gruppentherapie kennt, wo die Teilnehmer aufgefordert werden, sich gegenseitig zu kritisieren oder voreinander zu beichten, worauf ihnen dann angeblich die Kraft zuwächst, ein mehr realitätsbezogenes Leben zu führen. Gewiss, eine Tendenz zur Brutalität war nicht zu verkennen, aber, merkwürdigerweise, nicht zur Feindseligkeit. Man nahm die Menschen, wie sie waren. Ihre Sünden oder Verbrechen verzieh man ihnen oder betrachtete sie doch mit Nachsicht, und sogar für Untreue und Verrat hatte man Verständnis. Manchmal gab es einen ruhigen Abend, wenn nicht besonders viel Leute aufkreuzten, und mit Erstaunen bemerkte ich, wie zäh sich die Unterhaltung dahinschleppte. An unserem Tisch saß Maria, und sie und Alix wechselten nur gelegentlich eine Bemerkung. Ab und zu gähnten sie. Nick war nie sehr gesprächig, jedenfalls nicht mehr, nachdem er Maria begrüßt hatte. Sie, ihrerseits, erwies ihm enormen Respekt, wie übrigens jedermann, und sprach voller Ehrerbietung von seiner Arbeit. Aber weit häufiger als die stillen waren die lauten Abende, wenn Gelächter losbrach, die Gesichter sich röteten und das wunderbare Gefühl herrschte, die Maske abgeworfen und alle Höflichkeit aufgegeben zu haben. Es war etwas wie ein geheimes Einverständnis und Komplizentum, etwas wie das Ehrgefühl, das Diebe unter sich entwickeln sollen: das alles war es, was mich von meiner Steifheit und Ängstlichkeit befreite, denn meine Hoffnung war, so zu werden wie diese Freunde, die meine neuen Vorbilder waren.

Und diese Abende befreiten mich von den Abenden, wie ich sie früher verbracht hatte, mit Nancy, die mir stumm das Essen auf einem Tablett brachte, und mit der ich manchmal in der Küche zusammen fernsah. Diese früheren, einsamen Abende, an denen ich für gewöhnlich zu früh zu Bett ging und viel mehr Schlaf bekam, als ich brauchte. Und wo der einzige Laut das Geräusch war, das weit unten die sich schließende Fahrstuhltür machte, dem aber kein Schritt auf dem Flur folgte, niemand, der sich unserer Tür näherte. Wir bekamen keinen Besuch, denn an den alten Gewohnheiten änderte sich nichts. Und von eben diesen alten Gewohnheiten war ich befreit worden, und dankbar saß ich in dem verrauchten, lauten Restaurant und bekam weit weniger Schlaf, als ich brauchte, und das alles dankte ich Nick und Alix.

Auch von meinen Sonntagen erlösten sie mich, wenn sie es wünschten. Solange ich denken kann, habe ich mich vor dem Sonntag gefürchtet, diesem Tag, gewidmet der Stille, dem Ausruhen, oder auch langen Spaziergängen und dem Besuch der National Gallery. Als meine Mutter noch lebte, war dieser Tag nicht ganz ohne Annehmlichkeiten. Nancy zog ihr Dunkelblaues an, und zu dritt aßen wir im Speisezimmer am großen Prunktisch. Nach dem Lunch zogen sich die beiden zurück, und nun wurde es noch stiller, als ob alle Uhren angehalten worden wären. Ich unternahm einen Spaziergang von zwei bis drei Stunden, bis es Zeit für den Tee war, den Nancy auf einem ihrer Tabletts servierte. Meine Mutter war nach ihrer Mittagsruhe ein wenig gekräftigt, und nun kam der Moment, wo ich ihr das, woran ich gerade arbeitete, vorlas.

Aber in der letzten Zeit waren die Sonntage eine Qual gewesen. Ich könnte Nancy kaum bitten, sich mit mir an jenen Tisch zu setzen; sie würde es für ungehörig halten, wenn ich die Rolle meiner Mutter übernehmen wollte, denn sie sieht in mir immer noch ein Kind. Deshalb gehe ich für gewöhnlich aus. Nancy verlässt nie das Haus, außer wenn es sein muss, und ich finde, dass sie sonntags die Wohnung für sich haben sollte. Manchmal gehe ich zu meiner Tante Julia, der Schwester meines Vaters, aber ich bin nicht darauf erpicht, es besonders oft zu tun, denn sie will mit mir immer nur über Börsenkurse sprechen, und ich kann mich wirklich nicht in dem Maß für Geld interessieren, dass ich finanzielle Transaktionen vornähme, wie es Julia tut. Zuweilen besuche ich Freunde auf dem Land; es sind sehr alte Freunde, ein Ehepaar, das ich allmählich ziemlich langweilig finde. Ich vermute, dass es ihnen mit mir nicht viel besser geht. Übrigens besuche ich auch die Benedicts, die Eltern von Olivia. Sie sind immer unendlich freundlich, und ich fühle mich bei ihnen wie zu Hause, wenn auch ihr Zuhause durchaus verschieden ist von dem meinen. Olivias Mutter ist von Harold Wilson in den Stand eines Pairs auf Lebenszeit erhoben worden, und sie spricht von nichts anderem als der Labour Party. Der Vater von Olivia ist ein gemütlicher, aber doch zurückhaltender Typ, von Beruf Justitiar bei irgendeiner Firma. David, Olivias Bruder, ist Arzt, und er hat uns beiden die Stellung in der Bibliothek verschafft. Man hatte immer vermutet (und, soweit es meine Mutter betrifft, innig gehofft), dass ich einmal David heiraten würde. Beim Lunch im Hause der Benedicts geht es munter und gesprächig zu, und den Abschluss bildet regelmäßig ein allgemeines Nüsseknacken. Das Essen ist eher mäßig, was mich bei einer jüdischen Familie überrascht. Aber ich bin gern bei ihnen und ich mag sie alle sehr. Nur weiß ich, dass ich früh genug gehen muss, damit sie den Nachmittag allein miteinander verbringen können, denn sie hängen alle sehr aneinander und haben in der Woche kaum Gelegenheit, sich zu sehen. Ich gehe dann in die National Gallery oder ins British Museum oder auch in die Tate Gallery. Wenn ich nach Hause gehe, finde ich immer, dass die Stunde zwischen fünf und sechs Uhr die traurigste Stunde der ganzen Woche ist.

Da ist es dann schon eine entschiedene Verbesserung, in Nicks Wagen die Autobahn entlangzurasen, mit Alix im Fond, die vulgäre Lieder singt. Die Absicht ist stets, einen der Gesundheit förderlichen Spaziergang zu machen oder Freunde zu besuchen oder eine Gelegenheit zum Teetrinken zu finden, aber irgendwie kommen wir nie aus dem Wagen heraus. Oder wenn doch, dann findet es Alix zu kalt, und so wird nie etwas aus dem Spaziergang. Aber unsere Tee-Safari ist immer sehr amüsant. Wir treten als Mitarbeiter irgendeines Hotel- oder Restaurantführers auf, und wenn wir gegessen haben, besteht Alix darauf, den Geschäftsführer beziehungsweise die Geschäftsführerin zu interviewen. Sie hat das Talent, die Leute zum Reden zu bringen, und auf der Heimfahrt kommentiert sie die erhaltenen Informationen und bringt uns mit ihren Bemerkungen zum Lachen. Aber manchmal überkommt sie plötzlich Langeweile, und sie verstummt und denkt zweifellos an die Sonntage auf Jamaika, indes sich vor uns die grauen, uninteressanten Vororte ausbreiten und wir nach London zurückfahren. Ich spüre dann, dass sie allein sein wollen, und verabschiede mich. Am Sonntag geht niemand ins Restaurant, und so verbringe ich den Abend allein. Aber jetzt habe ich schon wieder mehr Stoff zum Schreiben, und da macht es im Grunde nichts aus, wenn ich allein bin.

Ein fürchterlicher Sonntag kommt jeden Monat, wenn ich Miss Morpeth, meiner Vorgängerin in der Bibliothek, einen Besuch mache. Miss Morpeth befindet sich im Ruhestand und bewohnt eine leicht überheizte Wohnung in Kensington. Die Aufgabe, sie einmal im Monat zu besuchen und nach ihr zu sehen, war auf mich gefallen. Irgendwie hat mich die wissenschaftliche Leitung des Instituts dazu bestimmt. Man glaubte wohl, dass ich mit alten Leuten gut umgehen könnte. Ober die Angelegenheit wurde rätselhafterweise an einem Nachmittag entschieden, als ich beim Zahnarzt war, und als es mir Dr. Leventhal mitteilte, war ich noch so froh, wieder zurück zu sein und an meinem Schreibtisch zu sitzen, dass ich zustimmte. Das Traurige dabei ist nur, dass diese Besuche weder mir noch Miss Morpeth Freude machen, die ihrerseits einen Besuch von Dr. Leventhal mehr zu schätzen wüsste, ganz zu schweigen von der bestmöglichen Wahl, Nick, von dem sie geradezu schwärmt.

Miss Morpeth hat die ganze Reizlosigkeit einer unansehnlichen älteren Frau, die nicht besonders gesund ist. Ich höre, wie sie sich humpelnd der Tür nähert und all die Schlösser öffnet und Riegel zurückschiebt, die sie zu ihrem Schutz für unerlässlich erachtet. Ich folge ihr über den Korridor, bemerke ihren Stützstrumpf, ihr sich lichtendes Haar und ihren gelblichen Nacken. Sie trägt gern dunkelgrüne Röcke mit dazu passenden Strickjacken und einer Kette aus Bernsteinperlen. An der rechten Hand hat sie den Trauring ihrer Mutter. Sie lebt wie ausgesperrt von allem, was für ihre Mitmenschen lebenswichtig ist, und ich glaube, sie kann mich nicht leiden, nicht nur, weil ich ihre Nachfolgerin bin, sondern auch, weil ich jung bin, weil ich mich ohne Schmerzen bewegen kann, weil mich mein Körper nicht demütigt. Miss Morpeth ist sehr gewissenhaft und versucht, ihrer Feindseligkeit, deren sie sich schämt, Herr zu werden. Bei jedem meiner Besuche bereitet sie mir eine richtige Kinderteemahlzeit mit hauchdünnen gebutterten Brotscheiben und Marmelade und einem Battenbergkuchen[2] zum Schluss. Es steht alles in der Küche auf einem Teewagen bereit, und ich habe weiter nichts zu tun, als diesen Teewagen ins Wohnzimmer zu rollen, während Miss Morpeth behutsam nach dem Kessel greift – ihre Hand ist rot, mit blauen Venen, die die dünne Haut fast sprengen – und das Wasser in die noch von ihrer Mutter stammende Teekanne gießt, Wasser, das schon ein- oder zweimal gekocht hat, so eilig ist es ihr damit, meinen Besuch hinter sich zu haben.

Wenn sie sich dann in ihrem Sessel niedergelassen hat und die schon rituelle Frage an mich richtet, ob ich lieber mit dem Kuchen oder mit dem Butterbrot anfangen wolle, und wenn Teller und Tassen an ihrem Platz stehen und wenn sie ein wenig später ihre Zigarette mit dem goldenen Feuerzeug angezündet hat, das wir ihr zum Abschied geschenkt haben, dann kommen wir endlich zu den aktuellen Themen. Auch hier ist ein Ritual zu beachten. Zunächst fragt sie mich nach der gegenwärtigen Zahl der Benutzer der Bibliothek, darauf nach dem Eingang neuen Materials in den verschiedenen Abteilungen, schließlich nach Dr. Leventhal, wobei sie sich genau nach meiner Meinung über seine Fähigkeiten erkundigt, denn Dr. Leventhal gehörte nicht zu ihren Lieblingen, um endlich zu der Frage zu kommen, die ihr besonders am Herzen hegt: nach Nicks beruflicher Laufbahn. Daran ist sie leidenschaftlich interessiert, und seine Besuche in der Bibliothek waren die Höhepunkte in ihrem Dasein als Bibliothekarin. Sie wäre bereit gewesen, alles aufzu-

---

2 Eine Art gefüllter Sandkuchen, mit Marzipanguss überzogen. A. d. Ü.

geben, wenn sie ihm damit hätte helfen können; sie quälte sich ab mit Mappen voller Fotografien, bis er sie fest an den Schultern packte, sie herumdrehte und sie an den Schreibtisch zurückführte. Er war ganz reizend zu ihr, und er brachte Alix mit zu der kleinen Abschiedsparty für sie. Ich erinnere mich noch dunkel, wie er sie beide miteinander bekannt machte, obwohl das noch zu einer Zeit war, als ich Alix eigentlich noch nicht kannte. Ich erinnere mich, wie Nick sagte: »Jetzt können Sie alles tun, wozu Sie Lust haben«, und wie er sich dann umwandte, um Alix ein Glas Sherry zu geben. Sie versprachen, Miss Morpeth zu besuchen, und sie sagten, sie hofften, sie so oft zu sehen, wie sie es mit ihnen aushalten würde. Aber ich glaube nicht, dass sie sie je besucht haben. Und offen gesagt, wenn ich in ihrem stickigen Zimmer sitze und »das Brot mit Sorgen« esse, ein Brot, das wir in Wahrheit mit niemandem brechen wollen, verstehe ich ihr Widerstreben, dieses Schattenreich zu betreten, und ich vergebe es ihnen.

Das Ritual wird in gewohnter Weise fortgeführt. Nachdem ich ihr gesagt habe, dass Nick und Alix wohlauf seien (und dabei ein schlechtes Gefühl hatte, denn wenn ich auch mein Interesse an den beiden für berechtigt halte, ist mir ihr Interesse an ihnen ziemlich gleichgültig), frage ich sie nach ihrer bevorstehenden Reise nach Australien. Miss Morpeth hatte für die Zeit ihres Ruhestands den vernünftigen Plan gefasst, die weite Reise bis nach Melbourne zu unternehmen, um ihre dort wohnende Nichte zu besuchen. Wir waren alle der Meinung gewesen, dass dies das Allerbeste für sie sei, da sie den Winter in England immer schwerer ertrug und es Zeiten gab, wo sie nicht ohne Stock ausgehen konnte. Nach einigem Verzug war der Plan nun bis zur Unwiderruflichkeit gediehen, und so erörtere ich jetzt mit Miss Morpeth, wo man am besten Leichtgepäck kauft, obwohl ich mir nicht vorstellen kann, wie sie überhaupt etwas zu tragen vermag. »Ich habe die Absicht«, erklärt Miss Morpeth und macht ein Gesicht, als gebe sie hier einem etwas gewagten Einfall nach, »Nick beim Wort zu nehmen und auf sein freundliches Angebot zurückzukommen, mich zum Flughafen zu fahren.« »Selbstverständlich«, stimme ich ihr bei, »er wird es mit dem größten Vergnügen tun.«

Nach diesem Gedankenaustausch ist der Besuch praktisch zu Ende. Ich rolle den Teewagen in die Küche zurück und bestehe darauf, das Geschirr zu spülen. Das nimmt viel weniger Zeit in Anspruch als die empfindlichen Tassen abzutrocknen, was Miss Morpeth besorgt, um sie alsdann im Küchenschrank, jede an ihrem Haken, aufzuhängen. Wie es mir geht, fragt sie nie. Damals, als meine Mutter krank war, war sie sehr freundlich, aber vielleicht meint sie, dass ich jetzt keine Freundlichkeit mehr brauche. Vielleicht hat sie sogar mehr gegen mich, als ich ahne. Ich vergesse es immer wieder, dass sie es nicht leiden kann, beim Abschied geküsst zu werden, bis es zu spät ist und sie mir beleidigt ihr Gesicht entzogen hat. Wie ein Kind küsse ich immer jeden oder halte mein Gesicht zum Kuss hin, und es versetzt mir einen kleinen Schock, wenn sich ein Gesicht von mir abwendet. Ich gehe. Irgendetwas veranlasst mich, draußen vor der Tür zu warten, während all die Ketten, Riegel und Schlösser für den Abend betätigt werden. Doch dann springe ich die Treppe hinunter, wobei meine Energie gesteigert wird von der Vorstellung, wie Miss Morpeth sich zu ihrer sonntäglichen Hausaufgabe niedersetzt, dem Brief an ihre Nichte. Bis zu dem Augenblick, wo sie, wie ich vermute, gerade das Komma hinter die Anrede »Meine liebe Angela« gesetzt hat, bin ich bereits die vier Treppen hinuntergelaufen und schon halbwegs an der Bushaltestelle.

Denn inzwischen bin ich es satt, gefällig und vernünftig zu sein, und ich fange an, mich über diese Beanspruchung meiner Zeit zu ärgern. Ich habe es eilig, Miss Morpeth zu verlassen, sogar eilig, nach Hause zu kommen. Um diese Jahreszeit, wenn die Blätter von den Bäumen fallen und die Tage kürzer werden, überkommt mich immer Melancholie. Sehnsüchtig denke ich an die Frasers, aber ich weiß, dass sie um diese Zeit gern allein sind, und deshalb rufe ich sie nicht an. Irgendwie vergeht der Abend; ich sehe mit Nancy fern, oder ich schreibe. Das Leben ist schwierig, wenn man keine Familie hat, aber es ist auch schwierig zu erklären. Ich gehe immer früh zu Bett. Und freue mich immer auf den – von den anderen so gefürchteten – Montagmorgen.

5

So also hatte mein neues Leben begonnen, und ich war davon entzückt. Ich hatte damals den Eindruck, und ich habe ihn auch jetzt noch, dass mir die Frasers eine Art von Weiterbildung angedeihen ließen, ja sie mir geradezu aufdrängten, von der ich nur profitieren konnte. Ich wurde geistesgegenwärtiger, witziger, unterhaltender. Ich machte aus der Bibliothek eine Art Fortsetzungsroman für Alix. Nick hatte mir nämlich einmal, als wir die Sloane Street hinunterfuhren, anvertraut, dass Alix zuweilen an starken Depressionen litt und dass es unsere Aufgabe sei, sie abzulenken und diese Stimmungen zu verscheuchen, die immer dann über sie kamen, wenn sie an Jamaika und ihren Vater dachte und anfing, über die scheußlichen Metallfenster und die zu enge Küche in ihrer Wohnung am Ende von King's Road zu schimpfen. Aber andererseits hatte ich den Eindruck, dass die Depressionen, unter denen Alix litt, von einer durchschaubaren und erträglichen Art waren und Nick als darauf spezialisierter Arzt damit gewiss fertig werden konnte. Es waren im Grunde heilbare Depressionen, Depressionen, die bei der Aussicht auf eine neue Attraktion oder Ablenkung verschwinden konnten. Kurz, ich neigte dazu, in diesen Depressionen nichts als schlichte Langeweile zu sehen. Ich wusste dank der Arbeit im Institut genug, um zu begreifen, dass eine echte Depression – ich denke an die Gestalt der Melancholie mit dem zerrissenen Buch – etwas ganz anderes ist. Wirklich verzweifelte Menschen erwarten keine Wunder, ja sie brächten nicht einmal die Kraft auf, nach ihnen Ausschau zu halten.

Allerdings behielt ich das für mich, denn ich hatte sehr bald die Erfahrung gemacht, dass mir Kritik nicht erlaubt war. Dafür, dass sie glücklich und erfolgreich waren, bewiesen Nick und Alix eine außerordentliche Empfindlichkeit gegen jede Kritik, und so gewöhnte ich mir an, Alix nicht etwa misstrauisch anzublicken, wenn sie erklärte, dass sie einst bessere Tage gesehen habe, oder sich über Maria beklagte oder sogar über Nick, dessen Arbeit einen guten Teil seiner Zeit in Anspruch nahm, einer Zeit, die er ganz ihr hätte widmen sollen. Heute weiß ich, dass der bloße Umstand, dass nicht alle ihre Wünsche in ihrem jetzigen Leben befriedigt wurden, sie nicht nur nervös machte, sondern sie geradezu in Schrecken versetzte. Darum richtete sich ihre Aufmerksamkeit auf jeden Klatsch, jede Intrige, und wenn nichts dergleichen zur Hand war – für gewöhnlich sorgte Maria für Informationen –, dann sprach sie auch Fremde an, die sie dem Aussehen nach interessant fand, und versuchte, das geheime Drama ihres Lebens zu enthüllen. Wir hatten über diesen Punkt gewisse Auseinandersetzungen, denn ich behauptete, dass das Drama eines Lebens lange Zeit zu seiner Reifung brauchte, dass aber schließlich jedes Leben im Grunde dramatisch sei; nur verlange es eine sehr genaue Beobachtung, solch ein Drama zu erkennen, sei es in seinem Entstehen, sei es in der traurigen letzten Phase. Aber

Alix behauptete entschieden, dass ich unrecht habe. Manch ein Leben sei nun einmal interessanter als ein anderes, und die meisten könne man überhaupt unberücksichtigt lassen. Sie wollte ein Drama, das gerade so lange dauerte, bis etwas anderes ihre Aufmerksamkeit erweckte, ein Drama, das einem unausgefüllten Nachmittag Inhalt gab, oder einer Woche, allenfalls einem Monat. Ihre Anekdoten zeichneten sich immer durch einen gewaltsamen oder sensationellen Charakter aus, so als habe sie die näheren Umstände weggelassen. »Aber er kann doch nicht einfach tot umgefallen sein«, pflegte ich zu widersprechen, wenn sie mir zum Beispiel von ihrem Vater erzählte. Oder auch: »Woher willst du wissen, dass sie nie wieder mit ihm sprach?«, wenn sie ihren Bericht über Marias Scheidung gab. »Unsinn«, pflegte sie zu antworten. »Du weißt nicht, wovon du sprichst, Fanny. Du weißt nicht, was die Leute motiviert. Aber wie solltest du auch, wenn du in einem solchen Büro arbeitest und in diesem Leichenschauhaus wohnst!« Darauf gab es keine Antwort, und mit der Zeit hörte ich auf, ihr zu widersprechen. Wenn sie zum Beispiel behauptete, einer Frau den Selbstmordversuch ausgeredet zu haben – sie habe sie weinend in einem Supermarkt getroffen –, und dass diese Frau, gut beraten von Alix, in einer völlig veränderten geistigen Verfassung nach Hause gegangen war, sagte ich nichts dazu. Was hätte ich auch sagen können? Ich zweifelte nicht daran, dass ihre Zuversicht und ihr Temperament anregend gewirkt haben mochten. Und wenn ich an Miss Morpeth dachte, hatte ich keinen einzigen derartigen Erfolg in die Waagschale zu werfen.

So lernte ich es denn, für ihre Zerstreuung zu sorgen.

Denn während einer Zeit, in der Nick sehr beschäftigt war und meistens spät nach Hause kam, gewöhnte ich mich daran, mich meinerseits am Abend auf den Weg zu Alix zu machen, wobei ich in der schönen Herbstdämmerung durch den Park ging. An diesen Abenden blieb ich bei Alix, bis Nick heimkam. Ich erzählte ihr von den Leuten, die die Bibliothek aufsuchten, und machte aus ihnen Romanfiguren. Ich stellte sie origineller und außergewöhnlicher dar, als ich es bei meiner Mutter oder Olivia getan hätte. Und da ich mir vorgenommen hatte, in meinem neuen Leben ohne Schemen und Phantome auszukommen, gab ich allen meinen Figuren einen klaren Umriss und ich fand sie daraufhin sehr viel amüsanter. Ich verfolgte damit zwei Zwecke. Erstens war es eine Probe für die Arbeit an meinem Roman, und zweitens hielt ich Alix damit ab, über Geld zu reden, wozu sie immer neigte, wenn sie deprimiert war und ihr gegenwärtiges Leben mit ihrer Vergangenheit verglich. Zwar sah ich nicht, dass die Frasers je knapp mit Geld gewesen wären, ja sie schienen sogar sehr viel auszugeben, und doch spürte ich, dass ihre Sorge echt war.

In solchen Momenten sprach sie davon, das Gästezimmer in ihrer Wohnung zu vermieten, und zwar am liebsten an mich. Es war für mich ein ungemein verlockender Gedanke. Der Wegzug von Maida Vale hätte eine symbolische Bedeutung. Er würde den endgültigen Bruch mit der traurigen alten Lebensweise bedeuten. Die Bracken mit Zickzackmuster und die knarrenden Ledersessel, ganz zu schweigen von den Vögeln aus Porzellan und Glas, ich würde sie mit so wenig Bedauern zurücklassen, als hätte ich sie nie zuvor gesehen. Ich würde sie dem nächsten Bewohner überlassen, und damit blieben mir all die Qualen erspart, die mir sonst der Anblick der ausgeräumten elterlichen Wohnung bereitet hätte. Nancy könnte man zu ihrer Schwester nach Cork schicken, was eine gute Lösung wäre, denn offen gestanden sehe ich den unvermeidlichen Alterserscheinungen Nancys mit einiger Beklemmung entgegen. Sie war schon zu Beginn meines Lebens da gewesen, und ich habe keine Lust, nun das Ende ihres Lebens mit ansehen zu müssen. Ich bräuchte keine Möbel mitzunehmen, und ich wäre bei den Frasers nie allein. Wenn ich zu ihnen zöge, wäre ich erlöst von der Stille der Sonntage und all dieser schrecklichen Feiertage – Weihnachten, Ostern –, an denen ich es nie fertig gebracht habe, die viele freie Zeit zu nutzen.

Ich habe allerdings festgestellt, dass man über solch ein spezielles Dilemma wie das Feiertags-Syndrom, wenn ich es so nennen und gleich neben das Zwei-Sterne-Hotelzimmer-Syndrom stellen darf, für das ich ebenso anfällig bin, selbst im Scherz nicht reden sollte. Denn die allgemeine Ansicht ist, dass Klagen über Einsamkeit ungehörig sind und besser den professionellen Samaritern zur Behandlung überlassen werden. Ich persönlich hatte immer gute Freundschaften, aber jetzt befriedigen sie mich nicht mehr. Ich suche mir meine Freunde nicht nach dem Gesichtspunkt des Trostes aus, den sie mir geben könnten – davor graut mir. Ich kann besonders gut zuhören und bin daher sehr begehrt, wenn ich auch in letzter Zeit, wie ich glaube, etwas faul geworden bin. Ich begann ein Gefühl von Langeweile und innerer Unruhe zu verspüren, von dem mich eine gewöhnliche Freundschaft nicht befreien kann – nur eine außergewöhnliche. Ich bin wohl einfach meines Schicksals überdrüssig geworden und habe jetzt nur noch den sehnlichen Wunsch, es zu ändern. Deshalb schreibe ich und mache lange Spaziergänge und brüte über meinen Ideen, und wenn ich Glück habe, kommen sie so lebendig heraus, wie ich mir das wirkliche Leben wünsche. Vielleicht ist das sogar der Zweck der Übung. Nur klappt es nicht damit an Tagen wie Karfreitag oder an Orten wie düsteren Hotelzimmern im Ausland. Dann wird für mich die Vorstellung von Gesellschaft, und zwar jeder Gesellschaft, enorm verlockend; und ich meine, es wäre vernünftiger, mich für solche Eventualitäten zu wappnen, indem ich das Angebot, das mir Alix jetzt machte, annähme.

Was mich allein zögern ließ, bevor ich mich endgültig festlegte, war der Gedanke an meinen Roman, der darauf wartete, geschrieben zu werden. Ich wusste, dass ich für die Gesellschaft von Alix und Nick mit der völligen Preisgabe meiner Freiheit zu zahlen hätte, und ich wusste auch, dass Alix es mit Misstrauen sehen würde, wenn ich mich einmal von ihrer Gesellschaft zurückzog, und dass Nick mich für rücksichtslos halten würde, wenn ich Alix an einem Abend, an dem er spät nach Hause kam, allein ließe. Kurz gesagt, wenn ich mich als Schriftstellerin sah, dann war ich einfach ideal untergebracht in dieser warmen, stillen Wohnung in Maida Vale, mit Nancy in der Küche. Nancy war im Grunde keine Belastung für mich, so wenig wie ich eine für sie war. Wir aßen das gleiche, wir kannten jeder die Eigenheiten und Gewohnheiten des anderen, und uns verbanden dieselben Erinnerungen und Assoziationen. Um Weihnachten, eine Zeit, in der wir uns beide immer ein bisschen verloren fühlen, wäre sie verzweifelt, wenn sie Sydney Goldsmith bei seinem Pflichtbesuch erklären musste, dass man sie nach

Irland abzuschieben gedächte. Ich sah plötzlich Sydney vor mir, wie er im Begriff war, eine riesige Konfektschachtel zu überreichen, und Nancy, in Tränen aufgelöst, ein Spitzentüchlein aus dem Besitz meiner Mutter (das meiste von diesen Dingen habe ich Nancy geschenkt) an den Mund gepresst hielt. Ich konnte dieses Bild, das ich selbst beschworen hatte, nicht mehr ganz loswerden. Erst sehr viel später wurde mir bewusst, dass diese Szene, die ich so lebhaft vor mir sah, noch gar nicht stattgefunden hatte. Ich sah keine Bedeutung in dem Umstand, dass mir diese aus verschiedenen zurückliegenden Beobachtungen zusammengesetzte Episode (die Konfektschachtel von manchen früheren Gelegenheiten, die Tränen wieder von anderen) wie eine Erinnerung vorkam, während sie in Wirklichkeit die Beschwörung eines Bildes war. Die Tatsache, dass sich hier zwei Zeitebenen miteinander verbunden hatten, nahm ich als völlig normal hin.

Es kam hinzu, dass ich für eine Weile noch meine Ruhe brauchte, denn ich hatte gerade eine Erzählung abgeschlossen – eine ganz amüsante über die katastrophalen Abenteuer Dr. Leventhals auf einer Kreuzfahrt durch die griechischen Gewässer –, und ich hatte sie, ohne lange zu überlegen, einem angesehenen amerikanischen Magazin gesandt. Ich musste allein sein, nicht nur, wenn das Manuskript zurückkam, was sicher geschehen würde, sondern auch für den Fall, nur für den Fall, dass man mir Mut machen würde, eine weitere Geschichte zu schreiben. Das musste ich alles für mich behalten können, bis ich das Magazin mit meinem Namen darin herzeigen konnte. Denn davon träumte ich, weil ich unterstützt durch die öffentliche Anerkennung damit rechnen konnte, dass mir ein paar freie Stunden für mein Schreiben gewährt wurden. Ich wusste, wie hoffnungslos es war, auf bloße Absichten und ehrgeizige Träume zu bauen. Die Frasers verstanden nur den Erfolg. Ihre Sympathie gehörte den Erfolgreichen, nicht den Erfolglosen, den Reichen eher als den Armen, den Glücklichen eher als den Unglücklichen. Außerdem liebten sie Aktion, Tempo, Vergnügen, alles, was ich ihnen noch nicht bieten konnte. Ich musste den rechten Augenblick abwarten.

Die Sache schien auch nicht dringend zu sein. Alix machte es nur Vergnügen, die Möglichkeit, das Zimmer zu vermieten, zu erörtern – nicht unbedingt an mich, es konnte praktisch jeder sein. Aber es war ihr Lieblingsthema für Übungen ihrer Einbildungskraft. Alix war ungemein geschickt in praktischen Arrangements, und sie schien durchaus imstande, die Entscheidung über planlos geführte oder unerledigte Angelegenheiten anderer Leute an sich zu reißen, ungeachtet früherer Abmachungen und etwaiger Zukunftspläne der Betroffenen. Und sie tat es mit Gründlichkeit und bravourösem Schwung. Aber endgültige Entscheidungen wurden für gewöhnlich durch die Ankunft Nicks verhindert. Die darauf einsetzende Diskussion über die Frage, wo wir zu Abend essen sollten, obschon wir doch so gut wie immer dasselbe Restaurant besuchten, war ungefähr ebenso theoretisch wie die über die Vermietung des Gästezimmers. Aber manchmal muss man auf die Fantasien der anderen eingehen oder auch nur stillsitzen, solange sie ihren Fantasien nachgehen. Ich schalte üblicherweise an diesem Punkt ab und nehme mir vor, mich wieder einzuschalten, sobald meine Mitarbeit vonnöten sein könnte.

Aber als ich eines Abends nach dem Gang durch den Park in King's Road eintraf, war Nick bereits da und mit ihm Dr. Anstey, die andere glänzende Begabung, der »schwierige Mensch«, als den ihn Mrs. Halloran wacher Blick ausgemacht hatte. Ich erinnere mich, dass es ein Montag war und dass ich die Frasers seit der Woche zuvor nicht gesehen hatte. Ich fand die drei in angeregter Unterhaltung, und ich war überrascht und nicht eben begeistert, unsere ursprüngliche Intimität nun beendigt zu sehen. Ich kannte Dr. Anstey von der Bibliothek her, aber da gab es kaum mehr Gelegenheit als zu einem »Guten Morgen!«, denn Ansteys Besuche waren so kurz, zielstrebig und wortkarg wie Nicks Besuche voller Charme, Extravaganz und heiterer Gesprächigkeit waren. Dr. Anstey, der bevorzugt alles vom pharmakologischen Standpunkt aus betrachtete, bewies der eigenen Arbeit gegenüber eine für mein Gefühl schon abnorme Zurückhaltung; wenn ich ihn darin mit Nick verglich, machte dieser eine bessere Figur, denn er steckte stets voller Anekdoten, die meistens auch amüsant waren. Aber irgendwie war mir nicht entgangen, dass Dr. Anstey in allem überaus genau war und dass man, wenn man vielleicht einmal krank war oder auch deprimiert, damit rechnen konnte, dass er einen ernst nahm und sich nicht bloß in der Rolle des Trösters gefiel. Nicht dass am Trösten etwas Schlechtes wäre, selbstverständlich nicht.

Er gab mir auch einen Eindruck von Härte, wenn es mir auch schwerfiel, zu sagen, warum. Er war attraktiv auf eine Art, die für mich nicht attraktiv ist und die jedenfalls zu nichts verblasste neben dem strahlenden Charme Nicks. Er war genauso blond wie Nick, aber damit endete schon die

Ähnlichkeit, denn Dr. Anstey trug das Haar, das gegen seine rötliche Gesichtsfarbe fast golden schien, glatt anliegend an dem großen, schöngeformten Schädel. Früher war er mir nur wegen seiner Größe und seines arroganten Wesens aufgefallen. Er sah vornehm aus, aber er lächelte selten und schien unnahbar. Er konnte einen mit einer Miene ansehen, als erwarte er einen ausführlichen Bericht über den Bildungsgang und die Referenzen. Ich ertappte mich dabei, dass ich in seiner Gegenwart konzentrierter arbeitete. Sein ganzes Auftreten war das eines Offiziers, eines Mannes, dem man die Führung von Männern zutraute. Sein Gesicht war großflächig, aber gut geschnitten, jedoch so unbewegt, dass es schwer war, sich an die einzelnen Züge zu erinnern. Seine hellblauen Augen waren halb geschlossen, sodass man den Eindruck hatte, er sähe einen unter den gesenkten Lidern hervor an. Was sofort auffiel, waren seine Hände; sie waren groß und sahen irgendwie zornig aus. In meiner Vorstellung sah ich ihn immer in einem langen, gut sitzenden Mantel in der Bibliothek herumlaufen. Er war immer schon da, bevor ich kam, und er sprach nie.

Ich traf die drei in angeregter Unterhaltung an; sie hatten offensichtlich Gefallen aneinander gefunden. Nach meiner anfänglichen Überraschung fand ich es ganz natürlich, dass Dr. Anstey hier war. Schließlich waren er und Nick Kollegen, mochten ihre Auffassungen auch noch so weit auseinanderliegen. Ohne Mantel zeigte sich Dr. Anstey in einem gleichfalls gut sitzenden grauen Anzug mit weißem Hemd und einer seriösen blauen Krawatte, ein Anzug, gegen den sich Nicks Pullover und offener Kragen aufs angenehmste abhob. Das Gesicht Dr. Ansteys war ziemlich gerötet. Seine Stimme, die ich, wenn ich mich recht erinnere, kaum je zuvor gehört hatte, klang tief und rau, so als ob er sie selten gebrauche.

Alix fand ihn offensichtlich interessant und horchte ihn mit ihrer gewohnten Geschicklichkeit aus, wie meine Mutter das genannt hätte. Ich beobachtete es mit besonderer Aufmerksamkeit, weil bei meinen eigenen Versuchen dieser Art der Erfolg im allgemeinen katastrophal ist. Mir gibt niemand eine ehrliche Antwort, und so bohre ich immer weiter wie irgendein unbarmherziger Kriminalbeamter in einem Mordfall. Wenn der Fluss der Information versiegt, wie es stets geschieht, werde ich zum Semantiker und studiere den Text hinter dem Text. In diesem Stadium habe ich natürlich so viel Zeit wie nur möglich, darüber nachzudenken, da der Gegenstand meiner Untersuchung, die befragte Person, längst auf und davon ist. Aber Alix schaffte dergleichen glänzend mit ihrer unbeschwerten, freundlichen Stimme; es kam hinzu, dass ihre gesellschaftliche Stellung ihr erlaubte, solche Fragen zu stellen. Sie hatte ihn sogar dazu gebracht, über seine Scheidung zu sprechen, und ich konnte mir denken, dass dies das allerletzte Thema war, über das er gern sprach, auf welchen Umstand ich denn auch die Röte zurückführte, die sein Gesicht überzog. Ein Gesicht, in dessen Zügen Verlegenheit mit dem entschiedenen Wunsch, angenehm zu sein, kämpfte. Mir kam plötzlich der Gedanke, er könnte am Ende recht einsam sein, sodass sein Hochmut nur ein Schutzwall wäre und er jetzt über die Verletzung seiner Privatsphäre genau so glücklich war, wie ich es gewesen wäre. Wie dem auch sei, er zeigte sich, wie die Polizei es nennen würde, bei ihren Nachforschungen kooperativ.

Alix begrüßte mich mit einer weit ausholenden Armbewegung, und ich schlüpfte aus meinem Mantel und setzte mich ruhig. Ich war mir bewusst, dass sich durch diese Erweiterung unserer ursprünglichen Gruppe meine Funktion hier geändert hatte. Gleichsam tastend suchte ich meinen neuen Status zu finden. Ich kannte doch die Züge dieses Spiels mit den verblüffenden Aufforderungen zu vertraulichem Gespräch und dem unmittelbar darauf folgenden Einsturz von Barrieren. Ich wusste damals, und ich weiß es jetzt, dass nur so die Oberdisziplinierten aus der Falle, in der sie sich gefangen haben, zu befreien sind. Ich saß zurückgelehnt, etwa wie der älteste Insasse eines Gefängnisses oder Krankenhaussaals, der die Aufnahmezeremonien beobachtet, denen sich der Neuzugang unterziehen muss, und der nun darauf wartet, den Neuzugang dazu zu beglückwünschen, dass er sich korrekt benommen, sich die Sporen verdient hat und damit auch den Passierschein für das Leben hier drinnen. Ich habe übrigens die Beobachtung gemacht, dass es für denjenigen, der diese Einführung übernimmt, immer diese erste Begegnung ist, die sozusagen die Geschäftsbedingungen festsetzt, und dass es immer die bestehen bleibenden Barrieren sind – denn ein paar Barrieren bleiben trotz der Umerziehung –, die den Ausgang des Dramas bestimmen oder, anders ausgedrückt, die endgültige Fassung des Vertrags. Mit einer Spur melancholischen Bedauerns dachte ich, dass dieses Drama oder dieser Vertrag interessanter werden würde als der meinige. Und doch spürte ich, dass Dr. Anstey und ich vieles gemeinsam hatten – ich meine hinsichtlich guter Manieren, spießiger Moral und mangelnder Erfahrung in den wilderen und interessanteren Bereichen menschlichen Verhaltens.

Alix lachte freundlich über seine leichte Verlegenheit, und das hatte natürlich die Wirkung, dass er nun mehr Kühnheit zeigte, als er es normalerweise getan hätte. Ich konnte es beinahe sehen, wie er nach Möglichkeiten suchte, ihr zu gefallen. Er war nicht besonders amüsant, und so konnte ich mir schlecht vorstellen, wie er sie unterhalten wollte. Aber er war attraktiv. Sogar ich konnte das sehen. Die Romanschriftstellerin in mir wurde für einen Augenblick übermächtig, und ich dachte mir eine ganze Geschichte aus. Aber gleich darauf warf ich mir vor, mich der fragwürdigsten Form von Spekulation hingegeben zu haben – geschmacklos, zweideutig, zynisch –, und ich gab die ganze Fantasterei wieder auf.

Was nur gut war, denn in diesem Augenblick sagte Alix lachend: »Aber, mein lieber James, Sie können doch nicht wie ein Mönch leben! Das ist schrecklich! Sie sollten sich lieber mit unserer Fanny zusammentun.« Nick, der gerade zu uns getreten war, lachte, und da lachte auch ich, und schließlich lachte auch Dr. Anstey. Der Anblick unserer ungehemmten Heiterkeit löste bei Alix dieses erstickte, gutturale Gelächter aus, das bei ihr ein heimliches Vergnügen bedeutete, und Dr. Anstey erhob sich, wobei das Lächeln auf seinen Lippen erstarrte.

»Hier ist«, begann Alix mit offensichtlich gezierter Stimme und enormer sichtbarer Anstrengung, sich zu beherrschen, »hier ist unsere kleine Waise, Fanny, das arme Waisenkind.«

»Natürlich kenne ich Miss Hinton«, sagte Dr. Anstey, und wir nickten einander zu.

»Nennen Sie sie ruhig Fanny«, fuhr Alix fort. »Sie ist

genau das, was mein Kindermädchen ein braves Mädchen genannt haben würde. Und sie schwimmt in Geld.«

Nick lachte und stöhnte. »Liebling!«, protestierte er. »Sie ist ganz rot geworden. Deine Schuld!« Er legte den Arm um mich und wiegte mich hin und her. Ich lächelte, obwohl ich spürte, wie mir das Blut ins Gesicht stieg. Ich hätte an derlei inzwischen gewöhnt sein können, sagte ich mir.

»Nun, und wie dürfen wir Sie nennen?«, fragte Alix.

»Ich heiße James«, erwiderte Dr. Anstey, der noch immer stand. Mir fiel auf, dass er so groß wie Nick war, wenn auch von etwas massigerer Gestalt.

»Nein, James ist viel zu steif«, erklärte Alix. »Ich werde mir etwas einfallen lassen. Sie essen doch mit uns zu Abend? Kümmern Sie sich nicht um den Unsinn, den ich rede. Ich meine es nicht böse.«

Einen Augenblick war Dr. Anstey unentschlossen. Ich meinte, ihm ansehen zu können, wie er bei der Aussicht auf eine lange Nacht zögerte, dann aber seine Bedenken aufgab. »Sehr gern«, antwortete er. »Aber hätten Sie etwas dagegen, wenn ich vorher meine Mutter anriefe?«

Erstaunt sahen sie ihn an.

»Warum um alles in der Welt wollen Sie Ihre Mutter anrufen?«

»Sie hat mich eigentlich erwartet.« Verständnislos starrten ihn die beiden an.

»Ich wohne bei ihr. Übrigens gar nicht weit von hier. Sie besitzt ein kleines Haus in der Markham Street.«

Darauf brach Alix wieder in Gelächter aus, mit zurückgeworfenem Kopf, geschlossenen Augen und weiß schimmernden Zähnen. Der Gedanke an Dr. Ansteys geregelte

Lebensweise schien sie mit einer Heiterkeit erfüllt zu haben, die gleichsam den ganzen Raum mit Energie auflud, einer Energie, die an Aggressivität grenzte. Der Schriftsteller in mir meldete sich wieder und arbeitete weiter an der früher ersonnenen Handlung; aber dann nahm ich mich wieder zusammen und zwang mich, nach draußen zu sehen, und ich sah hinter den Vorhängen die leuchtende Indigobläue des Abends, und ich spürte die Wärme des Kaminfeuers, die freundliche Atmosphäre des Raums und die gute Laune, an der jeder teilhaben konnte, der es sich nur wünschte. Und ich wünschte es mir natürlich. Ich meine, ich hatte einfach den Wunsch, dabei zu sein. Warum Opfer bringen, um am Ende von allem ausgeschlossen zu sein? Ich war also doch kein Schriftsteller, fand ich und verbannte aus meinen Gedanken jenen Roman, der irgendwie chiffriert und deshalb doppelt so anstößig in meiner Fantasie geschrieben stand. Ich war keine Schriftstellerin; ich war eine Verbrecherin, als Bibliothekarin getarnt.

Ich entspannte mich also und lächelte, und nachdem ich mit einem Blick auf Dr. Anstey bemerkt hatte, dass er verlegen war, beschloss ich, ihm zu helfen.

»Ich heiße Frances«, sagte ich. »Aber ich meine doch, dass ich Sie als Dr. Anstey anreden sollte.«

Nun lächelte auch er. »Sie müssen mich selbstverständlich James nennen«, sagte er. »Ich habe es mir schon oft gewünscht.«

So wurden wir also James und Frances. An diesem Abend gingen wir alle zusammen essen. James wurde den Stammgästen vorgestellt, und anscheinend begriff er ohne Weiteres die Spielregeln. Immerhin war er sehr klug. Ich beobachtete ihn ziemlich genau. Ich sah, dass er ein bisschen steif war, ein wenig schockiert von der Ausgelassenheit Marias; aber das war zu erwarten gewesen. Ich sah, dass er allein von der Ungewöhnlichkeit dieses Abends wie bezaubert war und von all den Möglichkeiten, die ihm diese neuen Freunde zeigten. Ich war an diesem Abend eine sehr aufmerksame Beobachterin. Ich beobachtete die Frasers, die über den Erfolg ihrer Strategie augenscheinlich belustigt waren. Ich sah, wie sich ihre Köpfe zueinanderneigten, wie ihre Stirnen sich einen Augenblick berührten; ich sah die Trägheit, mit der sie sich voneinander lösten. Ich beobachtete mit einer gewissen Traurigkeit, wie James die Frasers beobachtete. Gewiss, der Anblick zweier glücklicher Menschen ist immer ein Magnet für die, um die sich niemand bewirbt. Als ich endlich den Blick senkte und still vor mich hin lächelte, meinen Kaffee trank und wieder aufsah, da fand ich, dass James mich beobachtete.

»Wo wohnen Sie, Frances?«, fragte er. »Sicher in einer sehr gesunden Gegend.«

»Gesunde Gegend?«, fragte ich.

»Weil Sie immer so gesund aussehen, wenn Sie morgens wie der frische Wind in die Bibliothek kommen.«

Ich lachte. »Das liegt nur daran, dass ich zu Fuß in die Bibliothek gehe. Ich gehe gern zu Fuß. Aber es ist nicht weit. Ich wohne in Maida Vale. Und ich wohnte mit *meiner* Mutter bis zu ihrem Tod zusammen.«

Ich fühlte, wie die Spannung in ihm nachließ, und meine kleine Traurigkeit ging vorbei. »Ich gehe auch gern spazieren«, sagte er. »Ich bin sogar ein ziemlich eifriger Spaziergänger. Inzwischen hatten wir uns einander ganz zugewandt, und ich bemerkte, dass Nick und Alix uns beobachteten. »Sie sind jetzt schon eine ganze Zeit in der Bibliothek, glaube ich«, fuhr er fort. »Macht Ihnen die Arbeit dort Freude?«

Alix unterbrach unser Gespräch. »Sie kennen noch nicht ihr Geheimnis. Sie ist in Wirklichkeit Schriftstellerin. Sie schreibt einen Roman.«

Ich protestierte, aber Nick sagte: »Sei nicht albern, Fanny. Erzähl ihm alles!«

Also fügte ich mich und gab meine Geschichte zum besten und machte es so drollig, dass er lachte, während Alix die Rechnung kommen ließ und mir gebieterisch abwinkte, als ich darauf bestand, dass ich heute an der Reihe sei. Darauf zog James – in meinen Gedanken war er schon zu James geworden – mit eindrucksvoller Entschlossenheit seine Brieftasche hervor und legte vier Zehn-Pfund-Noten auf den Tisch.

»Aber das nächste Mal müssen Sie unser Gast sein«, sagte Alix.

»Mit dem größten Vergnügen«, stimmte er zu. »Es war ein sehr amüsanter Abend. Darf ich Sie noch irgendwo zu einem Schlummertrunk einladen?«

Ich denke mir, dass er von der Treibhausatmosphäre dieser Vertraulichkeit, die ihn noch am frühen Abend so angezogen hatte, plötzlich genug hatte. Außerdem waren seine Beine so lang, dass ihm das Sitzen an einem kleinen Tisch ziemlich unbequem vorkommen musste. So befanden wir uns schließlich alle – ein wenig mit dem Gefühl, eigentlich nicht dahinzugehören – in der Halle eines sehr großen Hotels in Knightsbridge, an einem Tisch, der umgeben war von einem endlosen geometrisch gemusterten Teppich in Orange und Braun. Außer uns war nur noch eine italienische Familie da, die in einer Ecke plauderte, indes ihre kleine Tochter, ein hübsches Kind mit großen, übermüdeten Augen und ganz kleinen Ohrringen, herumlief und herumlief und immer müder wurde. Nur einmal blieb sie stehen, um uns zu betrachten. Alix nahm eine Olive von einer Schüssel auf unserem Tisch und bot sie ihr an. Aber sie schlug die Hände vors Gesicht und lief zu ihrer Mutter zurück. Ich erinnere mich, dass man die Weihnachtsdekoration aufstellte, und zwar in Gestalt von zweidimensionalen goldenen Bäumen, die an den vorgetäuschten Pilastern befestigt wurden.

»Ein bisschen früh, nicht wahr?«, bemerkte ich Alix gegenüber. Es war erst die dritte Oktoberwoche. »Aber nein«, sagte sie. »Sie machen es immer so früh. Die ausländischen Gäste erwarten das. Und für mich kann es nie zu früh sein. Ich liebe Weihnachten.«

»Ich nicht«, sagten James und ich wie aus einem Munde. Überrascht sahen wir uns an.

»Ich bin dann immer mit meiner Mutter zusammen«, erklärte er. »Wir sind beide geschieden und haben beide Angst vor diesen Tagen.«

»Ich kann es kaum abwarten, dass es vorbei ist«, gestand ich. Ich mochte nicht von Nancy und unserer traurigen kleinen Feier sprechen. Dein Feiertagssyndrom behältst du lieber für dich, dachte ich. Ich war überrascht und entzückt, einen Leidensgenossen gefunden zu haben.

»Aber diesmal musst du mit uns zusammen sein«, rief Alix. »Wir sind immer eine ganze Clique. Und inzwischen kennst du praktisch jeden. Es ist sehr lustig. Und es erspart einem das Kochen.«

»Spaghetti«, murmelte Nick und wich ihrem vernichtenden Blick aus.

»Der zweite Feiertag ist womöglich noch schlimmer«, fuhr James fort, der inzwischen seine anfängliche Schüchternheit ganz verloren hatte. »Am zweiten Feiertag muss ich einen Spaziergang im Interesse meiner Gesundheit machen. Einen Spaziergang, als körperliche Übung verstanden.«

Alix stöhnte. »Wir besuchen am zweiten Feiertag Nicks Eltern. Erinnern Sie mich nicht daran!«

»Aber Liebling, sie vergöttern dich doch«, bemerkte Nick lachend.

Das war interessant; ich notierte es in Gedanken. Sie vergötterten sie. Wäre ich an Alix' Stelle, würde ich die Eltern vergöttern.

»Ich gehe meistens zu den Benedicts«, sagte ich. »Sie wissen – Olivia. Aus der Bibliothek. Ihre Eltern. Aber für gewöhnlich ist das Ende auch ein gesundheitsfördernder Spaziergang.«

»Klingt vollkommen irre«, unterbrach Alix. »Was ist eigentlich mit Olivia los?«

Ich hätte die Frage nicht übel nehmen dürfen, wenn sie auch nur selten gestellt wird. Man nimmt Olivias Behinderung so selbstverständlich hin, wie sie selbst es tut. Als sie sechzehn war, wurde sie bei einem Verkehrsunfall verletzt. Sie verbrachte ein Jahr im Krankenhaus und musste ein weiteres Jahr zu Hause bleiben. Sie erholte sich gut, aber es blieb eine gewisse Schwierigkeit beim Gehen, was man allerdings kaum bemerkt, da man sie immer nur sitzen sieht.

Aber was Alix bei ihr aufgefallen war, das war die Nackenstütze, dieser schreckliche rosa Kragen, auf dem ihr schöner Kopf so unbequem ruht. Ich erinnerte mich deutlich an den Tag, an dem Nick Alix in die Bibliothek mitgebracht und Alix mich zum Essen eingeladen hatte. Olivia war unter dem Blick von Alix errötet und wieder erblasst, als sie gezwungen wurde, dem Schauspiel mit der Frisur beizuwohnen. Sie hatte nach einer Schere gegriffen und damit begonnen, eine Fotografie zurechtzuschneiden. Dabei musste sie sich das Bild ziemlich hoch vor die Augen halten, und das hatte auch Alix bemerkt.

Ich sah Olivias vollkommenes Gesicht vor mir, ein blass olivfarbenes Gesicht, mit so schwarzen Augen, dass Iris und Pupille eins zu sein schienen. Und ich sah das in der Mitte gescheitelte und in Wellen über die Nackenstütze bis auf die Schultern fallende Haar. Es liegt an diesem Gesicht und an ihrer inneren Ausgeglichenheit und ihrem gesunden Menschenverstand, dass ich ihre Gehbehinderung buchstäblich vergesse, wenn sie von ihrem Stuhl einmal aufstehen muss. Sie ist so tüchtig bei ihrer Arbeit, von Natur aus so gelehrsam, dass es keine Rolle spielt, wenn sie nicht um die Tische herumgehen oder Stapel von Fotografien tragen kann. Ich tue das für sie. Es klappt sehr gut so, und was ich an körperlicher Kraft mehr habe, gleicht sie durch moralische Kraft aus. Wir sind sehr eng miteinander befreundet.

Und ich sehe sie auch vor mir, wie ich sie von jenen Sonntagen kannte, nach dem Mittagessen und den Paranüssen, wenn ihre nachlässig gekleidete Mutter und ihr schweigsamer Vater – beide ziemlich hässlich – sich in den Salon zurückzogen und sich in ihren Sesseln niederließen, um ihre Tochter liebevoll, doch ohne Sentimentalität zu betrachten. Ihnen schien Olivias Schönheit mehr Eindruck zu machen als ihre Behinderung, und da dies von jeher und ganz aufrichtig ihre Einstellung gewesen war, so war Olivia wegen der Art ihres Auftretens keineswegs gehemmt. Ich weiß nicht, wie sie darüber denkt, weil sie nie davon spricht, und ich bin seit langem so daran gewöhnt, dass ich es nicht mehr bemerke. Ihr Erröten schrieb ich eher ihrer Verliebtheit in Nick zu als dem, was Alix gesagt oder getan hatte.

»Eine Rückgratverletzung«, erklärte James, denn ich traute mir nicht zu, jetzt antworten zu können. »Aber sie kommt sehr gut damit zurecht.« Plötzlich erschien mir die ganze Einrichtung dieses Hotels mit dem geometrisch gemusterten Teppich und den goldenen Bäumen geschmacklos und billig – eine Zuflucht für Leute, die keinen wahren Grund hatten, außer Hause zu sein. Ich hatte schon Olivias Weihnachtsgeschenk besorgt, eine Erstausgabe von Richard Feverels Prüfung, von George Meredith, ihrem Lieblingsroman, und ich sah schon das Lächeln, das über ihr kleines Gesicht gehen würde, wenn ich ihr das Buch gab.

Alix war allmählich unruhig geworden. »Ich glaube, wir könnten Weihnachten etwas Besseres tun«, sagte sie. Ich wechselte einen Blick mit James, und wir lächelten beide. »Ich werde mit Maria sprechen und euch Bescheid geben«, sagte Alix. »Geben Sie sich nur ganz in meine Hände!« Sie betrachtete uns nachdenklich. »Sie werden es nicht zu bereuen haben«, fügte sie hinzu.

Es war fast Mitternacht, als wir auf die Straße traten. Es war eine wunderschöne Nacht, kalt, mit einem zarten Nebeldunst und einem gelben Mond. Ich war müde und zugleich erregt. Dieser Abend war so außergewöhnlich gewesen, dass ich mir wünschte, er möge noch nicht zu Ende gehen. Ich wäre gern noch ein bisschen zu Fuß gegangen, aber schon verhandelten Alix und Nick darüber, wen man zuerst nach Hause bringen sollte. James, selbstverständlich, denn die Markham Street lag näher als Maida Vale. Als Nick die Wagentür öffnete, drang aus dem Innern der Geruch von Zigaretten.

»Wäre es nicht schöner, zu Fuß zu gehen?«, fragte ich aus einem Impuls heraus.

»Das können wir«, sagte James. »Zumindest wir können es. Ich bringe Sie nach Hause, Frances.«

Ich blickte erst zu Alix, dann zu Nick, und beide schienen leicht amüsiert.

»Ich verstehe«, sagte Alix. Sie lachte, und wir mussten mitlachen. Und diesmal lachte ich mit aufrichtigem Vergnügen und aufrichtiger Überraschung. Denn wenn ich etwas nicht erwartet hatte, dann dies, selbst in die Handlung des Romans hineingeschrieben zu werden. Das hatte ich unter keinen Umständen erwartet.

Wir brachen auf mit dem Versprechen, am nächsten Tag anzurufen. Unsere Stimmen fanden ein Echo in dem nebligen Dunst.

Wir gingen schweigend nebeneinander, bis wir zur Sloane Street kamen. Um uns herum war alles still, aber für mich noch nicht still genug. Die Luft war unbewegt. Es roch schwach nach verbranntem Laub. Nach einem Augenblick des Zögerns fragte ich: »Meinen Sie, wir könnten durch den Park gehen?«

»Selbstverständlich«, sagte er. »Ich hatte es vorgehabt. Sie sind doch noch nicht müde? Können Sie den ganzen Weg bis nach Hause gehen?«

Ich glaube, dies war die glücklichste Nacht meines Lebens. In vollkommenem Schweigen gingen wir durch den stillen Park, und es kam mir vor, als ob das Jahr sich nicht seinem Ende näherte, sondern gerade seinen Anfang genommen hätte. Die Anfänge sind so schön. Obwohl ich von Natur aus blass bin, spürte ich das Blut in meinen Wangen. Ich zog keine Folgerungen daraus, und mein Instinkt täuschte sich nicht. Ich war nicht im Begriff, mich zu verlieben. Und es bestand auch nicht die geringste Wahrscheinlichkeit dafür, dass ich es tun würde. Aber ich war beschützt, und das war etwas, was ich, solange ich denken konnte, noch nicht erlebt hatte. Ich stand bei jemandem an erster Stelle, wie es mir ein paar traurige Monate lang nicht mehr geschehen war, und, wenn ich ganz ehrlich war, schon viel, viel länger nicht mehr.

»Die beiden sind schon ein besonderes Paar, nicht wahr?«, sagte er, aber eigentlich wohl nur, um das Schweigen zu brechen.

»O ja«, stimmte ich ihm bei. »Und wundervolle Freunde.«

So gingen wir die Edgware Road hinauf, vorbei an Schaufenstern mit Schwesternkleidung, Sex-Shops und dem trüben Lichtschein aus den Fenstern einer Schnellwäscherei. Nach einer Weile fragte er wieder: »Sie sind doch nicht zu müde?« Und ich schüttelte den Kopf, denn am liebsten wäre ich für immer so weitergegangen.

»Aber wie kommen Sie nun zurück?«, fragte ich ihn plötzlich, als wir vor meiner Tür standen. »Sie haben keinen

Wagen, und in dieser Gegend auf ein Taxi zu warten, ist hoffnungslos.«

»Ich gehe zu Fuß zurück«, sagte er. »Gute Nacht, Frances. Auf morgen!«

In dieser Nacht dachte ich nicht daran zu schreiben.

6

Und es sollten noch viele Abende vergehen, an denen ich nicht schrieb. Aus einem neuen Gefühl von Sicherheit heraus begann ich, alles in einem anderen Licht zu sehen. Jetzt hasste ich diese nervöse, künstliche Erregung, in der ich die Worte in mir ablaufen ließ, während ich mich daran machte, sie zu Papier zu bringen. Ich empfand Widerwillen gegen die lange Isolation, die einem das Schreiben auferlegt, gegen diese klösterliche Zurückgezogenheit und das Gefühl des Ausgeschlossenseins. Ich empfand Abscheu vor dem alternativen Leben, das das Schreiben angeblich bedeutet. Jetzt wurde mir auf einmal klar, was es für mich wirklich mit dem Schreiben auf sich hatte und hat. Es ist die Buße dafür, nicht glücklich zu sein, ein Versuch, die anderen zu erreichen und sich so ihre Liebe zu erwerben. Es ist der instinktive Protest dessen, der erfährt, dass er keine Stimme vor dem Tribunal dieser Welt hat und dass niemand für ihn sprechen will. Ich gäbe meine gesamte Produktion von Worten hin, von vergangenen, gegenwärtigen und zukünftigen, wenn ich dafür einen leichteren Zugang zur Welt bekäme und wenn ich sagen dürfte: »Das tut mir weh – das mag ich nicht – das will ich haben.« Oder auch nur: »Seht mich an!« Und dazu stehe ich. Denn sobald eine Sache erst einmal bekannt geworden ist, kann sie nicht wieder unbekannt werden. Allenfalls kann man sie vergessen. Und Schreiben ist der Feind der Vergesslichkeit und der Gedankenlosigkeit. Für den Schriftsteller gibt es kein Vergessen, nur ein unendliches Gedächtnis.

Als ich nun von dem angesehenen amerikanischen Magazin einen schmeichelhaften Brief erhielt, mit der Mitteilung, dass meine Geschichte über die griechischen Abenteuer Dr. Leventhals in Kürze erscheinen würde, da fühlte ich keineswegs den Drang, mich nun hinzusetzen und eine neue Geschichte zu schreiben. Im Gegenteil. Ich sah in meinem Erfolg nur den passenden Abschluss einer falsch gewählten Karriere und die Gefahr, dass zukünftige Anstrengungen und neuerliche Einsamkeit damit verbunden sein könnten. Jetzt aber konnte ich mit einem Fanfarenstoß enden, um nie wieder zu schreiben.

Natürlich freute ich mich, aber wie über etwas Nebensächliches. Ich fand, dass ich diese Belohnung nicht verdient hatte, weil ich mir nicht mehr Belohnungen dieser Art wünschte. Aber Olivia freute sich, wenn auch nur, weil sie alles so viel ernster nimmt als ich. Und James war entzückt. Als ich es ihm erzählte, verzog sich sein hochmütiges Pferdegesicht zu einem Lächeln, wie ich es nie zuvor bei ihm gesehen hatte. Sein Lächeln galt dem Magazin, das er in den Händen hielt, und ich wusste auf einmal, dass ich mir dieses Lächeln nur auf mich gerichtet wünschte. Sieh doch mich an, wollte ich sagen, sieh mich an! Damals, und auf diese Weise geschah es, dass ich mir darüber klar wurde, was das Schreiben für mich bedeutete.

Natürlich rief ich Alix an, denn solche Nachrichten hört

sie gern. Sie stieß einen Schrei des Entzückens aus und sagte: »Großartig! Das muss gefeiert werden.« »Aber auf meine Rechnung«, erwiderte ich. »Das will ich hoffen«, war die Antwort. »Soll ich James dazubitten?«, fragte sie. Die Frage machte mich verlegen, denn ich hatte so viel an James gedacht, dass ich an dieser kleinen Feier keine Freude gehabt hätte, wäre er nicht dabei gewesen. Also entschloss ich mich, ganz aufrichtig zu sein, und sagte: »O ja, bitte! Vier ist eine bessere Zahl als drei, findest du nicht?« Ich überlegte mir, ob ich sie vielleicht beleidigt hätte, denn es entstand eine kurze Pause, bevor sie sagte: »Ich persönlich finde, dass die Zwei die beste aller Zahlen ist«, und ich stimmte ihr so entschieden bei, dass ich mich damit überzeugte, wir hätten über dieselbe Sache gesprochen. Vielleicht hatten wir es; genau werde ich das nie wissen.

Wie schön sind die Anfänge! Ich war nicht in James verliebt, aber es gab nun etwas, um dessentwillen es sich lohnte, morgens aufzustehen, etwas anderes als diese zermürbende Alltagsroutine, die aus mir am Ende eine Art Miss Morpeth machen würde, obwohl ich keine Nichte in Australien habe, die mir meinen Lebensabend verschönern könnte. Ich wollte auch keine Mrs. Halloran werden, noch immer in Form und doch verdammt zur Hoffnungslosigkeit. Für mich keinen Gin, bitte, keine Flasche im Kleiderschrank eines Hotelzimmers in South Kensington, keine Abende, die ich auf dem Bett liegend verbringe, in einem Morgenrock, der zu jugendlich und zu rosa ist, während ich für Leute, die die Zukunft fürchten, ausgetüftelte Horoskope stelle. Wie dankbar empfand ich die Erlösung von diesem Albtraum, der mich, solange ich denken konnte, heimgesucht hatte. Von dieser Last befreit, atmete ich freier, schlief ich fester und aß mit mehr Appetit. An Nancy störte mich nicht länger ihr Hin- und Hergeschlürfe oder ihr Gemurmel, denn es war nicht mehr gleichbedeutend mit der Düsternis eines Gefängnisses. Ja, ich begann sie wieder gern zu mögen, wie ich sie vor langer Zeit geliebt hatte, als ich noch, ein kleines Kind, auf sie zugelaufen war, um von ihr geküsst zu werden, und ich dachte mir kleine Überraschungen für sie aus. Ich begriff, dass auch sie sich sehr einsam fühlen musste, zumal sie schüchtern war und nicht leicht Bekanntschaften machte. Eines Morgens sprach ich, als ich das Haus verließ, ein paar Worte mit Mr. Reardon, dem Portier, und verabredete, dass er, wenn er abends frei sei, in meine Wohnung kommen und Nancy auf eine Tasse Tee besuchen sollte. Er könne eine halbe Stunde bei Nancy bleiben und ihr seine Abendzeitung dalassen, die er der Pferderennen wegen jeden Mittag kaufte. Damit auch Nancy ein bisschen froher war.

Ich fühlte mich stark und energiegeladen, ich fühlte mich – jung. Ein Gefühl, das ich noch nie zuvor gehabt hatte. Ich hatte es immer für selbstverständlich gehalten, Pflichten zu übernehmen, die den andern unangenehm waren. Ich hatte die Schecks ausgeschrieben, Rechnungen und Steuern bezahlt, als ich noch nicht einmal zwanzig war, und ich war es immer, die den Doktor kommen ließ. Und mich bat Nancy, ihr ein neues Kleid oder eine neue Strickjacke zu kaufen. »Wieder die blaue, Miss Fan. Die, die Ihre Mutter so gern hat.« Immer wenn ich Nancy ansah, entdeckte ich irgendein Kleidungsstück an ihr, das ich entweder für sie oder für meine Mutter gekauft hatte, und ich fühlte wieder die Traurigkeit dieser Nachmittage im Warenhaus, wenn ich allein in bescheidenen Nachthemden, dunklen Strümpfen und Kleidungsstücken von gediegenem, zurückhaltendem Geschmack kramte, um dann alles zur Begutachtung nach Hause zu bringen, in die klösterliche Stille unserer Wohnung. Sie sahen es so gern, meine Mutter und Nancy, wenn ich für sie einkaufte. Aber ich selbst fand es abscheulich. Für mich war es die Parodie alles Einkaufens, so wie ich es mir vorstellte. Es widersprach meinem Trieb, mir selbst eine Freude zu machen, wodurch es mir möglich gewesen wäre, anderen eine Freude zu bereiten.

Ich hatte mich nie für einen interessanten Anblick gehalten, aber jetzt konnte ich nicht umhin festzustellen, dass meine Augen größer geworden waren und mein Ausdruck von freudiger Erwartung belebt war. Ich begann, meine Erscheinung im Spiegel zu studieren. Ich musterte meine Kleider und legte die langweiligen praktischen beiseite. Ich rangierte meine schweren Wanderschuhe aus und schenkte Nancy meine Marinejacke. Ich kaufte mir ein paar Pullover und eine wollene Hemdbluse, alles in hellen, frischen Farben, Himmelblau und Weiß. Ich grub ein hellgraues Kleid wieder aus, mit sehr artigem weißen Krägelchen und einer schwarzen Schleife am Hals. Ich hatte es seit ein paar Jahren nicht mehr getragen, sondern es ordentlich zusammengelegt beiseite getan, weil ich meinte, dass es bei dem Leben, das ich führte, zu stilisiert wirken könnte. Aber als ich es jetzt mit aufgeschlosseneren Sinnen ansah, fand ich, dass ich außergewöhnlich interessant darin aussah. Ich begann, mich auf das Anziehen am nächsten Tag zu freuen.

Mein Verhalten schien ganz allgemein einen Wandel zum Besseren durchgemacht zu haben; es war weniger Schärfe in mir und mehr Aufnahmebereitschaft. Ich fühlte, wie ich genussvoll in ein Miasma der Freundlichkeit hinabglitt. Ich fand Vergnügen an meiner täglichen Arbeit in der Bibliothek, nicht das künstlich konstruierte Vergnügen, wie ich es für meine Geschichten zu sammeln suchte, sondern die ursprünglichen menschlichen Eigenarten faszinierten mich. Ich sprach mit niemandem über diesen Wandel in mir, über das Gefühl, das ich hatte, das Leben habe sich mir geöffnet, und zwar nicht nur zur Besichtigung, sondern, was mehr bedeutete, damit ich aktiv daran teilnahm. Mrs. Halloran hatte es schon seit längerem aufgegeben, auf ein Wort von mir zu warten, das das häufige Erscheinen Nicks kommentierte, der abends den Kopf durch die Tür steckte, um mich abzuholen. Ich wusste, dass ich sie enttäuscht hatte, aber ich hatte keine Lust, mich ihr mitzuteilen. Denn für mich war es ganz neu, irgendetwas für mich allein zu haben, obwohl ich, von ihrem Standpunkt aus gesehen, zu den ohnehin Bevorzugten gehörte, mit meiner Wohnung, meiner Anstellung und meinem festen Einkommen. Ich konnte ihr nicht gut sagen, dass ich gerade dabei war, mein Leben wirklich zu beginnen. Sie würde mich, wenn es je zu einem solchen Gespräch käme, nur anstarren und mich fragen, was mich denn bisher daran gehindert hätte. Und dann könnte ich ihr nicht erklären, dass man auch auf der Schattenseite des Lebens – und dort hatte ich ja bis zu diesem Zeitpunkt zu stehen gemeint – gewisser menschlicher Verpflichtungen nicht ledig war. Ich war überzeugt, sie hätte dafür auch nicht das mindeste Verständnis aufgebracht.

Olivia freute sich mit mir, obwohl ich ihr nichts erzählt hatte. Sie freute sich über mich, weil ich glücklich war, auch wenn sie vielleicht die Entwicklung der Dinge für sich bedauerte. Sie musste nicht nur ihre Liebe zu Nick vergessen, sondern auch die im Stillen von unseren beiden Müttern genährte Hoffnung, dass ich ihren Bruder David heiratete. Ich glaube, meine Mutter hatte, als sich ihre Krankheit verschlimmerte, etwas in diesem Sinne zu Olivia gesagt. Allerdings hat es Olivia, die eine Frau von ungewöhnlichem Takt ist, mir gegenüber nie erwähnt. Aber sie weiß, dass meine Mutter sie sehr gern hatte. Sie erinnert sich noch an die zarte Hand meiner Mutter auf ihrem wundervollen Haar; auch sie empfindet die Verpflichtungen der Vergangenheit. Und doch freut sie sich für mich.

Ich sah James jeden Tag. Er pflegte morgens in der Bibliothek zu warten, bis ich kam. Dann machte ich uns Kaffee, den wir aus den Mickymaustassen tranken. Und wenn wir abends nicht zu den Frasers gingen oder ins Restaurant, begleitete er mich zu Fuß nach Hause. Es tat mir leid, dass ich ihn nicht zum Essen einladen konnte. Ich erklärte ihm, ich müsste zuerst Nancy an diese Vorstellung gewöhnen, aber er sagte nur: »Wir haben doch Zeit«, und so gab es deswegen keine Peinlichkeiten. Die Tage vergingen schnell zwischen dem Treffen am frühen Morgen und dem langen Heimweg am Abend. Ich glaube nicht, dass irgendjemand etwas gemerkt hat. James war noch viel zurückhaltender als ich; er war ungemein vorsichtig. Ich war nur vorsichtig, weil ich an mein Glück nicht glauben konnte. Sobald ich es aber können würde, wusste ich, würde ich es geradezu demonstrativ zeigen. Er dagegen besaß sehr viel Selbstbeherrschung, was vermutlich mit der in seinem Beruf erforderten Haltung zusammenhing. Sie passte jedenfalls gut zu seiner rauen, ungeübten Stimme und dem hochmütigen unbewegten Gesicht. Ich fand diese Zurückhaltung sehr aufregend. Denn ich wusste, dass er mich gern hatte.

Wir waren sehr schüchtern im Umgang miteinander. Ich fragte ihn nie nach seiner Scheidung, denn ich spürte, dass auch er einen Neubeginn suchte. Weil wir so schüchtern waren – uns zwar nach dem Zusammensein sehnten, aber zuweilen im Gespräch stockten –, richteten wir es so ein, dass wir meistens mit den Frasers zusammen ausgingen. Diese Abende im Restaurant, mit James' Arm auf der Rückenlehne meines Stuhls, mit Maria an unserem Tisch, sodass wir zu fünft waren, bedeuteten mir sehr viel. Alix und Nick machten sich zwar ein bisschen lustig über uns, aber wir lernten, damit fertig zu werden, wenn wir nur zusammen waren. »Maria«, sagte zum Beispiel Alix, »bitte, sieh dir das an. Sind sie nicht süß?«

»Ich bin nicht ...«, antworteten wir dann gleichzeitig, fuhren aber nicht fort. James hasste diese Anspielungen, und ich fand sie einfach lästig. Wir waren offenbar von gleich gesinnten Eltern erzogen worden. Meine Mutter hatte mir immer geraten, eine Bemerkung, die mir anstößig erschien, zu ignorieren, es sei denn, jemandes Ehre sei davon betroffen. So sah ich denn bei solchen Gelegenheiten James an und lachte; und, um die Wahrheit zu sagen, genoss ich diese Momente der Komplizenschaft genau so wie alles andere.

Geheimnisse, das Recht, Geheimnisse zu haben. Wir hatten nur wenige, denn wenn mir James auch sagte, dass ich ihn besser kenne als jeder andere, glaubte ich niemals im Ernst, ihn überhaupt zu kennen. Was uns gemeinsam war, das war unsere Scheu, und diese Scheu hielt Alix irrtümlich für Mangel an Erfahrung. Das Band, das diese Scheu um uns schlang und das durch die abendliche Geselligkeit noch verstärkt wurde, gab dann dem Heimweg vom Restaurant eine tiefere Bedeutung, als ein gewöhnlicher Heimweg von der Arbeit am Ende eines Tages sie gehabt hätte. Bei einer dieser Gelegenheiten gab ich entschlossen meine Vorsicht auf und bat ihn in die Wohnung, obwohl ich wusste, dass Nancy in ihrem flauschigen Schlafrock, den ich ihr gekauft hatte, einem Maulwurf gleich, unvermeidlich aus der Küche herbeischlurfen würde, sobald sie zweierlei Schritte auf dem Korridor vernahm (sie hat ein ungewöhnlich feines Gehör), worauf ich sie vorstellen müsste. Doch auch das ging gut vonstatten, denn Nancy erinnerte James an sein altes Kindermädchen, und so hatte er einen netten kleinen Plausch mit ihr. Von nun an ließ es sich Nancy nicht nehmen, auf kleinen Tabletts Kekse und Kaffee in der Thermoskanne für uns bereitzustellen, wie sie es früher für meine Eltern getan hatte, als die noch jünger gewesen waren und am Abend ausgingen. Es wurde mir zu einer lieben Gewohnheit: der lange Heimweg in der trockenen Kälte, durch die menschenleeren Straßen, und dann das leise Hineingehen in die Wohnung, um Nancy nicht zu wecken (denn manchmal wurde es sehr spät), das Ablegen von Mänteln und Handschuhen und die rasche Umarmung. Ich lief schnell in die Küche, um das Tablett zu holen, während James in den Salon ging, die Lampen anzündete und auch den fürchterlichen elektrischen Kamin mit den vorgetäuschten Holzscheiten einschaltete, der von rosa Kacheln mit daraufgemalten blauen Eisvögeln umrahmt war. Wir schleppten zwei der hellfarbenen Lederschemel vor den Kamin und nahmen dort unser Kindergetränk zu uns. Dann setzte ich mich ihm zu Füßen auf den Boden. Er legte seine Arme um meine Schultern und strich mir mit seiner großen, mächtigen Hand über Gesicht und Haar. Manchmal unterhielten wir uns, manchmal saßen wir nur still beieinander. Ich glaube, wir waren so glücklich, dass uns dies genügte.

Auch wenn wir nicht zusammen waren, fühlte ich mich nicht allein. Sonntags machte ich nach dem Mittagessen bei den Benedicts einen Spaziergang zur National Gallery oder zur Tate Gallery und dachte an James, der um diese Zeit immer bei seiner Mutter war. Ich empfand kein Verlangen, keine Sehnsucht, nur eine heitere, wohltuende Energie in mir. Ich betrachtete die Schaufenster der teuren Läden und überlegte mir, ob die vielen exotischen Dinge, die ich dort sah, für meine Wohnung geeignet seien. Das waren reine Gedankenspiele, da ich gar nicht die Absicht hatte, etwas davon zu kaufen. Aber es war doch eine bezeichnende Übung, denn sie bedeutete, dass ich mir das Recht auf einen gewissen Luxus zuerkannte, was ich nie zuvor getan hatte. Diese Veränderung meines Bewusstseins war so verwirrend, dass ich auf mein bisheriges Leben mit einer Art überraschten Mitleids zurückblickte. Diese Enge, diese Skrupel, diese verlängerte Kindheit. Ich begann sogar – und das ist ein wichtiges Kriterium – Reisen zu erwägen, die ich zu meinem Vergnügen, auch ohne ihn, unternehmen könnte. Ich war noch nie in Griechenland gewesen, und ich dachte, es wäre vielleicht jetzt an der Zeit, es zu besuchen. Und ich wusste, dass ich, wenn ich diese Reise machte, sie genießen würde, wie ich noch nie zuvor eine Reise genossen hatte. Weil bei meiner Rückkehr James da wäre. Allein durch die bloße Tatsache seiner Existenz hatte er meiner ganzen Zukunft einen Sinn gegeben.

Er hatte mir erzählt – und all diese Dinge wiederholte ich mir voller Liebe, wenn ich die Mall entlangging, die jetzt grau war, der Rinnstein voll von welkem, im Wind treibendem Laub –, dass er in Indien geboren war. Sein Vater hatte im diplomatischen Dienst gestanden, sodass die Familie mehrere Jahre im Ausland, in verschiedenen Ländern, gelebt hatte. Er war anfangs in Brasilien und später in Ägypten aufgewachsen, bevor er nach England in die Schule geschickt wurde. Ich fand das aufregend und wünschte mir, auch meinen Horizont zu erweitern. Ich wollte es ihm gleichtun in der Vertrautheit mit anderen Kontinenten und exotischen Orten. Sein Leben verlieh ihm eine Weltläufigkeit, vor der ich mich beugte. Manchmal meinte ich, er müsse mich langweilig finden, und einmal sagte ich es ihm. Er aber antwortete mit einem Lachen: »Meine liebe Frances, Sie könnten gar nicht langweilig sein, nicht einmal wenn Sie es versuchten«, und gab mir einen Kuss. Aber ich fühlte in ihm eine Überlegenheit, eine männliche Erfahrung, die um so stärker wirkte, als er nichts unternahm, sie auszunutzen. Andererseits fand ich mich, der so viel durch den Kopf ging, selbst nicht gar so langweilig.

Ich sah in ihm allmählich einen der Menschen, deren Schicksal zu verfolgen ich mir immer gewünscht hatte. Wenn ich mit ihm zusammen war, seine Hand hielt und spürte, wie seine kräftigen Finger die meinen fest umschlossen, dann fühlte ich mich sehr demütig, vom Glück hochbegünstigt und auserwählt. Ich warf dann einen verstohlenen Blick auf sein straff anliegendes blondes Haar und fragte mich, was er wohl an mir finden mochte. Ich glaubte, dass es Scharen von Frauen, von schönen Frauen geben musste, die auf ihn warteten. Bei diesem Gedanken begann mein Herz zu flattern, und meine ursprüngliche Euphorie verwandelte sich in ein Erstaunen, das mit ein wenig Angst verbunden war. Ich ahnte, dass gerade in seinen glänzenden Eigenschaften eine Gefahr für mich lag. Und doch schien er mit mir vollkommen zufrieden zu sein. Ich glaube wahrhaftig, dass auch er glücklich war.

Alix, die natürlich an dem Fortgang der Geschichte ungeheuer interessiert war, konnte nicht glauben, dass das schon alles war. Ich konnte es selbst kaum glauben. Es war mit nichts zu vergleichen, was ich bisher erlebt hatte. Aber ich war offenbar nicht fähig, dies Alix zu erklären. Oder, besser gesagt, sie war unfähig, es zu akzeptieren. Aber vielleicht hatte es mir einfach die Rede verschlagen, denn mit einem Mal versagten sich mir alle sonst verfügbaren Worte, das Szenario, der Handlungsaufbau, die rhetorische Übertreibung. Das war das ganz und gar Ungewöhnliche: dass ich sprachlos geworden war. Und doch konnte Alix nicht begreifen, dass eben dies das Allerungewöhnlichste war. Ich konnte es, sie nicht. Sie glaubte, dass ich nur geheimnistuerisch war. »Nick, sie verheimlicht mir wieder etwas«, beklagte sie sich. Ich pflegte darüber zu lachen, wie ich es immer getan hatte, aber mein Selbstbewusstsein entwickelte sich so rapide, dass ich fand, sie könnte nun die Sache mit James und mir als selbstverständlich hinnehmen. Aber da sie uns miteinander bekannt gemacht hatte, meinte sie, gewisse Eigentumsrechte an uns zu haben, die sie denn auch häufig geltend machte. Ich sah in ihrer Einstellung etwas Feudalistisches. Nicht nur, dass sie eine Art von *droit de seigneur*, wenigstens in Hinblick auf die Gefühle, beanspruchte. Sie dehnte diesen Anspruch aus auf eine immer währende Oberhoheit. Ich beobachtete das mit einem Teil meines Ichs, aber ich wusste nichts dagegen zu tun. Ich hatte nicht mehr die Worte, mit denen ich einst diesen Fall untersucht hätte.

Stattdessen wandte ich mich von Alix ab, wobei mir bewusst war, dass da etwas Unerledigtes zurückblieb und unsere Freundschaft bedrohte, aber ich hatte keine Lust, meine Zeit daran zu verschwenden. Ich hatte Wichtigeres zu tun. Ich musste mich meiner Lebensaufgabe widmen, dem Studium James'. Ich musste herausbekommen, was ihm Freude bereitete, worüber er lachen konnte und was er gerne aß. Und dazu musste ich mir Zeit nehmen. Denn das alles erforderte intensives Nachdenken. Zuerst musste ich die alten Informationen löschen, musste vergessen, was ich gewusst hatte ... alles, was traurig und kaputt war. Vorsicht war geboten. Das war mir klar. In meiner Erinnerung sah ich mich, wie ich unbarmherzig die Leute ausfragte, und ich schauderte. Diesmal wollte ich ohne Arg und List sein, und wenn es mich umbrachte. Und ich würde mir keine Notizen machen. Zumindest nicht viele. So wenig wie irgend möglich.

Ich stellte keine Fragen, und es änderte sich nichts. Ich war nicht eben sehr mitteilsam, aber ich blieb angenehm. Ich bemühte mich, die Freundschaft aufrechtzuerhalten. Wir aßen weiterhin zusammen, in demselben Restaurant, weil Alix es kannte und gern hatte, aber Alix wurde, vielleicht wegen der zunehmenden Kälte, distanzierter und ein wenig gereizt. Ich erinnere mich, wie sie eines Abends mich ins Schlafzimmer zog und ganz im Ernst fragte: »Nicht wahr, du verheimlichst mir etwas?« Ich antwortete ihr ebenso ernsthaft: »Nein, Alix, das tue ich nicht.« »Willst du wirklich behaupten«, fuhr sie fort, während sie den Kopf von einer Seite zur anderen wandte, um ihn im Spiegel des Toilettentischs zu mustern, sich die Perlohrringe ansteckte und ihr Haar im Nacken glättete, »dass du keine stürmische Affäre mit James hast? Du glaubst wohl, ich bin von gestern.« Ich sagte ihr, wenn auch ungern, dass ich ihr nichts vorenthielte. »Ach«, schnaubte sie ärgerlich, aber da stand Nick in der Tür und wollte wissen, warum es so lange dauerte. Seine Miene zeigte Spott, aber auch etwas wie eine Bitte; sein Blick schweifte zu Alix, die sich mit großer Sorgfalt die Lippen malte. *Sie, der man Gehorsam schuldet.* Dann gingen wir ins Wohnzimmer zurück, wo mich der Anblick von James in seinem langen, streng geschnittenen Mantel vor Entzücken erschaudern ließ und ich den ganzen Zwischenfall vergaß.

Nichts konnte mir meine Freude verderben. Auch als ich die Zeitschrift, in der meine Geschichte stand, bei ihr sah, mit der aufgeschlagenen Titelseite – ›Professor Rosenbaum und das Orakel von Delphi‹ und sich auf eben dieser Seite, die offenbar ungelesen geblieben war, ein brauner, ringförmiger Abdruck wie von einer Kaffeetasse befand, sagte ich nur mit einem Lachen: »Du hast meine Geschichte nicht gelesen.« Alix drehte sich nach mir um, und ihre grauen Augen blickten verschleiert und wie von weit her. »Ach so. Nein, ich habe sie nicht gelesen.« Und dann, mit noch immer verschleiertem Blick: »Bist du mir sehr böse?« Ich lachte wieder und erklärte ihr, zwar nicht böse zu sein, aber dass sie diese Geschichte doch lieber lesen sollte, weil ich keine andere mehr schreiben würde. »Dann verstehe ich nicht, warum du nicht unser Gästezimmer nehmen willst«, sagte sie.

Die Situation war ein bisschen peinlich. Alix hielt sich daran, dass ich ihr gesagt hatte, nicht zu ihr ziehen zu können, weil ich meine Wohnung für meine literarische Arbeit brauchte. Aber nun, da ich ihr ankündigte, ich wolle nicht mehr schreiben, sah sie nicht ein, warum ich nicht das Zimmer bei ihr nahm. Mir war aber meine Wohnung inzwischen sehr lieb geworden, und unsere späten stillen Abende, von Nancy gleichsam sanktioniert mit Kaffee und Kuchen, hatten dazu beigetragen. Ich wusste auch, dass diese Abende für Nancy viel bedeuteten. Sie hatte aufgehört, sich darüber Gedanken zu machen, ob die Wohnungstür auch ordentlich abgeschlossen sei, und damit war die Wohnung auf, wenn man so will, symbolische Weise eine andere Wohnung, sie war mein Heim geworden, wie sie es noch nie zuvor gewesen war. Nancy erkannte mich jetzt als die Herrin des Hauses an, und auch das war mir eine neue, unschuldige Freude, denn unter diesem Aspekt hatte ich mich selbst noch nie gesehen. Da die Wohnung sehr geräumig war und James es satt hatte, bei seiner Mutter in der Markham Street zu wohnen – sie sah es nicht gern, wenn er so spät nach Hause kam –, überlegte ich schon, wann ich ihm vorschlagen sollte ... Aber ich stellte diesen Plan noch zurück, denn ich wusste, er würde ihn für überstürzt halten. Der liebe James! Ich fand, er war geradezu lächerlich gut erzogen, so ehrenhaft, und ich schätzte solche Eigenschaften sehr, denn nach dem klösterlichen Leben, das ich so lange geführt hatte, brauchte ich nun etwas, das mir Halt gab. Übrigens wäre diese Änderung wohl zu dramatisch gewesen. Ich glaube, ich brauchte die Fortdauer meines gutbürgerlichen, zurückhaltenden Lebensstils. Ich brauchte das Lächeln Nancys, das ich so lange Zeit nicht mehr gesehen hatte und mit dem sie mich jetzt am Morgen begrüßte, wenn wir uns begegneten. Ich brauchte die kleinen Beweise ihrer Zuneigung, die frischen Brötchen, die sie mir sonntags brachte, wenn sie von der Messe kam, oder die Kinderpuddings, die sie mir neuerdings wieder bereitete. Ich brauchte es, mir diese Dinge zu verdienen. Und zugleich wollte ich auf eine Art verwöhnt werden, auf die, wie ich mir einbildete, glückliche junge Frauen verwöhnt werden. Oder Frauen, die Glück hatten. Ich wollte behandelt werden wie ... natürlich, wie eine Braut.

Und doch, ich liebte James nicht, nicht in dem schicksalhaften, verhängnisvollen Sinn. Was ich für ihn empfand, war mehr. Ich hatte Freude an ihm. Über die Liebe und ihre Fallen wusste ich Bescheid. Wie schön sie beginnt, wie es dann zu Missverständnissen kommt und wie man in einem Augenblick der Vertraulichkeit oder auch eines unerträglichen Schmerzes Dinge sagt, die nicht wieder ungesagt gemacht werden können. Wie man dann vorsichtig wird und sich wie ein höflicher Freund benimmt, der nur darauf brennt, die Vorsicht fahren zu lassen, und sei es nur, um wieder unmögliche Dinge zu sagen. Und wie diese unmöglichen Dinge dann als die Essenz des Wissens voneinander, des Innersten erscheinen! Wie Grausamkeit ins Spiel kommt. Terror. Misstrauen. Und wie einen dann wiederum die selbstauferlegten Regeln der Höflichkeit verpflichten, nie die entscheidende Wahrheit zu suchen. Wie das Nichtwissen schwerer zu ertragen ist als das Wissen. Wie man sein Leben nur noch der Aufgabe widmet, die Wahrheit herauszubekommen. Und wie man sie herausbekommt. Das alles kannte ich. Aber ich spreche nie davon.

Doch James war mein Freund, und ich hielt seine Hand so zutraulich wie ein Kind die Hand der Eltern hält. Ich erzählte ihm alles, denn er hörte mir sehr gern zu, und da er selbst so zurückhaltend war, bedeutete es für ihn eine amüsante Zerstreuung, mich so drauflos reden zu hören. Bald wusste ich, womit ich ihn zum Lachen brachte. Und all die komischen Sachen, die ich für mein Tagebuch und meine Geschichten gesammelt hatte, verschwendete ich nun an ihn, und indem ich sie ihm erzählte, gewannen sie an menschlicher Wärme und Güte. Auch er kannte sich in den Menschen aus. Er schien von Olivia so viel zu halten wie ich; das machte mich sehr glücklich. Er erzählte mir, dass Dr. Simek in Prag ein bedeutender Spezialist gewesen sei, außerdem Universitätsprofessor, dass seine Tochter Schauspielerin sei, die aber in die Partei eingetreten war und ihm nicht mehr schriebe. Das war für Dr. Simek schlimmer als das Exil. Mrs. Halloran, so berichtete er mir, habe ebenfalls auf der Bühne gestanden, wenn auch in einem weit derberen Fach (das hätte ich eigentlich erraten können, und ich spürte einen Stich, dass ich es nicht hatte); und dass Dr. Leventhal die einzige Stütze seiner verwitweten Schwester sei, mit der er zusammenwohnte. Ich fragte ihn nach Nicks wissenschaftlicher Arbeit, aber er wollte nicht mit mir fachsimpeln, und deshalb fragte ich nicht wieder danach. Ich dachte – und ich weiß, dass ich recht hatte –, dass wir so miteinander umgingen, wie wir es uns beide voneinander wünschten. Er tat alles, um mir Freude zu machen.

So wusste ich immer, wann ich ihn sehen würde. Er ließ mich nicht warten. Und er ließ mich auch nicht raten und grübeln. Es war so ganz anders, als es das letzte Mal gewesen war, zu der Zeit, von der ich nicht spreche. Ich kann nur sagen, dass alles, was damals geschah, sich jetzt wie durch ein Wunder genau umgekehrt verhielt und dass ich mich voller Zuversicht auf dieses Abenteuer einließ. Das Schlimmste, was ein Mann einer Frau antun kann, ist, ihr das Gefühl zu geben, unwichtig zu sein. James tat das nie. Dieser ganze Spätherbst, der ausnehmend kalt und trocken war und damit unsere Spaziergänge begünstigte, war für mich eine Zeit des Selbstvertrauens, des Behagens und der freudigen Erwartung. In meinem Kopf spukten keine Bilder. Ich schrieb nicht. Ich war glücklich.

Merkwürdigerweise, oder, wenn man es genau betrachtet, ist es vielleicht gar nicht so merkwürdig, wollte ich nichts weiter. Ich dachte nicht daran, zur nächsten Etappe voranzuschreiten, weil mir die, in der ich mich befand, so gut gefiel. Ich wusste, es würde lange dauern, bis ich meine Erlebnisse vergaß, meine Abwehrhaltung aufgab und ausprobierte, was es hieß, sorglos und voller Zutrauen zu leben. Ich blieb noch immer meinen alten Gewohnheiten treu, lunchte sonntags mit Julia oder den Benedicts oder unternahm einen Ausflug zu Harrods, um eine Bluse zu kaufen, die Nancy in meinem Sonntagsblatt angezeigt gesehen hatte und die sie ihrer Schwester in Cork schenken wollte. Ich konnte nicht so schnell eine Lebensweise aufgeben, an die ich seit vielen Jahren gewohnt war. Ich wusste wohl, dass es, wenn es so weit war, zu einem gewissen Übergang kommen würde; aber auch diese Übergangszeit musste behutsam durchschritten werden. Ich wollte niemanden verletzen – der alte Reflex. Niemand durfte benachteiligt werden. Wenn ich bei allem umsichtig vorging, dann würde ich all mein Glück auch verdient haben. Was aber dieses noch nebelhafte und doch schon entschieden in den Brennpunkt rückende Glück betraf, so wollte ich dessen Herbeiführung James überlassen.

Plötzlich wurde es viel kälter, und es bestand kein Zweifel daran, in welcher Jahreszeit wir lebten. Die Frasers sprachen wieder vom Weihnachtsfest. Ich nahm wenig Anteil an ihren Plänen für unsere gemeinsame Feier – ich mochte gar nicht daran denken, denn es hieße, dass Nancy allein bleiben würde –, sondern konzentrierte meine Gedanken darauf, mir die schönsten Geschenke für jeden von ihnen auszudenken. Ich ging in dieselben Warenhäuser wie früher, nur dass ich diesmal nach den teuersten und extravagantesten Dingen Ausschau hielt: französischer Seife, Stilton-Töpfen, Kaschmirpullovern oder Karlsbader Pflaumen. Ich kaufte allerdings noch nichts, weil ich die Vorfreude noch ausdehnen wollte. In der Mittagspause ließ ich Olivia jetzt immer allein und machte Schaufensterbummel. Ursprünglich sehr bescheiden und sparsam, war ich jetzt darauf aus, so viel Geld wie möglich auszugeben. Ich befand mich in einem Zustand der Euphorie, der jeden Gedanken an Maßhalten ausschloss.

Die Kälte gab unseren Spaziergängen Heiterkeit. In der Stille der sternklaren Nacht schmiegten wir uns aneinander; James hielt meine Hand in seiner Manteltasche fest umklammert. Wir gingen durch den Park, in dem sich niemand mehr herumtrieb, niemand, der Liebe suchte oder Geld für einen Drink. Wenn wir in die Wohnung kamen, genossen wir die Wärme und das gedämpfte Licht. Manchmal tat mir der Gedanke weh, dass James wieder den ganzen Weg allein zurückgehen musste, und ein paarmal fragte ich ihn versuchsweise, ob er nicht bleiben wolle. Ein paarmal zögerte er, als warte er darauf, überredet zu werden. Aber es wurde nie etwas daraus, und in gewisser Weise war ich darüber froh. Ich fand, dass es nicht auf diese Weise geschehen durfte, auch wenn ich mir bewusst war, dass es möglich wäre. Aber ich hatte mir den kindischen Gedanken in den Kopf gesetzt, dass wir beide Weihnachten in diesem besonderen Zustand der Unschuld erreichen mussten, der unverdorbenen Erwartung, der glücklichen Hoffnung. Ich wollte, dass alles ordentlich vor sich ginge, auf die rechte Art. Und in dieser Wohnung ... Ich wollte, dass er mich von hier fortholte. Ich stellte mir ein Hotel vor, in der Nähe eines Sees, im Gebirge, wo niemand uns kannte. Ich wünschte mir, mit ihm allein zu sein. Und ich wollte sogar warten, bis er selbst es vorschlug.

Aber bis es so weit war, nahm ich jede Annehmlichkeit wahr, die diese ungeklärte Situation bot. Ich pflegte meine Freundschaft mit den Frasers umso lieber, als ich nun nicht mehr offiziell als eine ein wenig bedauernswerte Person galt, auch wenn Alix immer noch gelegentlich von mir als der armen kleinen Waise Fanny sprach. Es machte mir Freude, mit James bei den Frasers zu sein. Und natürlich machte mich die Gegenwart von James glücklich. Ich glaubte, all diese Freuden könnten nur noch intensiver werden, wenn alles noch ein Weilchen blieb, wie es war. Danach wollte ich gern alles tun, was man von mir erwartete.

Eines Abends – wir schickten uns gerade an, das Restaurant zu verlassen – sagte Alix: »Das ist doch lächerlich!« Nick stimmte ihr bei: »Nein, im Ernst, niemand, der seinen Verstand beisammen hat, bleibt draußen in der Kälte, wie ihr es tut. Ihr müsst verrückt sein.« Darauf Alix: »Wie kommst du darauf, dass sie draußen bleiben? Das habe ich nicht eine Sekunde geglaubt!« Es entstand eine kleine Verlegenheitspause. Man schien von mir zu erwarten, dass ich etwas tat oder sagte, aber irgendwie konnte ich mich zu nichts entschließen. Zudem sah ich nicht ein, warum die Entscheidung in diesem Zusammenhang und gerade jetzt getroffen werden musste. So sagte ich nur mit einem Lachen: »Du musst uns nicht immer aufziehen, Alix«, was freilich nur eine matte Wirkung hatte. Alix sah mich an und sagte: »Ich glaube wirklich, du bist übergeschnappt«, und dann, zu James gewandt: »Um Ihretwillen würde ich mir mittlerweile ein bisschen Sorgen machen, wenn ich an Frances Stelle wäre.« Er starrte sie an, und ich dachte schon, jetzt würde er die Geduld verlieren. Aber er verliert sie nie, und so geschah nichts. Es ging irgendwie vorüber. Wir hatten beide, James und ich, merkwürdigerweise das Gefühl, uns entschuldigen zu müssen. Wir hatten das Gefühl, dass wir sie enttäuscht, ja verärgert hatten, dass wir sie gelangweilt oder, besser gesagt, in einer bestimmten wesentlichen Hinsicht nicht unterhalten hatten. Als sie nun an diesem Abend darauf bestanden, uns nach Hause zu fahren, sahen wir uns beide an und antworteten dann, dass wir ihnen unendlich dankbar wären. Es war tatsächlich recht kalt. Alix beharrte darauf, mich als Erste heimzubringen. Sie saß auf dem Rücksitz, den Pelzmantel eng um sich gerafft, und ich dachte daran, wie schlecht sie den Winter vertrug. Wieder spürte ich Gewissensbisse ihr gegenüber und übersah es, wenn sie sich an James schmiegte, der ebenfalls auf dem Rücksitz saß. Ich saß vorn neben Nick, bereit, als Erste auszusteigen. Ich bat sie nicht herein, weil ich wusste, dass der Lärm von vier Personen Nancy beunruhigen würde. Ich gab James einen flüchtigen Kuss und beobachtete, wie er wieder in den Wagen kletterte und sich neben Alix setzte. Dann sah ich zu, wie sie weiterfuhren. Es kam mir merkwürdig vor, allein zu sein. Es war das erste Mal seit fast drei Wochen.

Am nächsten Morgen rief mich Alix an. Ihre Stimme klang sehr viel unbeschwerter als sonst letzthin, und sie beklagte sich nicht einmal über die Kälte. »Wann werde ich dich sehen?«, fragte ich, in dem Bewusstsein, dass Dr. Leventhal hereingekommen war und hinter mir stand. »So bald wie möglich«, antwortete sie. »Jetzt wird alles viel leichter sein.« »Leichter?«, fragte ich. »Wieso das?« »Nun, jedenfalls bequemer«, erklärte sie. »Ich habe James dazu überreden können, dass er in das Gästezimmer zieht. Dadurch können wir alle viel öfter zusammen sein.«

7

Ich sorgte mich, dass James mich nun nicht mehr nach Hause bringen wollte, aber diese Sorge war unberechtigt. Alles ging genauso weiter wie zuvor. Alles, das heißt, soweit ich betroffen war.

Im Grunde war es sogar besser jetzt. Wir waren beim Abendessen immer zu viert, manchmal auch zu fünft, wenn Maria zu uns stieß, aber James schien jetzt noch mehr Wert darauf zu legen, mit mir allein zu sein, sodass wir uns daran gewöhnten, früher als bisher aufzubrechen, und manchmal verweilten wir am Uferweg des Serpentine in dem eisigen Park ein wenig, bevor wir zum Marble Arch gingen und über die Edgware Road bis zu meinem Haus. Jetzt wünschte ich nur, ich hätte James gebeten, bei uns zu wohnen. Nancy würde sehr gut für ihn gesorgt haben. Ich hatte mir nicht klargemacht, wie schwierig es für ihn war, dass er bei seiner Mutter wohnte, und ich fühlte mich nun irgendwie schuldig, irgendwie im Unrecht, weil ich nicht in diesem fürsorglichen Sinne an ihn gedacht hatte wie Alix. Ihr Gästezimmer war sehr klein, und ich konnte mir nicht vorstellen, wie all seine großen seriösen Anzüge in diesem winzigen Schrank Platz finden sollten, aber ich nahm an, dass er zum Wäschewaschen oder zum Wechseln der Anzüge immer noch in die

Markham Street gehen konnte. Ich vermutete auch, dass es ihm einfach mehr Spaß machte, bei den Frasers zu wohnen. Ich erinnerte mich, wie ich es mir selbst einmal so schön ausgemalt hatte, bei ihnen zu wohnen, und dass nicht viel gefehlt hatte, und ich wäre tatsächlich dort eingezogen. Nur meine Arbeit, das Schreiben, hatte mich davon abgehalten. Und dann, selbstverständlich, James.

Ich glaube, damals begann er, mich richtig zu lieben. Er lächelte nicht mehr so oft, sah mich fast zornig an und wollte nie aufbrechen. Einmal bestand ich darauf, dass er bliebe, etwas, was ich nie getan hätte, wenn ich nicht gespürt hätte, dass sich ein Wandel anbahnte. »Lieber nicht«, antwortete er. »Sie bleiben wach, bis ich nach Hause komme. Die Wohnung ist ja so klein, dass sie es sowieso hören müssten. Es stört sie.« Ich fand das so dumm, dass ich ihm sagte, dann hätte er genausogut bei seiner Mutter bleiben können. »Meine Mutter«, erklärte er, »verschob es immer bis zum Morgen. Dann sagte sie mir die Meinung. Alix dagegen macht ihrem Herzen auf der Stelle Luft.« Ich wunderte mich, warum ein so starker, ernster Mann sich derartig von den Frauen herumkommandieren ließ. Von Frauen zudem, die, bei Lichte besehen, nicht so viel Recht auf ihn hatten wie ich. In dem Bewusstsein, dass ich dieses Recht hatte, missbrauchte ich es nie. Ich wollte nicht zu diesen albernen Frauen gehören, die in Gegenwart von anderen ihrem Mann wegen irgendwelcher Nichtigkeiten Vorwürfe machen. Er sollte sich frei fühlen. Darum sagte ich nichts, wenn seine Pünktlichkeit ein wenig nachließ, wenn er manchmal nicht mehr so früh am Morgen in die Bibliothek kam, wie es seine Gewohnheit gewesen war, und wenn ich ihn manchmal überhaupt nicht dort zu sehen bekam. Ich begrüßte ihn mit einem Lächeln, wenn ich ihn das nächste Mal sah, und sagte nichts. Ich sehe keinen Sinn darin, in einem Mann Schuldgefühle zu wecken. Wenn es auch manchmal, wie ich glaube, zum Erfolg führt.

Ich begann, ihn am Morgen zu vermissen. In meine einst so überschwängliche Stimmung auf dem Weg in die Bibliothek drängte sich nun die ängstliche Frage, ob ich ihn sehen würde oder nicht. Ich malte mir aus, wie die drei zusammen frühstückten, halb angezogen, in einer Atmosphäre charmanter Verwahrlosung, die ich noch nie um mich zu schaffen vermocht habe. Ich konnte gut verstehen, dass er keine Lust hatte, sich aus dieser für ihn so neuen und erregend intimen Atmosphäre herauszureißen, nur um Kaffee aus einem Mickymausbecher zu trinken, und das in Gesellschaft von jemandem, den er wahrscheinlich ohnehin am Abend sehen würde. Mein Gefühl, dass James sein Leben mit Nick und Alix genoss, war so stark, dass ich ein Bild von ihnen vor mir sah, das mich in zweifacher Hinsicht beunruhigte. Zum Ersten hatte ich geglaubt, diese Sache mit den inneren Bildern, die mir noch nie gut getan hatten, hinter mir zu haben. Ich hatte in der Gegenwart gelebt und mich dort wohlgefühlt. Zweitens erwies sich dieses Bild, das aus einer tiefen Schicht meiner Persönlichkeit und meiner Vorstellungskraft aufgetaucht war, als überaus quälend. Es deutete etwas wie eine heimliche Verschwörung an. Ich sah die drei, wie sie zusammen plauderten und lachten. Besonders das Lachen erschreckte mich. Ich fand dafür keine Erklärung.

Wie um auf diese Weise das immer wiederkehrende Bild zu vertreiben, schritt ich bei meinen Spaziergängen kräftiger aus und erledigte meinen Dienst in der Bibliothek mit mehr Energie als je zuvor. Meine Weihnachtsvorbereitungen traf ich mit einem Optimismus, von dem ich mir nur wünschen konnte, ihn tatsächlich zu empfinden. Wenn ich James am Morgen nicht sah, tat ich meine Enttäuschung als etwas Unwichtiges ab, was es ja auch war, da ich ihn gewiss noch am selben Abend sehen würde. Ein bisschen traurig war nur, dass sich am Ablauf unserer Zusammenkünfte etwas geändert hatte. Zwar wanderte ich noch immer in der kalten Abenddämmerung durch den Park nach Chelsea, traf jetzt aber dort James bereits mit Nick und Alix in der behaglichen Wärme ihrer Wohnung an, wie sie in ein angeregtes Gespräch verwickelt waren. Manchmal konnte ich erst, wenn der Abend halb vorbei war, die Bedeutung all ihrer Anspielungen erfassen. Völlige Entspannung aber fand ich erst, wenn ich mit James allein war; nur war das zuweilen so spät, dass meine Lebensgeister bereits von der Müdigkeit ein wenig gedämpft waren. Aber auch dann war es für mich nicht immer möglich, meine Stimmung der seinen anzupassen. Er schien mir irgendwie voraus zu sein, er war heiterer und lächelte bei einer bestimmten Erinnerung, aber wenn ich ihn danach fragte, sagte er nur: »Ach, es ist nichts weiter.« Ich zwang mich dazu, mich nicht ausgeschlossen zu fühlen, doch manchmal sah ich auf seinem Gesicht ein verstohlenes, fast brutales Lächeln, das mich erschreckte. Es erschreckte mich deshalb, weil es offenbar nichts mit mir zu tun hatte. Und weil ich mir nicht denken konnte, was dieses Lächeln veranlasst haben konnte.

Glücklicherweise bin ich sehr stark, und mein Aussehen bleibt immer das gleiche, sodass James nichts merkte. Aber gelegentlich war ich doch des Spiels überdrüssig und sehnte mich nach unserer früheren natürlichen Unkompliziertheit zurück. Aber ich sehnte mich auch nach etwas anderem: nach einem gewissen Komfort für uns, denn all diese Arrangements erschienen mir auf einmal als Provisorien und Notbehelfe. Ich begann zu verstehen, warum sich Nick und Alix über unsere langen Spaziergänge lustig machten und warum sie uns für kindisch hielten. Das Ganze schien mittlerweile zu einem Scherz geworden zu sein, über den sich alle außer mir amüsierten. Alix konnte es natürlich nur als einen Witz betrachten, und Nick, den es nicht besonders interessierte, pflegte ab und zu die Augen voller Entsetzen zum Himmel zu heben. Ich glaube, dass es in gewisser Hinsicht lächerlich war, aber ich musste feststellen, dass ich die Dinge nicht mehr im richtigen Verhältnis sehen konnte. Was mir am meisten zu schaffen machte, war der Umstand, dass ich das alles nicht mehr *beschreiben* konnte. Nachdem ich aufgehört hatte, die Leute erbarmungslos auszufragen und mir Notizen zu machen, hatte ich mich anscheinend auch der Möglichkeit beraubt, James ganz einfach zu sagen, dass ich nicht glücklich war. Ich hatte, im wahrsten Sinne des Wortes, in dieser Sache nichts zu sagen. In einem solchen Augenblick sah ich dann in die lachenden Gesichter und machte alle Anstrengungen, mitzulachen. Lachend bahnte ich mir den Weg über Abgründe der Verzweiflung hinweg.

Wenn ich James ansah, erkannte ich etwas von derselben Unruhe und Sorge. Er war nicht mehr so glücklich, wie er es gewesen war, das konnte ich sehen. Wir blickten uns jetzt mit größerem Ernst an; wir ermaßen wechselseitig den

Grad unseres Unbehagens. Weil wir in unserer Lebensauffassung so übereinstimmten, mit all diesen feierlich, korrekt und erwartungsvoll dreinblickenden Gespenstern im Hintergrund, fühlten wir uns hier von einer Atmosphäre schlechten Benehmens umgeben, von der wir uns nicht freimachen konnten und die sogar eine perverse Anziehung auf uns ausübte. »Du musst es doch grässlich unbequem in diesem Zimmer haben?«, fragte ich ihn einmal, worauf er mit einem Lachen erklärte, es mache ihm Spaß, für ein Weilchen einmal nicht zu Hause zu wohnen. Es sei doch eine Abwechslung von dem ganz in Weiß und Rosa gehaltenen Gästezimmer bei seiner Mutter, in dem er sich wie King Kong vorkäme. Außerdem, so fügte er hinzu, seien die Frasers so unglaublich amüsant. Noch in der Erinnerung musste er bei seinen Worten lachen. Ich verstand ihn gut, denn schließlich hatte ich selbst die gleiche Anziehung verspürt. Es gab auch nicht den geringsten Grund für mich, James dieses vergnügliche Erlebnis zu missgönnen. Ihr Lebensstil war für ihn eine ganz neue Erfahrung und wirkte wahrscheinlich ebenso befreiend auf ihn, wie er es auf mich getan hatte. Ich musste ihm einfach seine Freude daran lassen. Es war nicht einzusehen, warum das einen Einfluss auf unsere stilleren, aber tieferen Freuden haben sollte.

Ich hatte es mir zur Pflicht gemacht, James nicht zu fragen, worüber sie sich unterhielten, wenn ich nicht dabei war. Ich konnte überhaupt nicht in Erwägung ziehen, ihn zu fragen, was sie taten, denn mit dem merkwürdigen Bild in meinem Kopf konnte ich nicht glauben, dass meine Frage harmlos wäre. Ich lernte es, gewisse Dinge zu übersehen: ein unterdrücktes Gähnen, oder wie er mit Nick und Alix noch ein wenig zurückblieb, nachdem ich mich verabschiedet hatte und schon bis zur Tür des Restaurants gegangen war, dass er seine Haare jetzt länger trug als früher, dass seine Taschentücher nicht mehr so makellos waren wie zu der Zeit, als er noch zu Hause wohnte, und dass ihm all diese Veränderungen offensichtlich nichts ausmachten. Ich gewöhnte mich daran, seine gelegentliche Barschheit zu übergehen, wenn wir uns gute Nacht sagten, oder seine undurchdringliche Miene, wenn ich seine Hände nahm und sagte: »Versuch doch, morgen früh zeitig zu kommen!« Ich gewöhnte mich daran, nicht auf seine schlechte Laune zu achten, die ich nie zuvor an ihm bemerkt hatte, und ich dachte, dass er vielleicht nicht genug Schlaf bekam und dass er einmal ausspannen müsste, und ich auch. Das sagte ich ihm, und er blickte mich mit einem Ausdruck von Erwartung an, von Freude und, wie mir schien, von Hoffnung, und da entschloss ich mich, dafür zu sorgen, dass wir beide, und nur wir beide, irgendwohin verreisen. Und die Pläne für das Weihnachtsfest verloren ihre Bedeutung, da ich nun begann, unsere Reise unmittelbar nach dem Fest zu planen.

Mit diesem Vorhaben im Kopf wurde ich wieder ruhiger, und das gleiche traf auf ihn zu. Und wenn auch noch alles reichlich nebelhaft blieb, so hatte es doch die Kraft des Symbols, und es verband uns wieder. »Sag noch nichts davon«, bat ich ihn, und er gab seine Zustimmung mit einem Kopfnicken zu erkennen. Dieser komische Zwang zur Geheimhaltung war für uns ein weiteres Band, aber er änderte auch unsere Pläne. Wir konnten nichts Definitives unternehmen, keine Tickets, keine Visa besorgen oder Hotelzimmer buchen, denn das alles konnte leicht bekannt werden – Telefongespräche konnten mitgehört werden, bei denen es um das Studium von Fahrplänen ging und um die Frage, wie und wann wir uns treffen sollten –, und es war für uns beide von Bedeutung, so zu tun, als ob nichts Ungewöhnliches im Gange sei, und uns ganz unbemerkt davonzustehlen, während die anderen nur gähnten und sich über Langeweile beklagten, falls sie sich nicht eine Diät verordneten und was die Leute sonst nach dem Weihnachtsfest machen. Wir wollten an einen Ort gehen, an dem uns keine spöttischen Bemerkungen erreichten und wo wir fern jener hektischen, überhitzten Atmosphäre waren, in der man unsere Unschuld so kritisch betrachtete.

Ich fragte deshalb Olivia, ob ihre Familie während der Feiertage von ihrem Haus in Kent Gebrauch machen wollte. Sie hatte mir angeboten, dort zu wohnen, wann immer ich Lust dazu hätte. Tatsächlich kenne ich das Haus gut, weil ich für gewöhnlich im Sommer das Wochenende mit den Benedicts dort verbringe. Ich hatte ein komisches Gefühl, als ich Olivia fragte, ob ich mit James in ihr Haus kommen dürfe. So erfuhr Olivia von uns, aber ich hätte sie nicht belügen können.

Sie sah mich an und fragte: »Willst du das wirklich?«

Ich erwiderte ihren Blick, und weil ich Olivia nie belügen könnte, antwortete ich: »Ich weiß es nicht.«

Es war etwas Merkwürdiges um meine Zweifel und Bedenken. Ich wusste, dass James mich liebte, aber ich spürte, dass er in Gefahr war. Oder dass ich in Gefahr war. Die Situation war mir nicht ganz klar. Ich hatte das Gefühl, dass ich auf einen Weg getrieben wurde, den ich ursprünglich nicht hatte wählen wollen oder zumindest nicht mit dieser Eile und mit so viel Heimlichkeit. Ich hatte mir die Gesellschaft meiner Freunde gewünscht, um durch sie mein Glück zu vertiefen und meine neue Zukunft zu sichern; aber aus den Freunden waren Zuschauer geworden, die für ihr Geld etwas zu sehen verlangten, die auf ihrem Recht bestanden, unterhalten zu werden. Und für diese Aufgabe wollte ich nicht länger zur Verfügung stehen.

Vielleicht war es eine Anmaßung, aber ich meinte, dass wir allen möglichen Schwierigkeiten entgegengingen, wenn wir nicht genau zwischen Liebe und Freundschaft unterschieden. Es ärgerte mich, dass man von mir erwartete, über mein Tun und Lassen Alix und Nick volle Rechenschaft zu geben. Ihr in der ersten Zeit unserer Bekanntschaft mir so willkommenes Interesse erschien mir jetzt als eine Verpflichtung, der ich nicht mehr nachkommen mochte. Mit Freundschaften dieser Art fehlte mir die Erfahrung, wenn ich auch beobachtet hatte, dass sie für Alix gewöhnlich so verliefen. Nick war stets weniger beteiligt und überließ die emotionalen Verwicklungen lieber seiner Frau, die sich auf eine größere Erfahrung auf diesem Gebiet berief. Aber gerade dieser Anspruch und diese Erfahrung machten sie so besitzergreifend. Ich wusste nicht, wie ich ihr zu verstehen geben konnte, dass einige ihrer Bemerkungen über das Ziel hinausschossen und dass ihre Fragen zu provozierend waren, oder ich jedenfalls keine Lust verspürte, sie zu beantworten. Ich wusste nicht, wie ich mich aus dieser Vertraulichkeit lösen konnte, die ich einst so freudig begrüßt hatte, als sie mir vorschlugen, mein Schicksal in die Hand zu nehmen. Und nun, so glaubte ich – vielleicht irrtümlich –, wollte Alix das fertige Produkt, als das ich mich da plötzlich präsentierte, in Augenschein nehmen und demgemäß behandeln.

Ich sah natürlich, dass James auch für sie anziehend sein konnte, aber ich wies den Gedanken von mir, dass dies ein ernstes Problem werden könnte. Wie uns Alix ständig versicherte, fand sie in ihrer Ehe die absolute Erfüllung, und ich hielt es für vollkommen ausgeschlossen, dass sie von mir erwarten könnte, ihr in diesem Punkt je nachzugeben. Wahrscheinlich zog sie auch James' Unschuld an, ich meine, der Reiz einer Männlichkeit, die sich nicht verschwendet hatte. Aber da ich die Tiefe dieser Unschuld kannte und auch ihre Kraft, wenn sie geteilt wurde, bezweifelte ich, dass Alix eine Bindung zu zerstören vermochte, die sie im Grunde gar nicht verstand. Denn gerade ihre Ratlosigkeit gegenüber unserer Unschuld veranlasste sie, so viele Fragen zu stellen. Und als die Antworten ausblieben, zog sie logischerweise daraus die Konsequenz, uns noch genauer zu beobachten. Doch ich wusste, dass sie die Einfachheit, das Unverstellte unseres Verhältnisses nie begreifen würde. Ich wusste, dass wir beide, James und ich, diese Eigenschaft aneinander erkannt hatten und dass dies unser gemeinsames Wissen war. Solange es so blieb, waren wir sicher.

Ich war also ein wenig verwirrt und überrascht, aber keineswegs verzweifelt. Und wenn ich eines weiteren Beweises für James' Liebe zu mir bedurft hätte, so lieferte ihn mir Alix selbst.

Es war um diese Zeit, als Alix damit anfing, mich in der Bibliothek anzurufen. Für mich eine sehr unbequeme Neuerung, weil ich keinen eigenen Apparat hatte und deshalb gezwungen war, in Dr. Leventhals Büro zu gehen und dort wie eine arme Sünderin vor seinem Schreibtisch zu stehen, während er mit betonter Höflichkeit darauf wartete, dass ich wieder verschwand. Anfangs waren ihre Anrufe recht belanglos. Wie es mir ginge? Sie fühle sich ausgesprochen mies und deprimiert. Der Winter nehme ja kein Ende, und sie hielte es in der Wohnung nicht mehr aus. Sie habe eigentlich keine Lust, heute Abend auszugehen. Ob ich etwas dagegen hätte, wenn wir unser gemeinsames Essen auf Freitag verschöben? Da ich bereits beschlossen hatte, nichts von meinem eigenen Kummer verlauten zu lassen, antwortete ich ruhig, dass das selbstverständlich sehr gut ginge und wir uns also am Freitag sehen würden. Was mich in meinem Verhalten bestärkte, war der Klang ihrer Stimme: ungewöhnlich matt und tonlos. Mir wurde klar, dass Alix nicht glücklich war.

In der Bibliothek gab es damals viel zu tun, sodass mir kaum Zeit zum Nachdenken blieb. Alle Welt hatte die Grippe oder war erkältet. Olivia und ich blieben zwar eisern an unseren Schreibtischen, aber unsere Aufgabe wurde uns nicht eben erleichtert durch Dr. Leventhals Entschlossenheit, zum Dienst zu erscheinen, obwohl ihn sein Fieber hinderte, viel zu tun, sodass uns nur noch mehr Arbeit blieb. Mrs. Halloran, deren Gesicht aufgrund eines trockenen Hustens periodisch purpurrot anlief, nahm in der Mittagspause mehr flüssige Nahrung zu sich, als ihr oder, offen gesagt, der Bibliothek guttat. Wenn sie um drei Uhr zurückkam, war sie völlig unfähig zu weiterer Arbeit, obwohl sie weiterhin Bogen um Bogen mit ihrer kühnen königsblauen Handschrift bedeckte. Diese Bogen wurden immer wieder durch die energischen Bewegungen mit ihren Keulenärmeln vom Tisch gefegt. Sie beugte sich dann bis zum Boden herab, um ihrer wieder habhaft zu werden. Einmal hatte sie dabei Schwierigkeiten, sich wieder aufzurichten. Glücklicherweise war Dr. Simek nicht da, und so half ich ihr auf die Füße und machte ihr überdies, auf einen Wink von Olivia, einen sehr starken Kaffee in einem unserer Mickymausbecher. »Danke, meine Liebe«, sagte sie laut. »Ich bin heute nicht ganz auf dem Damm. Diese Grippeviren, Sie wissen schon, man schnappt sie überall auf.«

»Vielleicht sollten Sie etwas früher nach Hause gehen«, schlug Olivia vor. »Sie sehen ein bisschen müde aus.«

»Schon gut, Miss Benedict. Ich weiß selbst, wann ich müde bin, verbindlichsten Dank! Unverschämtheit! Niemand braucht mir zu sagen, ob ich müde bin oder nicht! Aber ich weiß, Sie wollen mich nur loswerden«, schrie sie. »Ich habe ja Augen im Kopf.«

»Mrs. Halloran, niemand möchte Sie loswerden«, sagte ich. »Aber Sie müssen etwas leiser sprechen.«

»Allmächtiger Gott!«, sagte sie, aber schon etwas ruhiger. »Wie satt ich das habe! Haben Sie es auch so satt, Miss Benedict? Und Sie, Miss Hinton? Nein, Sie wohl nicht, vermute ich. Sie hält ja wohl genug auf Trab, nicht wahr?«

Ich antwortete nicht, aber ich sah das Funkeln der Verzweiflung in ihren Augen. Und vielleicht hätte sie weitergesprochen, wäre nicht Dr. Leventhal mit erschöpfter Miene im Türrahmen erschienen: »Miss Hinton, Telefon!«

Ich ging in sein Büro und nahm den Hörer in die Hand. Es war Alix.

»Nur mal hören, wie es dir geht«, sagte sie. »Mir ist, als

hätte ich dich seit einer Ewigkeit nicht gesehen. Was ist mit dir los?«

»Ich kann im Augenblick schlecht sprechen«, antwortete ich. »Kann ich dich von zu Hause aus anrufen? Wir haben schrecklich viel zu tun, und ich kann jetzt nicht sprechen.«

Es entstand eine Pause, und ich hörte, wie sie an der Zigarette zog.

»Du hast dich verändert, weißt du«, sagte sie. »Was ist mit dir los? Früher warst du lustiger. Und offener. Heute habe ich das Gefühl, als sei eine Barriere zwischen uns. Du sagst etwas und meinst dabei etwas ganz anderes.« Sie wartete einen Augenblick, bis sie entschieden erklärte: »Du bist falsch.«

»Alix«, sagte ich ruhig, »das stimmt nicht. Es gibt einfach nichts zu erzählen.«

Sie sprach wieder in vernünftigem Ton. »Also gut, wenn du es so willst. Aber ein bisschen enttäuschend ist es schon. Fanny, ich hatte solche Hoffnungen auf dich gesetzt. Ich hatte geglaubt, dass aus dir wirklich etwas werden könnte. Und diese Geschichte mit James ... Also ich finde, dass du ihm gegenüber nicht fair bist. Du hast, weißt du, eine etwas zu hohe Meinung von dir.«

Es gab ein kurzes Schweigen, ein langsames Ausatmen des Rauchs, und dann hörte ich sie leise sagen: »... ihn so lange hinzuhalten.«

Ich gab keine Antwort, überlegte mir aber, ob sie vielleicht recht habe. Indes wartete Dr. Leventhal nur darauf, dass ich sein Büro verließ und wieder an die Arbeit ging, aber alles, was mir zu sagen einfiel, war: »Ich rufe dich von zu Hause aus an.«

»Liebst du ihn?«, fragte sie auf einmal.

Mein Instinkt, meine Vorsicht, eine innere Stimme oder einfach alle drei diktierten mir die Antwort.

»Nein.«

Das war, wie ich glaube, die Wahrheit. Meine Zuversicht, dass meine freudige Erregung sich allmählich zur Liebe steigern würde, war gedämpft worden. Das Bild von der unbeschwerten Zukunft, das ich mir gemacht hatte, war verschwunden, verdrängt durch die Notwendigkeit, sich kompliziert und ein bisschen geheimnistuerisch zu verhalten, dabei aber so zu tun, als sei alles in bester Ordnung, und zwar vor James ebenso wie, in leicht veränderter Version, vor Alix. Ich hätte, wie ich meinte, nie in diese Position gedrängt werden dürfen. Man hätte mich davor bewahren müssen. James hätte das tun müssen. Mir kam der Gedanke, dass Alix vielleicht doch recht hatte und ich James bei alledem nicht genügend berücksichtigt hatte. Es war mir nicht ganz klar, was er eigentlich wollte. Um es zu erraten, fehlte mir ein wenig Erfahrung. Vielleicht hatte ich mich in meinen Erwartungen verkalkuliert. Ich würde die Situation nach unserem gemeinsamen Urlaub überdenken, und dann würde ich auch Alix etwas zu erzählen haben. Von dem Urlaub durfte sie freilich nichts erfahren, bevor wir nicht sicher in Kent angekommen waren.

Als ich langsam in den Saal zurückging, sah ich, wie Olivias Blick auf mir ruhte, ein wenig traurig, aber ich lächelte ihr beruhigend zu und machte mich wieder an meine Arbeit.

An diesem Nachmittag rief Alix noch einmal an, und diesmal klang sie sehr viel fröhlicher.

»Es handelt sich um Folgendes«, begann sie ohne Umschweife, »Jack und Barbara haben uns für den Sonntag zum Lunch eingeladen, und da dachte ich, dass wir doch alle vier im Wagen hinausfahren könnten. Es ist irgendwo in der Nähe von Bray. Das sollten wir wirklich tun. Es erspart uns das Kochen, außerdem kann ich gut eine Abwechslung gebrauchen.«

»Ich wollte eigentlich zu den Benedicts gehen«, sagte ich leise und war mir dabei peinlich bewusst, dass Olivia mich hören konnte.

»Hör mal, Fanny, du kannst doch wohl einmal ausnahmsweise da wegbleiben. Sei nicht langweilig! Es wäre schrecklich unfreundlich von dir.« Sie war plötzlich böse geworden; es machte mir Angst, und ich fand es unumgänglich, sie zu besänftigen.

»Natürlich komme ich mit«, sagte ich.

»Das klingt schon besser«, erwiderte sie. »Warum kommst du nicht so um elf herum zu uns? Dann könnte James sich ein bisschen zu Hause ausruhen. Seine armen Füße müssen schon ganz zerschunden sein.«

»Das können wir am Freitag besprechen«, sagte ich. »Ich weiß nicht, was James ...«

»Am Freitag? Ach ja, Freitag. Ob das klappt, ist noch nicht sicher. Nick wird vielleicht bis in den Abend hinein arbeiten. Ich rufe dich noch an.«

An diesem Abend führte mich James zum Essen aus, mich allein. Und all meine Befürchtungen waren beschwichtigt, als er mich danach zu Fuß nach Hause brachte, wenn es auch nicht der übliche Weg war. Es gab auch keinen Kaffee zu Hause, weil Nancy uns nicht so früh erwartet hatte und noch in der Küche vor dem Fernseher saß. Wir sagten ihr – vielmehr James sagte es –, sie solle keine Umstände machen, da er ohnehin sofort wieder gehen müsse. »Gehst du zu Fuß zurück?«, fragte ich, aber er antwortete lachend: »Heute nicht.« Es gab mir einen Stich ins Herz, dass er die alte Gewohnheit so leicht ablegen konnte. Aber sogleich warf ich mir vor, den äußeren Formen so viel Gewicht beizumessen. Er nahm mein Gesicht in seine Hände, vielleicht weil er bemerkt hatte, wie es den Ausdruck wechselte, und sagte: »Sei nicht traurig, Frances. Liebe Frances mit dem lieben ernsten Gesicht. Mein liebes, gutes Mädchen!« Das machte mich ein wenig glücklicher, weil ich nun wusste, dass er mir keine Vorwürfe wegen irgendwelcher Dinge machte. Aber ich ging nicht gern zu so ungewohnt früher Stunde zu Bett, und ich schlief auch nicht gut.

Als am nächsten Tag in der Bibliothek das Telefon läutete, erstarrte ich vor Schreck, beruhigte mich dann aber, als Dr. Leventhal nicht in der Tür erschien. Es war jedoch nur eine kurze Gnadenfrist, denn nach ein paar Minuten guckte er zu uns herein und sagte: »Bitte, Frances, auf einen Augenblick!«

Ich folgte ihm und erinnerte mich voller Grauen daran, wie mich Nancy einmal angerufen hatte, ich solle nach Hause kommen und sie glaube, ich müsste sogleich den Doktor kommen lassen. Das Herz schlug mir bis zum Halse, sodass ich, als Dr. Leventhal sagte: »Ich hatte gerade einen Anruf von Dr. Simek«, vor Dankbarkeit beinahe einen Kollaps bekam, als hätte ich erwartet, dass die Zeit rückwärts liefe und ich meine ganze, schwer erworbene innere Sicherheit wieder verlieren sollte. Ich konnte kaum verstehen, was Dr. Leventhal sagte. Er sah mich aufmerksam an.

»Fehlt Ihnen etwas, Frances? Sie wissen, die Grippe grassiert wieder einmal.«

Obwohl ich ein bisschen aus dem Gleichgewicht war, beteuerte ich, dass es mir gut ginge.

»Wie gesagt, Dr. Simek hat mich angerufen. Es geht ihm leider ziemlich schlecht. Die Grippe, Sie verstehen, und jetzt hat ihm der Arzt eine Ruhepause verordnet. Aber er hat einige Notizen hier gelassen und fragt nun, ob Sie sie ihm heute Abend bringen könnten. Er meint wohl, dass Sie wüssten, worum es sich handelt. Sie nehmen natürlich ein Taxi. Ich bezahle Ihnen Ihre Auslagen aus der Portokasse.«

Ich ärgerte mich über Dr. Simek, und ich ärgerte mich darüber, dass immer mich diese grässlichen Aufträge trafen. Im Taxi gingen mir alle möglichen Annehmlichkeiten durch den Kopf, von denen ich ausgeschlossen war: Wärme und Behagen, die Gesellschaft vertrauter Freunde, eine gemeinsame Mahlzeit. Ich hatte an diesem Abend überhaupt nichts vorgehabt, sodass die Angelegenheit eigentlich keine Störung bedeutete. Aber ich befand mich in einem Zustand nervöser Spannung, von dem ich mich anscheinend nicht befreien konnte.

Dr. Simek wohnte in einem großen, unschönen Haus, das sozusagen am Ende der Welt lag. Man ging ein paar ausgetretene Stufen hinauf. Durch die geöffnete Tür drangen ein vom Dunst gedämpfter Lichtschein und Küchengerüche. Am Herd stand eine Frau mit Schürze; ihr Gesicht konnte ich nicht sehen. Ich nannte meinen Namen und sagte, warum ich gekommen war. »Ach ja«, sagte sie mit einem überraschend kultivierten ausländischen Akzent. »Er macht sich solche Sorgen um seine Arbeit. Ich bringe Sie nach oben.« Sie wies mit der Hand zum Treppenaufgang, der mit einem verblichenen roten Läufer bedeckt war. »Wenn Sie so freundlich wären ...« Ich bat sie, vorauszugehen. Im zweiten Stockwerk klopfte sie an eine Tür.

»Dr. Simek«, sagte sie leise und dann, lauter, noch einmal: »Dr. Simek, eine Dame wünscht Sie zu sprechen.«

Die Tür ging auf, und eine heisere Stimme ließ sich vernehmen: »Danke, Mrs. Lazowska, sehr liebenswürdig.« Die Hauswirtin – oder wer sie sonst sein mochte – lächelte mir mit einem Kopfnicken zu. Ich nickte mechanisch zurück und betrat das Zimmer.

Mit einem Blick wurde mir klar, dass Dr. Simek ziemlich krank war. Er saß neben einem alten Gasofen, vor dem eine Untertasse mit Wasser stand, auf dem sich eine Staubschicht gebildet hatte. Er war bekleidet mit einem abgetragenen seidenen Morgenrock und hatte um den Hals einen seidenen Schal geschlungen, dessen Enden im Ausschnitt des Morgenrocks steckten. Das Zimmer wurde von einer Deckenlampe erhellt. Es war ausgestattet mit einer schmalen Bettcouch, einer Kommode mit Porzellangriffen von der Art, wie man sie in der Dachstube eines Dienstmädchens finden kann, einem Bücherschrank, der an der Seite, wo ihm ein Bein fehlte, von einem Ziegelstein gestützt wurde, und schließlich einem kleinen Tisch mit einem Radioapparat, in dem ein ausländischer Sender eingestellt war. An der Tür hing einer dieser fürchterlichen Plastiksäcke, in dem Dr. Simeks Mantel und Anzug aufbewahrt wurden. Er selbst saß in einem Sessel, dessen Samt abgeschabt und verblichen war. Er machte Anstalten aufzustehen, aber ich trat auf ihn zu und legte ihm die Hand auf die Schulter, worauf er sie ergriff und lächelnd streichelte.

Ich hatte geglaubt, ihn in niedergedrückter Stimmung anzutreffen. Stattdessen hatte er, wie mir schien, eine gewisse Gewandtheit und Weltläufigkeit wieder gefunden. Als ich ihm die Mappe mit seinen Notizen übergeben wollte, neigte er den Kopf, murmelte ein »Sehr liebenswürdig« und bedeutete mir mit einer Kopfbewegung, die Papiere auf den Tisch zu legen. Ich fragte ihn, wie es ihm gehe, und er antwortete mit einer kleinen Grimasse: »Sie sehen es ja selbst, Miss Frances, Sie sehen es ja selbst.« Aber weil er vielleicht glaubte, er habe zu sehr mein Mitleid herausgefordert, steckte er sich eine gelbe Zigarette in seine altmodische Spitze und bat mich, Platz zu nehmen. Da es keine andere Sitzgelegenheit gab, setzte ich mich aufs Bett. Es klopfte wieder an der Tür. Als sie aufging, erschien Mrs. Lazowska mit einem Tablett, auf dem zwei große Gläser Tee mit Zitrone standen. »Ihr Tee, Dr. Simek«, sagte sie. »Und für Ihren Besuch.« Sie stellte einen kleinen Teller mit merkwürdigen Keksen auf den Tisch. »Bitte, essen Sie etwas!«, mahnte sie Dr. Simek. Er dankte ihr stumm mit einem Neigen des Kopfes, als wolle er sie verabschieden, und sie nahm es denn auch als einen Wink zu gehen.

Es war, bis auf das Brausen des Gasofens, sehr still und sehr warm. Der Tee war kochend heiß, und doch trank ich ihn so schnell ich konnte. Ich wollte so bald wie möglich dieses Zimmer wieder verlassen, und doch zwang mich eine überkommene Höflichkeit, so als wäre ich wieder zum Kind geworden, gutes Benehmen an den Tag zu legen. Dr. Simek nahm mit zittriger Hand ein Stück Zucker und steckte es sich zwischen seine alten, großen Zähne. Dann nahm er einen Schluck Tee. Diese mehrmals wiederholte Prozedur ließ ihn unglaublich fremdländisch erscheinen und erinnerte mich daran, vielleicht durch die Art, wie er die Oberlippe nach oben zog, dass er einmal ein tatkräftiger, vitaler Mann gewesen sein musste, und, nach der Art zu urteilen, wie ihn seine Wirtin behandelte, auch ein bedeutender. Weder die Einrichtung des Zimmers noch sein Schlafrock schienen ihn in irgendwelcher Weise verlegen zu machen und ich kam mir sehr jung und ein wenig unbeholfen vor. Auf der Suche nach Gesprächsstoff sah ich mich im Zimmer um, und mein Blick fiel auf die Fotografie einer sehr schönen Frau, die auf der Kommode stand.

»Ist das Ihre Frau?«, fragte ich, durchaus im Bewusstsein, dass dies eine ungehörige Frage war.

»Meine Tochter Zdenka«, erwiderte er.

»Sie ist sehr schön«, sagte ich.

»Ja«, sagte er, »sie war schön.« Seine Hände zitterten etwas stärker. Er führte das Teeglas zum Mund, leerte es und stellte es wieder auf den Tisch. Darauf steckte er sich wieder eine gelbe Zigarette in die Spitze, und es war mir klar, dass er darauf wartete, dass ich ging.

»Ich hoffe, dass es Ihnen bald wieder besser geht«, sagte ich zaghaft. »Wir vermissen Sie in der Bibliothek.« Er zeigte ein feines ironisches Lächeln, als wüsste er, wie wenig es uns ausmachte, ob er da war oder nicht. Ich erhob mich, denn die Situation war mit einem Mal unerträglich geworden, und streckte ihm die Hand entgegen. Er legte die Zigarettenspitze beiseite und versuchte aufzustehen, fand dann aber, dass es eine zu große Anstrengung für ihn sei. Seine Züge erschlafften, als er zurückfiel, und ich schickte mich an, ihm zu helfen, aber mit großer und unvermuteter Energie stemmte er sich mit den Armen ab und erhob sich. Mit der einen Hand stützte er sich auf die Rückenlehne des Sessels, mit der anderen ergriff er die Zigarettenspitze. Er brachte in seine Züge einen Ausdruck höflicher Gelassenheit, wie sie sich bei einem Abschied schickt, und neigte den Kopf zum Gruß. Er gab mir nicht die Hand, konnte es vielleicht nicht, sondern blieb, mit einer Hand auf die Sessellehne gestützt, stehen, während er mit der anderen die Bernsteinspitze umklammerte.

Es war ein so eindrucksvolles und so verstörendes Bild, dass ich es, sobald ich zu Hause war, in Worte fasste und niederschrieb.

Doch es verfolgte und irritierte mich so sehr, dass ich mich nach meinen Freunden sehnte und mich auf den Ausflug am Sonntag freute. Ich gab mir einen Ruck und drängte alle Zweifel und alles Misstrauen zurück, und es wurde ein wunderbarer Tag. Wir rasten mit dem Auto nach Bray. Ich saß mit James auf dem Rücksitz, und wenn James meine Hand nahm, sah ich ihn an, und er gab den Blick zurück, und ich wusste, dass alles wieder gut war. Es war ein schöner, sonniger Tag, zu schade, um in einem geschlossenen Raum zu bleiben, wie Alix sagte, und darum beschlossen wir, auf die Einladung zum Mittagessen zu verzichten und einfach weiterzufahren.

»Barbara geht einem sowieso immer ein bisschen auf die Nerven«, erklärte Alix und wies unsere Einwände zurück. »Ich kann ihr ja sagen, dass wir uns verfahren haben. Und wenn wir einmal gar nichts Besseres zu tun haben, können wir den Besuch immer noch nachholen.«

Wir aßen in einem Pub am Fluss, und Alix und Nick bestimmten, dass wir einen Spaziergang machten. Arm in Arm brachen sie auf, nicht ohne sich dabei tief in die Augen zu sehen, und auch James und ich wechselten einen Blick und lächelten uns zu. Dann brachen auch wir auf, aber wir gingen nur im Garten herum. Es war wärmer geworden, als ob es bald Frühling werden wollte. Wir konnten auf einer Bank sitzen und auf den Fluss schauen.

Später an diesem Nachmittag wollte Nick eine Aufnahme von uns machen. Ich nahm ihn und Alix auf, aber ich weiß nicht, ob etwas daraus geworden ist. Dann machte Nick eine Aufnahme von mir. Ich fand den Abzug zwei Tage danach auf meinem Schreibtisch. Ich sitze in einem Gartenstuhl, im blauen Wollhemd, mit dem blauen Pullover darüber. Ich sehe auf dem Bild sehr jung, sehr vertrauensvoll und ganz sorgenfrei aus. Sehr glücklich. Ich habe es noch. Es ist die einzige Fotografie von mir, die ich besitze.

8

Nach diesem wundervollen Tag schien es mir, als ob unsere Aufmerksamkeit füreinander abnahm, als ob der Halt, den wir aneinander fanden, schwand. Es waren nur noch zehn Tage bis Weihnachten. Wir hatten eine kleine Feier in der Bibliothek, hauptsächlich wegen Mrs. Halloran. Dr. Leventhal schenkte behutsam den Sherry in ziemlich kleine Gläser ein, und ich verteilte Pasteten, die mit einer Mischung aus Rosinen, Korinthen, Äpfeln, Zucker, Hammelfett und Rum gefüllt waren. Es herrschte nicht gerade überschäumende Fröhlichkeit bei dem festlichen Anlass, wenn auch Mrs. Halloran, die ganz in Grün erschienen war und eine Menge unsäglichen Zinnschmuck zur Schau stellte, sich großartig amüsierte, nach vier Gläsern Sherry allerdings ziemlich sentimental wurde und ein paar nebelhafte Prophezeiungen für das neue Jahr aussprach. »Alles, was ihr euch selbst wünscht, Mädchen!«, verkündete sie ebenso wie später am Nachmittag, als ich ihr eine Tasse Tee brachte, und noch später, als sie endlich dazu überredet werden konnte, nach Hause zu gehen.

Nick nahm an der Feier teil und James schaute herein, blieb aber nicht. Ich hatte Nick seit über einer Woche nicht mehr gesehen, das heißt, seitdem er uns in dem bewussten

Garten aufgenommen hatte, und ich war überrascht von der Veränderung, die mit ihm vorgegangen war. Selbstverständlich war er charmant zu Mrs. Halloran, die er wie gewöhnlich neckte, und es fiel mir auf, dass er lange blieb, obwohl es nichts gab, was ihn hier zurückhalten konnte. Seine Züge zeigten, sobald sie sich nicht zu seinem gewohnten strahlenden Lächeln verzogen, eine gewisse Ausdruckslosigkeit. Das war bei ihm so ungewöhnlich, dass ich mich fragte, ob er krank sei, auch wenn er gesund aussah. Aber er schien sich unbehaglich zu fühlen, er wirkte ratlos und zerstreut. Er schien mit seinen Gedanken meilenweit entfernt zu sein. Er wirkte abwesend und passiv. Er lehnte meine Pasteten mit einem kleinen mechanischen Lächeln ab, um alsbald wieder in einen Zustand von Träumerei zu verfallen, aus dem er nur auftauchte, um mit Mrs. Halloran zu flirten. Ich überlegte mir, ob irgendetwas passiert sein könnte, und als wir beide einmal außer Hörweite der anderen waren, fragte ich ihn. Er warf die Arme hoch und setzte zum Spaß eine Armesündermiene auf. »Verzeihung! Ich bitte um Vergebung. Ich glaube, ich bin heute nicht sehr gesellig«, sagte er, was meine Frage unbeantwortet ließ. Ich behielt seine Gebärde besser im Gedächtnis als seine Worte. Nach einigen Augenblicken der Verwirrung fiel mir ein, dass es dieselbe Gebärde war, die er für gewöhnlich machte, wenn er Dr. Simeks Artikel nicht gelesen hatte. Oder wenn er ihn zum Essen einlud.

Diese letzte Überlegung stimmte mich nachdenklich. Denn in diesem Moment kam mir zu Bewusstsein, dass ich allmählich von den gemeinsamen abendlichen Restaurantbesuchen ausgeschlossen wurde. Jedenfalls bildete ich es mir ein. Wir waren seit einer Woche nicht mehr zusammengekommen. Natürlich war es möglich, dass auch sie die weihnachtliche Hetze ergriffen hatte; aber ich konnte nicht einsehen, warum sich das auch auf ihre Abende auswirken sollte. James schien ebenfalls sehr in Anspruch genommen zu sein. Er hatte zahlreiche kleine Nichten und Neffen zu bedenken, und ich war gern bereit, ihm bei den Einkäufen zu helfen. Aber er erklärte mir, sehr gut alleine einkaufen zu können, er würde einfach zu Harrods gehen. Ich hatte alle meine Geschenke schon gekauft, weil mir Weihnachten nicht mehr wichtig war. Ich wünschte mir nur, es bald hinter mir zu haben, um dann mit James in das Haus der Benedicts in Plaxtol zu gehen.

In der Bibliothek hatten wir nicht viel zu tun, was sich gut traf, da mich Alix ständig anrief. Manchmal sagte sie nur: »Es gibt nichts Neues. Ich will nur die Verbindung aufrechterhalten«, und ich legte den Hörer auf, lächerlicherweise mit einem Gefühl der Enttäuschung. Meinerseits war ich auf Neuigkeiten, auf Informationen erpicht. Aber zu anderen Zeiten waren ihre Gespräche sehr viel ärgerlicher; dazu kam das Gefühl, dass Dr. Leventhal auf die Länge dieser Anrufe zunehmend gereizter reagierte, was mich in einen Zustand von Angst und Nervosität versetzte. Sie ließ sich bei diesen Anrufen Zeit, die doch immer dasselbe Thema hatten: dass ich zu rücksichtslos sei, dass ich einfach nicht wusste, wie man mit Leuten umging, dass ich es zum Beispiel ihr und Nick gegenüber durchaus an Höflichkeit fehlen ließe, und dass ich, wenn ich so weitermachte, James nicht mehr sehen durfte.

»Aber warum denn?«, protestierte ich, als sie damit zum ersten Mal kam. »Was tue ich ihm denn Böses?«

»Du bist ihm einfach im Wege. Er fühlt sich dir gegenüber verpflichtet, aber du hast mir gesagt, dass diese Geschichte keine Zukunft hat.«

»Ich habe nichts dergleichen gesagt ...« Ich hörte, wie sie sich eine Zigarette anzündete und den Rauch einzog.

»Sagtest du nicht, dass du ihn nicht liebst?«

»Aber das bedeutet doch nicht, dass ich ihn nicht mehr sehen dürfte. Ich bin gern mit ihm zusammen. Ich habe Freude an seiner Gesellschaft, und er an der meinen.« Ich bemerkte, dass ich um das Recht bat, James weiterhin sehen zu dürfen. »Warum soll das anders werden? Wir waren sehr glücklich.«

»Da sagst du es selbst!«, rief sie triumphierend aus. »Ihr *wart* sehr glücklich. Oder, besser gesagt, *du* warst sehr glücklich. Bei dir geht es immer nur um das liebe Ich, nicht wahr? Aber wie steht es um ihn? Glaubst du, dass *er* glücklich ist?«

»Ich muss jetzt aufhören«, sagte ich, denn ich war so verwirrt, dass ich nicht mehr wusste, was ich noch sagen sollte. Ich überlegte mir, ob ich James wirklich unglücklich gemacht hatte, und wenn, was ich dagegen tun konnte. Ich fragte mich, warum er es mir nicht gesagt hatte, wenn er unglücklich war. Freilich erinnerte ich mich an den strengen und niedergeschlagenen Ausdruck seines Gesichts, an die gesenkten Augenlider bei allzu vielen Gelegenheiten unseres Zusammenseins. Seine Hände strichen nicht mehr wie früher über mein Gesicht, sondern ruhten gefaltet in seinem Schoß; sie hatten ihre Sanftheit, die mich einst so überrascht hatte, verloren und sahen nun wieder zornig aus, rot und hart. Aber wenn es die schreckliche Wahrheit war, dass er mich nicht mehr liebte, warum hatte er es dann nicht gesagt? Und warum fuhren wir zusammen in Urlaub, wenn er mich nicht mehr liebte? Und was hatte ihn so verändert, dass er mich nicht mehr liebte?

Diese letzte unerträgliche Frage verband mich noch mit Alix, die offenbar den Schlüssel zu diesem Dilemma besaß. Sie musste James dazu ermutigt haben, sich bei ihr auszusprechen, wie er es bei mir noch nie getan hatte. Sie musste also mehr wissen als ich. Das Peinliche meiner Situation ließ mich vergessen, dass Alix kein Recht hatte, sich einzumischen, und dass vielmehr ich ihn mit gutem Recht hätte bitten können, sich niemandem außer mir anzuvertrauen, wenn es denn etwas anzuvertrauen gab. Der letzte Rest von Verstand, der mir geblieben war, sagte mir allerdings, dass diese ganze Geschichte ein Märchen war, dass Alix sich langweilte und nicht einer Situation hatte widerstehen können, die ihr »interessant« erschien, und dass sie sie vielleicht wirklich einfach nur zu ihrer Zerstreuung und Unterhaltung ausnutzte. Denn ich bot ihr keine Unterhaltung mehr. Ich vertraute mich ihr nicht mehr an. Ich hatte ihr, was sie für mich getan hatte, mit Undank gelohnt. Und wenn sich James ihr anvertraute, dann, weil er ein besserer Gast war als ich und wusste, was man von ihm erwartete. Wusste, was Alix gebührte, und darum auf ihre Wünsche einging.

Dieser letzte Gedankengang führte mich zu einer unerfreulichen Wahrheit. Wenn er ihren Wünschen nachkam, dann auf meine Kosten. Und wenn er es tat, war er alles andere als der absolut rechtschaffene Mann, für den ich ihn gehalten hatte. Doch das konnte ich nicht glauben, obwohl ich jetzt an seine neue strenge und ernste Haltung denken musste, die doch ganz anders war als der Ernst, der ihm früher zu eigen gewesen war, als ich ihn noch nicht richtig kennengelernt hatte. Damals, als er mich noch nicht liebte. Und diese Überlegung führte mich zu der zweiten unerträglichen Wahrheit, nämlich dass er sich in Alix verliebt hatte. Oder dass Alix sich in ihn verliebt hatte und nun versuchte, uns auseinanderzubringen.

Kaum war mir dieser Gedanke gekommen, wurde ich ihn nicht mehr los. Er wirbelte mir im Kopf herum mit einem ganzen Gefolge von hässlichen und erotischen Bildern. Ich sah die drei vor mir in einem abscheulichen Einverständnis, wie ich sie mir – lachend am Frühstückstisch – einst ausgemalt hatte. Ausgemalt, wie sie ihren Spaß hatten. Jetzt aber, in meiner Besessenheit, stellte ich sie zu Gruppierungen zusammen, von denen ich nicht gewusst hatte, dass ich sie kannte. Ich hörte wieder, wie Mrs. Halloran sagte: »Sie hält ihn fest an der Kandare«, und ich gestand mir die Macht und den kapriziösen Willen von Alix ein, ihre Überlegenheit, ihre Selbständigkeit und Furchtlosigkeit. *Die, der man Gehorsam schuldet.* Ich sah Nicks abwesende Miene bei unserer kleinen Weihnachtsfeier, und ich meinte, sie jetzt zu verstehen. Ich sah, dass James mir abspenstig gemacht wurde, weil ich zu langweilig war, um sein Interesse wachzuhalten. Ich hatte geglaubt, dass wir auf unsere bescheidene Weise glücklich gewesen waren, mit unseren Spaziergängen und dem Kaffee hinterher. Ich dachte an unsere bevorstehende Reise, und ich wusste, dass ich sie nicht machen konnte, bevor diese Fragen nicht gelöst waren.

Einer Eingebung folgend, griff ich nach meiner Handtasche, ging hinunter zur Telefonzelle im Souterrain und wählte Alix' Nummer.

»Ich möchte gern mit dir über das sprechen, was du eben gesagt hast«, begann ich. »Über James und mich.«

Ihre Stimme klang sehr müde und sehr vernünftig.

»Ich sehe eigentlich keinen Sinn darin.« Ich hörte, wie sie den Zigarettenrauch inhalierte. »Ich habe mich doch klar ausgedrückt. Wenn du ihn nicht liebst – und das sind deine Worte –, ist es deine Pflicht, ihm zu sagen, dass du Schluss machen musst. Das ist alles.«

»Aber es stimmt doch nicht«, protestierte ich. »Ich bin an dieser Beziehung durchaus mit meinem Gefühl beteiligt. Du scheinst das nicht zu begreifen. Und eben darüber möchte ich mit dir sprechen.«

Sie seufzte. »Also gut, komm am Sonntag vorbei. Er wird dann nicht hier sein. Es ist der Geburtstag seiner Mutter. Komm so um vier.«

»Ich kann nicht«, sagte ich törichterweise. »Ich muss Miss Morpeth besuchen. Einmal im Monat gehe ich zu ihr, und ich kann nicht ausgerechnet vor Weihnachten meinen Besuch absagen.«

»Um Himmels willen«, explodierte sie. »Genau das meine ich. *Deine* kleinen Gewohnheiten. *Deine* kleine Routine. Und du erwartest, dass er sich da anpasst?«

»Alix«, sagte ich, bemüht, meine Stimme ruhig zu halten, »das ist doch idiotisch. Ich weiß nicht einmal, worum es sich eigentlich handelt. Wir müssen miteinander reden. Kann ich nicht an einem anderen Tag kommen? Wie wäre es mit Montagabend? Ich könnte gleich nach der Arbeit kommen.«

Es entstand eine Pause. Dann sagte sie: »Am Montag sind wir mit Maria verabredet. Ich müsste sie fragen. Aber ja, warum nicht? Gut, komm am Montag.«

Ich legte mit zitternder Hand den Hörer auf. Mir war, als sollte ich vor Gericht erscheinen, vor einem Gericht, das bereits meine Verurteilung beschlossen hatte. Und dabei konnte ich nicht begreifen, was ich so falsch gemacht hatte. Ich war, wie ich es sah, nicht nur schuldlos, sondern auch vollkommen unfähig zur Schuld. Ich zwang James nicht, irgendetwas zu tun, was er nicht selbst tun wollte. Genauer gesagt, ich zwang ihn zu gar nichts. Vielleicht war das mein Fehler, dachte ich. Vielleicht gehörte er zu den Männern, die sich die Entscheidung gern abnehmen lassen. Vielleicht ist er ein so aufrechter und disziplinierter Mann, dass die Veränderungen von mir kommen mussten. Dass ich ihn fragen musste, warum er noch zögerte, und ich ihm sagen musste, dass es mir recht wäre. Dass ich ihn überreden musste, mich zu lieben.

Ich sagte, dass ich ihn nicht in dem schicksalhaften Sinne des Wortes liebte. Ich meine, es war keine Droge, keine Besessenheit wie damals – bei dieser Geschichte, von der ich nie spreche. Ich musste nicht um seine Aufmerksamkeit kämpfen, musste nicht alles stehen und liegen lassen, sobald er erschien, und ich musste nicht auf einen Wink von ihm alle meine Mittel verschwenden. Ja, nach den Erniedrigungen jener früheren Affäre erlebte ich bei James eine Erneuerung meiner Unschuld, und ich fühlte mich mit dieser Unschuld mehr ich selbst als mit jenem aus Begehren und Verachtung so seltsam gemischten Zynismus, den ich damals empfunden hatte. Diese Heimlichkeit, der Druck, die

Bitterkeit und die Hoffnungslosigkeit ... Ich hatte Freude daran gehabt, vor aller Augen offenen Umgang mit einem »akzeptablen« Mann zu haben (wie prähistorisch das klingt!), nach den Heimlichkeiten und Listen damals, dem Heimweg in den frühen Morgenstunden, weinend, den Mantel fest um mich gerafft, damit man das in der Eile übergestreifte zerknautschte Kleid nicht sah. Der verhohlene Schmerz, die morgendliche Lüge im Gesicht. Das alles konnte ich nicht noch einmal durchstehen.

Sie verstehen, diesmal wollte ich, dass alles ordentlich zuging. Ich wollte Zufriedenheit und innere Ruhe für mich und für ihn, und ich wollte die Zustimmung der anderen. Ich wollte, dass alles planmäßig vor sich ginge. Ich wünschte mir sogar die kleine Genugtuung von Gratulationen und guten Wünschen. Ich wünschte mir das Lächeln auf den Gesichtern von Mrs. Halloran und Dr. Simek, wenn sie die Gläser hoben und mir zutranken. Ich wollte dieses eine Mal in meinem Leben eine Feier. Als Wiedergutmachung für all die Traurigkeit, Vergeudung und Unordnung in meinem Leben, für all das Warten, das Sitzen in Krankenzimmern, das heimliche Nachhausekommen und die morgendliche Lüge in meinem Gesicht. Aber was ich mehr als alles andere wollte, das war die Möglichkeit, einmal wieder einfach und unverstellt zu sein, so, wie es mir bestimmt war zu sein, und wie ich es einmal, vor langer, langer Zeit, gewesen war.

Ich wollte, dass es ein Ende habe mit aller Schäbigkeit, Vortäuschung, Ängstlichkeit und Verstellung. Das letzte Mal, das, von dem ich nie spreche, war so unerträglich und so verwirrend gewesen. Zu meiner eigenen Überraschung hatte ich versucht, Erwartungen entgegenzukommen, die ich nicht ganz verstand: Rohheit, Grausamkeit und Falschheit. Ich war gedemütigt worden und hatte gerade daran, an dieser Erfahrung der Demütigung, Gefallen gefunden. Es war alles ganz anders, als es sich die Leute von mir gedacht hatten. Irgendwie hatte ich es fertig gebracht, ein Doppelleben zu führen. Aber am Ende triumphierte von diesen zwei Leben das respektable, das ererbte Leben. Selbstverständlich hatte ich etwas dagegen; nein, ich war nicht einverstanden. Doch andererseits wusste ich, was immer die Leute sagten oder stillschweigend hinnahmen oder glaubten, sich erlauben zu können, ich wusste, dass Liebe etwas Einfaches sein sollte. Und das ist sie. Liebe ist einfach.

Aber nun war es offenbar wieder einmal so weit, dass ich mich vor aller Spontaneität zu hüten hatte, dass ich vielmehr manövrieren und auf der Hut sein musste. Ich würde tun, was man von mir verlangte, obschon ich mittlerweile bereits so verwirrt war, dass ich mir nicht ganz klar war, wer es denn von mir verlangte. Ich zitterte bei dem Gedanken, James zu verlieren, und mein Mut verließ mich, wenn ich an all die gegen mich eingesetzte überlegene Erfahrung dachte, und dennoch war ich bereit zu kämpfen. Nur mit dem Herzen war ich nicht mehr dabei.

Ich lief die Treppen hinauf und klopfte an die Tür seines Büros – etwas, was ich bisher noch nie getan hatte. Er war überrascht, mich zu sehen, und zeigte sich ziemlich zurückhaltend, als sei er ganz in seine Arbeit vertieft. Als ich ihm erklärte, dass ich ihn noch heute Abend sprechen müsste, bitte, heute Abend, deutete er ein Lächeln an und schüttelte den Kopf, als müsse er einem Kind gut zureden. Er wolle mich abholen, sobald die Bibliothek schloss, um sechs Uhr.

Diesen ganzen Tag über bebte ich vor Erregung, dem Zorn nahe und doch nicht zornig genug. Ich war nervös vor Angst und Verzweiflung, denn ich zweifelte an meiner Fähigkeit, Liebe einzuflößen. Wenn ich, wie es schien, in so kurzer Zeit uninteressant geworden war, wie sollte ich dann in diesem späten Stadium die Situation retten? Ich war nicht die willensstarke Frau, dazu fähig, anderen ihren Willen aufzuzwingen, aber ebenso wenig war ich besonders fügsam und also geneigt, mich dem Willen anderer zu unterwerfen. Ich zeichnete mich weder durch interessante Kaprizen aus noch durch eine unwiderstehliche Anziehungskraft. Ich war einfach wohlerzogen und außerdem kein schlechter Beobachter – eine schlimme Kombination. Und wie man mir sagt, habe ich eine scharfe Zunge. Ich war gewiss ungewöhnlich vernünftig, aber gerade diese Eigenschaft schien mir alle Aussichten zu nehmen. Warum sollte jemand den Wunsch haben, mich zu erfreuen, oder deswegen eine Anstrengung auf sich zu nehmen, wenn ich so wenig Ansprüche stellte? Ich wusste es, ich habe es von jeher gewusst, aber jetzt schien mich dieses Wissen nur doppelt zu lähmen. Einmal an diesem langen Tag ertappte ich mich dabei, dass ich buchstäblich die Hände rang. Da wusste ich, in welch schrecklichem Zustand ich mich befand.

Ich meine, ich hätte auch anders sein können. Früher einmal hatte ich großes Selbstvertrauen und war von großer Heiterkeit. Ich stellte weder meine Ansichten noch die der anderen in Frage. Aber das war Vergangenheit, und ich hatte mein Bestes getan, diese Eigenschaften zu ersetzen. Ich war fleißig und gewissenhaft geworden, statt impulsiv zu bleiben, und ich war zum Beobachter geworden, wenn ich sah, dass man mir die Teilnahme versagte. Ich hatte es abgelehnt, Mitleid zu erwecken. Ich hatte früher nie gesagt: »Sehen Sie mich an!« Jetzt, meinte ich, müsste ich eine neue Anstrengung unternehmen, einen neuen Versuch, mir meine Lebensfähigkeit zu beweisen. Und wenn es mir gelang, dann wäre mir noch eine Gelegenheit gegeben, noch einmal neu zu beginnen. Aber ich wagte nicht, mir vorzustellen, was wohl geschehen würde, wenn es mir nicht gelingen sollte.

Um halb sechs verschwand ich aus der Bibliothek und wusch mir die klammen Hände. Ich musterte mich im Spiegel. Ich sah das Gesicht mit seinen klaren Zügen und dem wachsamen Ausdruck, aber auch die Angst in den Augen und die blassen Lippen. Ich zog aus meiner Handtasche einen selten gebrauchten Lippenstift und malte mir einen rosa Mund. Dann verrieb ich etwas Rouge auf meinen Wangen. Ich zwang mich, einen entspannten Ausdruck anzunehmen und lächelte mir freundlich im Spiegel zu. Als ich in die Bibliothek zurückkam, sagte Olivia: »Ein Anruf für dich«, und ihre Augen waren ebenso angstvoll geweitet wie meine eigenen. Ich ging in Dr. Leventhals Büro und nahm den Hörer in die Hand. Natürlich war es Alix, sehr freundlich, mit einer Einladung zum Essen für den Abend.

»Ich kann nicht«, antwortete ich. »James will mit mir ausgehen.«

»Ja, er telefonierte deswegen mit mir. Ich meinte, es wäre einfacher, du kämst zu uns, und wir könnten dich dann in ein Taxi setzen und kämen alle früh ins Bett.«

»Nein«, sagte ich ruhig, obwohl ich erschrocken und ärgerlich war. »Ich möchte ihn sprechen.«

»Du kannst auch hier mit ihm sprechen«, sagte sie. Es klang nicht nur streng, sondern auch sehr vernünftig. Sie ließ es so aussehen, als sei es völlig sinnlos, wenn ich nicht das tat, was sie wollte, und dass es allen nur Unannehmlichkeiten ersparte, wenn ich ohne Weiteres mein Einverständnis erklärte.

»Nicht heute Abend«, sagte ich.

»Schon gut, schon gut. Deswegen brauchst du mich nicht gleich anzufahren.«

»Das habe ich nicht ...«

»Schick ihn nur früh nach Hause, um mehr bitte ich dich nicht. Er sieht ganz erschöpft aus. Abwechslungshalber könntest du auch einmal daran denken, falls du trotz deiner alten Damen eine Minute für ihn erübrigst.«

»Also dann bis nächsten Montag«, sagte ich knapp, bemüht, meine Stimme in der Gewalt zu behalten. Ich wartete, bis sie den Hörer auflegte, was sie ohne weitere Äußerung tat.

Ich glaube, es war in diesem Augenblick, dass ich zu dem Schluss kam, völlig von Alix' Gnaden abzuhängen. Das versetzte mir einen solchen Schock, dass ich mir einen Ruck gab und mich bemühte, die Dinge realistischer zu sehen. Wenn ich, woran nicht mehr zu zweifeln war, das Missfallen von Alix erregt hatte, weil James an mir hing, dann musste ich ihn wohl aufgeben, wollte ich wieder ihre Gunst gewinnen. Und das war so lächerlich, dass ich diese Idee sofort aufgab. Ich wollte mein Los mit James teilen, wollte ihm die Situation erklären, so, dass sie ihm nicht zu ernst, sondern eher amüsant erschien und ihn dann fragen, was er davon hielte. Ich musste vor allem die Atmosphäre reinigen. Ich wies, so fand ich, allmählich schon krankhafte Züge auf.

Gleich nach sechs steckte er den Kopf durch die Tür und nickte mir zu; ich nahm meine Handtasche und ging zu ihm. Einem plötzlichen Gefühl folgend, drehte ich mich um und sah, dass Olivia mir nachblickte. Unsere Blicke trafen sich, und obwohl ich ihr nichts gesagt hatte, lächelte sie mir aufmunternd zu und hob die geballte Faust. Aus Takt hatte sie noch keine Anstalten gemacht zu gehen, damit es nicht so aussah, als wollte sie James und mir nachspionieren.

Beim Essen konnte ich nicht viel zu mir nehmen, obwohl die Küche in diesem italienischen Restaurant sehr gut war. Jedenfalls isst James hier fast stets zu Mittag. Übrigens schien er gar nicht zu bemerken, dass ich das, was ich auf dem Teller hatte, nur zerschnitt und hin und her schob; er sah mich auch, trotz seiner guten Laune und Gesprächigkeit, nicht an. Er schien, während er sprach, irgendeinen Punkt rechts neben meinem Kopf zu fixieren, und bei aller Bemühung, mich zu konzentrieren und einen interessierten Eindruck zu machen, fiel es mir doch schwer, zu verstehen, was er eigentlich sagte. Ich gab meiner Zerstreuung schuld, aber in einem klaren Augenblick begriff ich, dass er absichtlich von unwichtigen Dingen sprach, von Angelegenheiten und Menschen, die ich nicht kannte, sodass ich am Gespräch gar nicht teilnehmen konnte. Er baute eine Abwehr gegen mich auf. Es gelang mir nicht, seine Aufmerksamkeit auf mich zu lenken, und doch wusste ich, dass sie wach war, auf der Hut in Erwartung eines Hinterhalts, und dass er entschlossen war, diesen Hinterhalt zu umgehen. Das Herz hämmerte mir bis zum Hals, und plötzlich sann ich nur noch darauf, das Restaurant zu verlassen, nach Hause zu gehen und ihn dort für mich zu haben. Aber er schien nicht in Eile zu sein, und ich konnte mich ihm nicht bemerkbar machen. Er vermied sogar meinen Blick. Sieh mich doch an, wollte ich ihm sagen. Sieh mich an!

Endlich ließ er die Rechnung kommen, und ich wartete an der Tür, knöpfte mir den Mantel zu und zerrte nervös am Gürtel. Es hatte angefangen zu regnen, es war ein feiner, dünner Sprühregen. Die Luft war nasskalt und ungesund. Als er kam, wollte ich seine Hand nehmen, aber er machte sich an seiner Brieftasche zu schaffen, die er in die Brusttasche steckte, dann griff er sich an den Mantelkragen und mit der anderen Hand ans Jackett, um es unter dem Mantel zurechtzuziehen. Schließlich brachen wir auf. Seite an Seite, ohne unseren Schritt dem anderen anzupassen und schweigend. Aber dann rückten wir wegen des schlechten Wetters instinktiv näher aneinander, und nach einer Weile wagte ich es, meine Hand aus der Tasche zu ziehen und die seine zu ergreifen. So kamen wir in der Wohnung an, zwar stumm, aber wieder Hand in Hand.

Aus der Küche kam kein Geräusch, und ich nahm an, dass Nancy früh zu Bett gegangen war. Unser Tablett stand auf dem Küchentisch, und ich ließ es dort stehen. Ich warf den Mantel ab und ging in den Salon, wo ich sogleich den Kamin und die Lampen einschaltete. Als ich mich umdrehte, sah ich James, tief in Gedanken versunken, mitten im Zimmer stehen. Ich trat auf ihn zu und legte die Arme um ihn, um seinen nassen Mantel, den er noch anhatte. Dann lachte ich und sagte: »Liebling, du triefst ja förmlich. Zieh das doch aus.« Er zögerte, und ich lachte wieder und zupfte ihn am Ärmel, bis er mit zuckenden Bewegungen seinen Arm herausgezogen hatte. Ich stellte zwei Hocker vor den Kamin, aber er kam nicht zu mir. Er setzte sich vielmehr in den Sessel meiner Mutter und knöpfte sich den Kragen auf. Er sah argwöhnisch und zurückhaltend aus, und es schien nun an mir zu sein, diesen merkwürdig beleidigten Ausdruck aus seinem Gesicht zu zaubern. Ich konnte seine Fremdheit nicht ertragen. Also begann ich zu sprechen, so ausgelassen ich nur konnte, und setzte mich zu ihm auf die Sessellehne. Nach einer Weile zog er mich grinsend auf seinen Schoß. Ich dachte, dass sich einer von uns sehr merkwürdig benahm, und ich vermutete, dass ich es war. Aber sein Schweigen machte mir Angst. Deshalb redete ich weiter. Schließlich verstummte auch ich und sah ihn an. Lächelnd stand ich auf, nahm ihn an der Hand und führte ihn ins Schlafzimmer. Es tat mir wohl, mich auf das Bett fallen zu lassen; entspannt zog ich ihn zu mir herab. Ich hörte, wie ihm das Herz schlug, und ich fühlte seine Hände, die an meinem Kleid rissen. Aber so dürfte es doch nicht sein, dachte ich, es muss doch nicht sein ... Ich streckte die Arme nach ihm aus, aber plötzlich riss er sich los, stand auf und erklärte: »Nicht mit dir, Frances. Nicht mit dir.« Und während ich auf dem Bett lag, drehte er sich um und ging mit ruckartigen Bewegungen an den Bücherschrank und blieb dort stehen, mit dem Rücken zu mir. Ich richtete mich auf und wartete darauf, dass er sich umdrehte und etwas sagte. Aber er sagte nichts, und schließlich stand ich auf und ging zu ihm und fragte ihn, was er habe. Ich ging um ihn herum, um ihm ins Gesicht zu sehen. »Was ist es?«, fragte ich. »Was hast du? Was ist geschehen?« Ich glaubte, ihn mit irgendetwas geärgert zu haben. Aber er antwortete nicht. Und dann wusste ich, dass ich ihn verloren hatte, schon lange bevor dieser Abend begonnen hatte.

Ich sah an mir herab, auf mein zerknittertes Kleid, an dem der Kragen ein Stück eingerissen war. Und ich sah ihn an, aber er vermied es, meinem Blick zu begegnen. Ich verließ das Schlafzimmer, ging in den Salon zurück und blieb vor dem Kamin stehen. Schließlich hörte ich ihn hereinkommen, aber ich blieb, wo ich stand, mit dem Rücken zu ihm. Ich hörte, wie er sich näherte und zögernd stehen blieb, und dann hörte ich ihn hinausgehen und leise die Wohnungstür hinter sich schließen. Nach einer Weile hob ich den Blick zu dem an Ketten über dem Kamin hängenden Spiegel und sah mein bleiches Gesicht mit den starrenden Augen, den geschwollenen offenen Lippen und dem ungewohnten, überall verschmierten Lippenstift. Dann beugte ich mich sehr langsam hinab und schaltete den Kamin und die Lampen aus und ging zu Bett.

Am nächsten Tag arbeitete ich genauso stetig wie sonst. In der Bibliothek ging es ruhig zu. Das Telefon läutete nicht, obschon ich es heimlich erwartete. Ich nahm mir vor zu sagen, es ginge mir nicht gut, wenn jemand anrief, und dass ich nach Hause ginge. Ich wollte dann auch wirklich nach Hause gehen. Ich glaube, ich hoffte, dass es so kommen würde und dass man sich um mich Sorgen machen würde. Ich glaube, meine Hoffnung war, dass James, wenn ich nach Hause ginge, mich dort aufsuchen würde, und dass es mir dann in diesem Schlafzimmer gelänge, den gestrigen Abend irgendwie zu rekonstruieren und die Dinge richtig zu stellen, und dass wir dann neu beginnen könnten und wieder für einander das wären, was wir zuvor gewesen waren. Aber das Telefon läutete nicht, und niemand störte mich.

Ich hoffte, dass James schließlich doch zu mir kommen würde, und sei es nur, um mir zu erklären, was geschehen war. Ich meinte, ich hätte nur irgendeine Schwierigkeit nicht begriffen, aber sobald ich es hätte, könnte ich lachen und behaupten, es mache überhaupt nichts aus. »War es der falsche Moment?«, nahm ich mir vor zu fragen. »Ich habe mir große Sorgen gemacht. Ich glaubte, ich hätte dich mit irgendetwas beleidigt.« Und dann würde er lachen, fast erleichtert, dass ich verstanden hatte und nicht böse war, und dann könnten wir, wenn ich sehr behutsam war, neu beginnen. So hatte ich es mir ausgedacht, und ich war auch nicht weiter beunruhigt, als er an diesem Tag – und auch am nächsten Tag – nicht erschien, denn ich machte mir klar, dass es für ihn ein Schock gewesen war und dass er ärgerlich war und nicht wusste, wie er es erklären sollte. Ich überlegte mir bereits, ob nicht ich ihn aufsuchen und es damit für ihn leichter machen sollte, aber ich konnte mich dann doch nicht zu diesem Schritt entschließen. Ich wusste, dass er vielleicht notwendig sein würde, aber noch schob ich ihn auf. Allerdings glaubte ich, dass ich die Situation noch vor dem kommenden Montag klären musste, nämlich wenn ich James bei den Frasers traf. Ich konnte mir nicht ganz trauen, mich so zu benehmen, als ob nichts geschehen sei.

Aber da die Stunden verrannen, begann es so auszusehen, als ob gerade das eintreten sollte. Ich fand – und es gab keine Minute am Tage, in der dies nicht meine ganze Aufmerksamkeit beanspruchte –, dass er in dieser Angelegenheit absolut frei sein müsste und dass ich keinen Druck auf ihn ausüben dürfte, vielmehr ihm den Vortritt zu geben hätte. Ich begann mich zu fragen, ob ich das je getan hatte, und ich begriff betrübt, dass es wohl nicht so gewesen war. Meine Freude an den kleinen alltäglichen Gepflogenheiten – die, wenn ich jetzt darüber nachdachte, die Bedeutung von harmlosen Kinderspielen oder der Beschäftigung gebrechlicher Alter annahmen –, sie musste ihn irregeführt haben. Jetzt war mir klar, dass ich ihn besser hätte kennenlernen müssen, dass ich eine Komplikation, so etwas wie eine Verweigerung hätte spüren sollen ... Aber das hatte ich nicht. Ich hatte es überhaupt nicht bemerkt. Aber wenn ein Mensch, klüger und reifer als ich, es bemerkt und versucht hatte, ihn zu schützen und dabei mich zu warnen, dann war Alix von jedem Vorwurf freizusprechen, außer dem, dass sie zu viel Mystifikation ins Spiel gebracht hatte. Ich begriff, dass ich am Ende mit ihr würde reden müssen, falls James nicht von selbst mit mir sprach, und diese Aussicht erfüllte mich mit Abscheu. Aber als die Zeit verrann und James noch immer nicht erschien, fand ich mich allmählich damit ab, dass ich Alix würde aufsuchen müssen, um eine Erklärung zu erhalten, womit das Ganze dann nicht länger ausschließlich eine Angelegenheit zwischen James und mir bleiben konnte, sondern wieder, wie zu Beginn, eine Sache zwischen uns vieren.

Aber unter keinen Umständen würde ich ihr erzählen, dass er gesagt hatte: »Nicht mit dir, Frances. Nicht mit dir.« Ich hörte diese Worte wieder und wieder, und am Ende begriff ich, dass er gefunden hatte ... ich sei in dieser Beziehung nicht die passende Partnerin, dass er in mir nur die

Freundin sah und dass dies eine Freundschaft war, die in ihrer kindlichen Unkompliziertheit erhalten werden musste, mit den gesundheitsfördernden Fußmärschen und der Tasse Kaffee danach. Wahrscheinlich hatte ich meine zu Beginn empfundene Erregung, eine ebenso körperliche wie geistige Erregung, die er offenbar nie geteilt hatte, missdeutet. Diese Erkenntnis ließ mich erstarren. Und ich hatte ihm so viel verraten: dass ich Olivia um ihr Haus in Plaxtol gebeten hatte, und dabei hatte ich ihn fühlen lassen, was ich von ihm erwartete, nämlich dass er dort so mit mir zusammen sein würde, als ... als hätte er es sich selbst gewünscht. So als ob ich ihm in dieser Hinsicht überhaupt etwas bedeutete. Aber das konnte ich nie offen zugeben. Ich wusste natürlich, dass Alix und selbst Nick von mir einen ausführlichen Rechenschaftsbericht erwarteten, aber ich wusste auch, dass ich ihnen nie gestehen würde, wie sehr ich mich geirrt hatte.

Nachdem die drei Tage bis zum Wochenende langsam vorübergegangen waren und James noch immer nicht erschien, schwanden meine Hoffnungen völlig. Ich wusste nun, dass er versuchen würde, den Zwischenfall zu vergessen, so zu tun, als sei nichts geschehen, ihn nie zu erwähnen, ja vielleicht sogar auch Alix und Nick gegenüber zu schweigen. Mir wurde klar, dass es eine Sache des guten Geschmacks war, wenn ich diese ganze Reiseidee fallen ließ, und dass es an mir war, unsere Beziehung so unauffällig wie nur möglich zu beenden. Am kommenden Montag wollte ich heiter und unterhaltend sein, denn jetzt brauchte ich meine Freunde mehr denn je. Wenn dann der Zeitpunkt des Heimwegs kam, wollte ich Müdigkeit vorschützen und wie selbstverständlich ein Taxi rufen und irgendwie zu erkennen geben, dass die Affäre beendet war. Schließlich war es nur das, was sie alle, jeder auf seine Weise, wollten. Und ich durfte dabei nicht störrisch oder schwierig sein. Weihnachten stand vor der Tür, und wir hatten es gemeinsam zu feiern. Ich musste also ganz unbeschwert sein. Olivia würde ich sagen, wir hätten uns entschlossen, von ihrem Haus keinen Gebrauch zu machen, und ich wusste, dass sie mir keine Fragen stellen würde. Später würde ich ihr alles erzählen. Aber nicht jetzt.

So kam ich zur Erkenntnis meiner Lage, und ich blieb dabei erstaunlich gelassen. Nur schlief ich schlecht, das war alles. Wenn ich sage schlecht, so meine ich nicht, dass ich unter Schlaflosigkeit gelitten hätte oder aufgeregt gewesen wäre. Ganz im Gegenteil. Ich fiel in tiefen, totenähnlichen Schlaf, der bis zum Morgen anhielt. Wenn ich dann aufwachte, fühlte ich mich benommen. Ich richtete mich im Bett auf und versuchte, den Übergang zum Tag zu finden von einer, wie mir schien, totalen Absenz, und manchmal ließ ich mich, auch wenn ich aufrecht im Bett saß, wieder treiben und von der Schlafschwere hinabziehen. Und in diesem seltsamen, amnesieähnlichen Zustand erschienen mir Bilder, an die ich mich aber nicht immer im Lauf des Tages erinnern konnte. Sie zerrten an mir und forderten, dass ich mich an sie erinnerte. Und manchmal standen sie plötzlich in aller Schärfe und Klarheit vor mir. Zum Beispiel, als ich die Zigarettendose aus Rosenholz wieder vor mir sah. Sie sah sehr groß aus. Sie sah so groß aus, weil ich so klein war. Ich fuhr mit einer Kinderhand über den ein wenig unregelmäßigen, nicht ganz glatten Rand. Diese Bewegung wiederholte ich immer wieder. Ich hatte nichts anderes zu tun, denn ich war ein Kind und wartete auf die Erwachsenen, wartete, dass sie zurückkämen von dem, was sie so geheimnisvoll fernhielt, und mich noch einmal in ihre Gesellschaft aufnähmen.

9 Bis zu dem Moment, da ich mich für den Besuch bei Miss Morpeth rüstete, hatte ich mich in ein Faksimile meines früheren Selbst verwandelt: munter, amüsant und gescheit, mit meinen runden Vogelaugen auf Ausschau nach irgendwelchen Wunderlichkeiten, die ich vielleicht für den komischen Roman gebrauchen konnte, den ich eines Tages schreiben würde. Ich hatte diesen Zustand nicht ohne Schwierigkeiten erreicht. Vor allem graute mir bei der Vorstellung, wieder die Rolle des Beobachters zu übernehmen statt die eines Teilnehmers am Spiel. Denn wenn ich auch wusste, dass man in der Rolle des Beobachters leichter Zugang zur Gesellschaft findet, betrachtete ich diese Rolle doch als das Todesurteil für alle natürlicheren Hoffnungen, die ich genährt hatte. Als Beobachter (und ich sah schon die Kritiken vor mir: »Ihr geistreicher Witz, ihre Fähigkeit zur genauen Beobachtung« und so weiter) musste ich mich weitgehend aufs Zuhören einstellen. Ohne zu kommentieren natürlich. Irgendwie würde ich mich verpflichtet fühlen, aus allem und jedem eine heimliche moralische Nutzanwendung zu ziehen, die Welt als eine menschliche Komödie zu begreifen, Zusammenhänge zu erkennen, verborgene Motive ans Licht zu bringen. Kurz, all das zu tun,

was ich im wirklichen Leben nicht fertig brachte. Ich, die es so schwierig fand, meine Isolation zu überwinden, durfte um nichts in der Welt einsam erscheinen. Ich würde bei jeder Zusammenkunft die Außenseiterin sein, und um mein Schamgefühl zu verbergen, musste ich vorgeben, im Geiste meine Beobachtungen zu notieren. Da, wo ich einst zu sagen gedachte: »Seht mich an!«, musste ich jetzt die Aufmerksamkeit der andern von mir ablenken. Ich, die ich mir gewünscht hatte, aus anderen Gründen Anerkennung zu finden als aus denen, die ich eben jetzt wieder schuf, sollte vergessen, dass ich je eine solche Anerkennung gewünscht hatte. Nichts Gutes konnte daraus entstehen.

Ich machte mich an diesem Sonntagnachmittag mit gemischten Gefühlen auf den Weg zu Miss Morpeth, in einer Stimmung tiefer Verzweiflung und unangenehmer Scharfsichtigkeit. Die Verzweiflung war nur die elementare Manifestation meiner Empfindungen, oder klarer gesagt, meines Grolls gegenüber Miss Morpeth und der endlosen Fortdauer dieser albernen Verpflichtung, die ich nicht aus freien Stücken übernommen hatte. Wie man sich manchmal mehr um Menschen bemüht, gegen die man eine entschiedene Abneigung hat, wenn auch nur, um diese Abneigung vor dem anderen ebenso wie vor sich selbst zu verbergen, so war ich ganz besonders um Miss Morpeth bemüht. Jeden Monat opferte ich ihr einen Sonntagnachmittag und antwortete jedes Mal auf dieselben Fragen. Ich hörte mir die gleichen Bemerkungen an darüber, dass auf Dr. Leventhal im Grunde kein Verlass sei, und was sie zu dem Direktor gesagt hatte, als sie aufgefordert wurde, einen Platz in der Kommission einzunehmen, die ihn berufen hatte. Ich aß immer den gleichen Kuchen, der mir nicht schmeckte; ich verbrachte immer gleich viel Zeit in diesem immer stickigen Raum, in dem die Fenster nie geöffnet wurden. Ich wusch dieselben Tassen und Untertassen ab, zum gleichen Zeitpunkt wie stets, und sah zu, wie Miss Morpeth sie wegstellte. Ich hörte, wie dieselben Riegel vorgeschoben und dieselben Ketten in derselben Reihenfolge wie stets vorgelegt wurden, bis ich mich frei fühlte, die Flucht zu ergreifen und die Treppe hinunterzueilen. Meinen Anstrengungen und meiner Geduld setzte Miss Morpeth keine besonderen Bemühungen entgegen. Offensichtlich fand sie mich unzulänglich, als Bibliothekarin und als Mensch, und ihr Unmut wegen der Mühen, die sie meinetwegen hatte, wie zum Beispiel Tee zu kochen, äußerte sich in der Steifheit, mit der sie sich bewegte, ebenso wie in ihrer sprunghaften Unterhaltung. Übrigens meinte ich, dass es nun Zeit war für ihre Reise nach Australien. Irgendwie konnte ich es nicht mehr ertragen, dieses Gespräch in allen seinen Einzelheiten noch einmal zu führen.

Die unangenehme Scharfsichtigkeit, die ich erwähnte, stand in Zusammenhang mit meinem Entschluss, Miss Morpeth – und alle andern auch – für das zahlen zu lassen, was sie an Frondiensten von mir erwarteten. Wenn Miss Morpeth mich zu Tode langweilte, dann sollte sie mir als Material dienen. Ich wollte Miss Morpeth in meinen epischen Plan aufnehmen, sie sollte zu einer Figur werden, und während dieses Prozesses würde ich zu gegebener Zeit die Oberhand gewinnen. Während ich, mit hellem, wachem Blick auf die wenigen Spaziergänger, durch den Park ging, schrieb ich bereits im Kopf einen ebenso maßvoll formulierten wie umwerfenden Bericht darüber, wie Miss Morpeth zu ihrer Maschine nach Melbourne gelangte. Er begann mit dem Erwerb von Fluggepäck, der Bitte an Nick (Nick? Den hatte ich schon fast vergessen), sie zum Flughafen zu bringen, und mit der auf der Fahrt dahin stattfindenden Unterhaltung, die auf beiden Seiten Züge des Possenhaft-Absurden annahm (und hier wurde mir klar, dass ich mit diesen Menschen weiterleben musste), bis – ja, was kam dann? Ich musste es so einrichten, dass mit Miss Morpeth etwas völlig Unerwartetes geschah. Eine Liebesaffäre? Schwer vorzustellen, wenn man an ihren Stützstrumpf und diesen schrecklichen grünen Rock dachte. Wie wäre es aber, wenn sie auf jemanden traf, der genauso reizlos war wie sie, sagen wir beispielsweise Dr. Leventhal? Dann wollte ich wohl irgendeine Annäherung zustande bringen, zumal ich beide so gut kannte. Der Umstand, dass sich im wirklichen Leben die beiden nicht ausstehen konnten, würde meiner Erzählung eine besondere Pikanterie verleihen. Nachdem ich sie zusammengebracht hatte, konnte ich sie dann in eine sonnige, wenn auch nur versuchsweise gemeinsame Zukunft bei unseren Antipoden entlassen.

In diesem Moment schnürte mir meine neue Verbitterung die Kehle zusammen, und ich musste stehen bleiben und tief Luft holen, bevor ich weitergehen konnte. Ich musste feststellen, dass ich nicht einmal in einem Roman die Verbindung zweier Menschen betrachten konnte, ohne dass der Boden unter meinen Füßen schwankte. Hätte ich mir zwei lebende menschliche Wesen vorstellen müssen, die wie füreinander geschaffen waren, und hätte ich zusehen müssen, wie sie sich verliebt anschauen, wäre ich, glaube ich, gestorben. Da stand ich im Park, an einem grauen Sonntagnachmittag, und rang um Selbstbeherrschung, während mir die Tränen in die Augen stiegen. Diese Welt, an der ich keinen Anteil haben sollte – wie sehr tat sie mir weh! Was für Erinnerungen! Und wie groß waren die Gefahren, denen ich mich jetzt aussetzte, nach diesem Versagen ... Aber mein Blickfeld war so verschwommen, dass ich mich zusammenriss und durch die Tränen hindurchstarrte, bis sie verschwanden, und ich mich erinnerte, dass ich, wenn ich es ernstlich wollte, so etwas wie eine Position erreichen konnte, indem ich das, was mir geschah, hinnahm, um es später beim Schreiben zu verwenden. Es war tatsächlich die einzige mir noch verbliebene Taktik, und das beste war, sie sogleich anzuwenden. Alles in allem, sagte ich mir, war dieser Besuch bei Miss Morpeth dazu eine großartige Gelegenheit. Und sie kam genau zur rechten Zeit. Denn am nächsten Abend sollte ich mit den Frasers essen, zweifellos auch mit James, und da mussten meine Abwehrstellungen uneinnehmbar sein.

So nahm ich denn, als ich in der etwas schmuddeligen, ganz in Beige und Grün gehaltenen Eingangshalle von Miss Morpeths Wohnblock stand, gleichsam einen chirurgischen Akt an mir selbst vor, indem ich alle Gemütsbewegungen in mir eliminierte außer der Tendenz zum Spott und zum kritischen Urteil. Irgendwo, ganz weit hinten in meinem Bewusstsein, registrierte ich, dass dies ein schrecklicher, ein entscheidender Augenblick war und dass ich vielleicht nie wieder meine volle Identität zurückgewinnen würde. Aber diese volle Identität erschien mir bereits so beschädigt, dass es eine Frage meiner Sicherheit, ja meines Überlebens geworden war, wenigstens die Ruinen zu schützen, so wie man eine Straße mit schadhaftem Belag absperrt, solange die Arbeiter den Teer erhitzen und schmelzen, um damit die Fahrbahn auszubessern. Wenn ich schon keine Gewalt darüber hatte, was in mir, was unter der Oberfläche vor sich ging, so wollte ich doch dafür sorgen, dass das, was sich den Blicken darbot, unverdächtig war. Anscheinend musste ich diesen ganzen Kreislauf von Verzweiflung und Entschlossenheit alle fünf Minuten von neuem durchlaufen, und als ich nun mein Weihnachtsgeschenk für Miss Morpeth aus der Handtasche zog – einen teuren seidenen Schal –, da musste ich meine Schwäche erst wieder durch eine Willensanstrengung überwinden. Aber als ich dann auf den Klingelknopf drückte, war ich schon wieder auf dem Posten und entschlossen, eine vernichtende Beobachterin zu sein.

In meiner aggressiven Stimmung schienen mir die Schritte, die über den Korridor schlurften, langsamer, und die Hände, die die Ketten lösten und die Riegel zurückschoben, träger als sonst zu sein. Da war sogar ein spürbares Zögern, bevor die Tür aufging, als ob das Uhrwerk, das Miss Morpeth in Gang hielt, ablief. Entschlossen, über das Schwinden ihrer Kraft mit aller Genauigkeit zu berichten, zwang ich mich zu einem unbefangenen Lächeln. Doch dann sah ich mich einem Gesicht gegenüber, das ich noch nie gesehen hatte. Zwar war es zweifellos das Gesicht von Miss Morpeth, aber es war so voller Feindseligkeit, dass es mich verwirrte, denn es erschien mir, als ob ein anderer meine neue Initiative, von der doch niemand außer mir selbst etwas wissen konnte, mir abgenommen und sich angeeignet habe. Das etwas erhobene Gesicht von Miss Morpeth, von zwei ungefähr kreisförmigen roten Tupfern auf den Backenknochen belebt, mit rot beschmierten Lippen – dieses Gesicht mit seinem Ausdruck gequälter Entschlossenheit, die, wie ich fand, besser zu meiner als zu ihrer Situation passte, erschreckte mich dermaßen, dass ich sie unwillkürlich fragte: »Fühlen Sie sich nicht gut?«

»Danke, Frances«, antwortete sie, »ich fühle mich ausgezeichnet.« Sie schien jetzt weicher gestimmt und öffnete die Tür ganz, wobei sie mich mit einer Kopfbewegung aufforderte, einzutreten. Ich hörte sie hinter mir hertrotten, während sie sonst vor mir zu gehen pflegte, und als der Kessel in der Küche pfiff, verließ sie mich, um sich um den Tee zu kümmern, und so musste ich mich diesmal allein in das blassgrüne Wohnzimmer setzen und auf sie warten, wie ein Kind auf seinen Tee wartet. Und in diesem Augenblick verstand ich, dass Miss Morpeth mich genau so sah: als verwöhntes Kind, das sein sorgloses Leben für selbstverständlich hielt, das schmollte, wenn es sich langweilte, und das fortlief, wenn es von einer lästigen Aufgabe entbunden war, und um so eifriger spielte, als seine Energie für eine Weile ungenutzt geblieben war. Als Miss Morpeth den Teewagen hereinrollte, stand ich auf, um ihr zu helfen, aber sie wehrte mit der kurz angebundenen Bemerkung: »Das ist nicht nötig« ab, sodass ich mich wieder setzte.

Dass hier eine Veränderung stattgefunden hatte, war offensichtlich. Es zeigte sich nicht allein in dem ein wenig aufs Geratewohl aufgetragenen Rouge in ihrem Gesicht, sondern ebenso an den rauen Rändern der für gewöhnlich so makellos geschnittenen Butterbrote, oder an dem Umstand, dass das Cellophan, in das der Battenbergkuchen eingewickelt war, auf der unteren Seite zusammengefaltet war und gleichsam darauf wartete, den Kuchen wieder zu umhüllen, sobald ich mein obligates Stück genommen hatte. In das sich verlängernde Schweigen hinein bot ich Miss Morpeth einige Neuigkeiten, die ihr Interesse erregen mochten. So erzählte ich ihr in aller Ausführlichkeit von der Grippeepidemie und dem Zoll, den sie in der Bibliothek gefordert hatte. Ich berichtete ihr von Dr. Leventhals Erkrankung, von Dr. Simeks Grippe und der kleinen Feier, die wir veranstaltet hatten, und wie Mrs. Halloran sie etwas zu heftig genossen hatte. Aber von Miss Morpeth kam keine Reaktion. Dann erwähnte ich, dass Nick einen Artikel in einer Fachzeitschrift veröffentlicht hatte, worauf sie fragte: »Haben Sie die Zeitschrift mitgebracht?«, und ich gestehen musste, dass ich es nicht hatte. Es folgte ein neuerliches Schweigen. Nun schon der Verzweiflung nahe, erzählte ich ihr von meiner Novelle, und das war ein Zeichen für das Ausmaß meiner Verwirrung, da ich ihr ja das gleiche Schicksal bestimmt hatte wie dem von mir novellistisch verwendeten Dr. Leventhal. Doch wie vorauszusehen, war sie auch an meiner Geschichte nicht besonders interessiert. Ich glaube, sie sah in mir so etwas wie ein Kind, das anfängt, sich wichtig zu machen. Ich meinerseits hatte, zweifellos perverserweise, das Gefühl, dass sie nicht ganz den Erwartungen entsprach, die ich in sie gesetzt hatte, nachdem ich mich gerade zu einer neuen Existenzform entschlossen hatte.

Es war mittlerweile fast dunkel geworden, und die Unterhaltung war an einen toten Punkt gelangt. In meiner Verzweiflung fragte ich: »Ich nehme an, dass Sie kurz nach Weihnachten nach Australien reisen? Gewiss sehnen Sie sich aus diesem trostlosen Winter weg. In Melbourne muss jetzt Hochsommer sein. Ich beneide Sie!«

In diesem Augenblick sagte Miss Morpeth, die bisher nur vor sich hin gestarrt hatte, mir nun aber plötzlich das Gesicht zuwandte, tonlos: »Ich reise nicht.«

»Warum denn nicht?«, fragte ich aufgeregt. »Sie haben sich doch so lange darauf gefreut. Und Ihre Nichte ...«

»Ich kann nicht fliegen«, sagte sie.

»Aber Sie müssen«, drängte ich sie. »Jeder hat Angst vorm Fliegen. Ich auch. Jedes Mal wieder. Aber das macht nichts, es gibt ja Tabletten ...«

Sie winkte müde mit der Hand ab, um mich zum Schweigen zu bringen.

»Ich kann nicht fliegen, weil der Arzt sagt, dass mein Herz es nicht aushalten würde. Ich habe es zu lange aufgeschoben.«

Ihre Worte erschreckten mich, obwohl Miss Morpeth selbst ganz gefasst war. Schließlich hatte sie schon lange mit diesem Wissen und dieser Enttäuschung in ihrem blassgrünen Wohnzimmer gelebt, bevor ich sie heute, von einem verstockten Egoismus erfüllt, besuchte. Ich betrachtete sie und sah, dass das gleichgültig über das Gesicht verteilte Rouge eine Haut bedeckte, deren wahre Farbe deutlicher als je ein graues Gelb war, und dass die welke Haut am Hals noch schlaffer war und dass die blauen Adern auf dem Handrücken, dick wie Stricke, noch dunkler und markanter geworden waren. Mein Blick fiel auf ihre Fußgelenke. Sie waren steif und geschwollen. Dann betrachtete ich wieder ihr Gesicht; es war verhärmt und ausgezehrt. Über ihre trüben Augen fielen schwer die Lider, und auf der Stirn brannten rötliche Flecken. Die Hand, in der sie das Feuerzeug hielt, das wir ihr zum Abschied geschenkt hatten, zitterte.

»Es tut mir sehr leid«, sagte ich zögernd. »Ich hatte es nicht gewusst.«

»Wie sollten Sie es wissen?« Sie warf mir einen verächtlichen Blick zu. »Wir haben über diese Dinge nie gesprochen. Wir haben uns immer nur über die Bibliothek unterhalten. Und ich versuchte, Interesse aufzubringen, weil ich wusste, dass Sie deswegen kamen. Sie meinten es gut, das weiß ich.«

»Ich hatte keine Ahnung –«

»Offen gestanden, Frances, die Bibliothek hängt mir zum Halse heraus. Es ist mir völlig gleichgültig, was Dr. Leventhal plant oder veranstaltet. Der Mann hat mich nie interessiert. Und was Nick betrifft ... Nun, er hat mich kein einziges Mal besucht, so wenig wie seine Frau. Ich habe sie beide mehr als einmal zum Tee gebeten, aber sie waren immer zu beschäftigt gewesen. Glauben Sie, dass ich das alles sehr amüsant finde? Leute ohne Manieren.« Sie zitterte vor Erregung.

»Ich glaube, sie sind nur –«, begann ich.

»Ich weiß, was sie sind«, sagte sie ärgerlich. »Glauben Sie, ich verstehe sie nicht? Ich bin für sie nicht interessant genug, dass sie sich um mich kümmerten. Das ungefähr haben sie mir zu verstehen gegeben. Ich bin für sie eine langweilige alte Frau. Ich habe nichts mit ihnen zu tun. Nichts«, wiederholte sie, als sich plötzlich zwei Tränen aus ihren Augenwinkeln lösten und auf ihre sandfarbene Strickjacke fielen.

»Mir liegt nichts an ihnen«, fuhr sie mit leiser Stimme

fort. »Aber Angela werde ich nun nie wieder sehen«, sagte sie mit bebenden Lippen. »Sie war die Einzige, die ich noch einmal sehen wollte. Ihr anderen habt mir nichts bedeutet. Nichts.« Sie zog das Taschentuch aus dem Ärmel und betupfte damit ihre Mundwinkel. »Nichts«, wiederholte sie.

Wie merkwürdig, überlegte ich, während ich nach Worten suchte, dass ausgerechnet Miss Morpeth ihren wahren Gefühlen Ausdruck verlieh, indes wir anderen, die wir doch glücklicher und weniger gehemmt waren, anscheinend nie dazu Gelegenheit fanden oder auch sie bewusst vermieden, aus Furcht, etwas zu hören, was unserer Selbstachtung gar zu sehr Abbruch tat. Ich betrachtete Miss Morpeth, die jetzt zornig am Zipfel ihres Taschentuches zerrte und mit dem Mund kleine kauende Bewegungen vollführte, und ich fand, dass es doch vielleicht ein gesunder Instinkt war, wenn man der Wahrheit aus dem Wege ging, denn wenn jemand der Versuchung nachgab, so unverhüllt seine innere Not zur Schau zu stellen, wie konnte er dann je wieder als reifer, erwachsener Mensch angesehen werden? Sich anderen in einem solchen Zustand der Zerrüttung zu zeigen, schien mir in diesem Augenblick so furchtbar, dass ich noch einmal meine Einschätzung des menschlichen Verhaltens überdachte und dabei weitere Vorzüge in der zivilisierten Heuchelei entdeckte.

Der Schein musste in jedem Fall gewahrt bleiben. Und während sich Miss Morpeth langsam wieder fasste und ich artig auf meinem Stuhl saß und auf den Moment wartete, wo ich mich mit Anstand zurückziehen konnte, gelobte ich mir, selbst niemals in dieser Weise aufzufallen und nie meine Not hinauszuschreien. In aller Nüchternheit überlegte ich mir, wie ich die Aufmerksamkeit von meiner inneren Leere ablenken könnte. Und da wurde mir klar, dass ich die Frasers sofort sehen musste, noch an diesem Abend, denn sie besaßen die Fähigkeit, solche unkontrollierten Emotionen auf das Niveau des Kuriosen und des Vergnüglichen hinunterzuschrauben, an dem vielleicht sogar ich noch teilhaben konnte.

Als Miss Morpeth mit einem Seufzer ihr Taschentuch wieder in den Ärmel steckte, stand ich auf, denn es war klar, dass meine Gesellschaft nicht länger erforderlich war, aber auch dass dies mein letzter Besuch hier gewesen sein würde. Ein bisschen beschämt überreichte ich ihr das kleine Paket, das den für sie gekauften Schal enthielt – beschämt, weil ich in mir nicht die Weihnachtswünsche fand, die das Geschenk hätten begleiten sollen. Sie nickte zum Zeichen des Dankes und ließ ein kurzes freudloses Lachen hören, das mich ein wenig überraschte. Ich verstand es aber, als sie an die Kommode ging und aus einer Schublade ein Paket von ungefähr der gleichen Größe und Beschaffenheit wie das meine zog, das ganz offensichtlich einen Seidenschal von derselben Art enthielt. Bei der Wahl unserer Weihnachtsgeschenke hatten wir, wie man sah, in genau derselben Weise aneinander gedacht. Bei diesem Gedanken überlief mich ein kalter Schauder.

Ich hastete die Treppe hinunter, um dem Geräusch der Riegel und Ketten zu entgehen, mit denen die Wohnung gesichert wurde, und stürzte aus dem muffigen Hausflur in die kalte, aber trockene und ein wenig diesige Nacht. Es war erst halb sechs, aber man hätte meinen können, es sei schon Schlafenszeit. In meinem Eifer, mich einer Existenzform wieder zu nähern, die mir ein anderes Schicksal erlaubte als das, welches Miss Morpeth offenbar für mich voraussah, winkte ich ein Taxi heran und ließ mich in die King's Road fahren.

Als ich die Treppe zur Wohnung der Frasers hinauflief, hatte ich nur die ungenaue Vorstellung, dass ich mit ihnen zusammen sein wollte und mir ihre Freundschaft wünschte. Mehr – ich brauchte ihre Lebensfähigkeit, ihren Egoismus – nein, das war nicht richtig –, ihren Sinn für die eigenen Interessen, die Lust am Leben. Das waren natürliche, erstrebenswerte Fähigkeiten, und ich musste lernen, sie zu pflegen. Oder besser gesagt, ich musste lernen, sie mir anzueignen. Ich musste diesen Menschen nahe sein, musste ihnen gleichen. Sie konnten mich alles lehren. Und was James anging, so musste ich versuchen, für ihn akzeptabel zu werden. Ebenso wie für die Frasers. Mein Herz war voll von all diesen guten Absichten, als ich vor ihrer Wohnungstür stand.

Man hörte gedämpft amerikanische Stimmen, die melodramatisch klangen. Nick öffnete die Tür, mit abwesender Miene, noch ganz gefangen genommen von dem, was er gerade auf dem Bildschirm gesehen hatte.

»Fanny«, begrüßte er mich, als er mich, mit einer gewissen Verspätung, erkannt hatte, und für einen Augenblick erhellte sich seine Miene. »Komm rasch herein!«

Ich ließ mich hinter Alix und Nick, die ihre Sessel vor den Fernsehapparat gezogen hatten, auf das Sofa sinken. Auf einem kleinen Tisch stand zwischen ihnen eine gewaltige Schachtel Konfekt, in die ihre Hände, wie völlig losgelöst von ihrer bewussten Existenz, eintauchten. Die erregten amerikanischen Stimmen wurden für mich zeitweise übertönt von dem Zusammenknüllen und Wegwerfen des Konfektpapiers, dem Kauen von Nüssen und gelegentlichen knappen Fragen wie: »Ingwer. Willst du?«, was für mich einen Zustand des Genießens bedeutete, bei dem ich nur Zeuge sein konnte. Zwischen ihren Köpfen, vorbei an den sich rasch bewegenden Kiefern, konnte ich Bruchstücke eines Schwarzweißfilms sehen. Eine schöne Frau im trägerlosen Abendkleid verabschiedete sich auf der Terrasse eines großen Hauses von einem Mann. Der Kuss des Liebhabers gelangte nur in einer verstümmelten Version bis zu mir, da sich Nick gerade herumdrehte und mit den Worten »Mandel mit Trauben« etwas in meine Hand drückte. Als er sich wieder dem Bildschirm zuwandte, sah ich, wie die schöne Frau, offenbar völlig gebrochen, aus dem Restaurant oder Hotel oder was immer es war, hinaus- und auf einen Wagen zulief, an dem die lange Motorhaube auffiel. Der Fahrer, gekleidet in eine Art Feldmarschalluniform, öffnete die Wagentür und beugte sich dann hinein, um seinen Fahrgast in eine Pelzdecke zu hüllen. Als das Auto anfuhr, konnte ich in dem zum Fenster gewandten Gesicht der schönen Frau den Widerschein aller möglichen Empfindungen des Kummers und der Trauer erkennen. Dies war offenbar das Ende des Films, wenngleich ich gern erfahren hätte, wie die Geschichte weiterging.

Nick und Alix bewegten sich wie im Schlaf. Nick schaltete den Fernseher aus und das Licht ein und schob seinen Sessel zurück. Alix ließ ein »Hm« hören und zündete sich eine Zigarette an. Beide waren wie gedunsen von einer sonntäglichen Lethargie, wie sie mir anscheinend unerreichbar blieb. Aber mit ihnen zusammen zu sein und ihr sattes Behagen zu beobachten, war schon fast so gut wie eigenes Behagen.

»Wovon handelte er denn?«, fragte ich behutsam, denn sie schienen ganz still vor innerer Bewegtheit zu sein. Es war merkwürdig, wie sie stets auf die Seelentragödien reicher Leute reagierten.

»Höherer Blödsinn, alles, was recht ist«, erklärte Nick mit einem Räuspern.

»Wie kannst du so etwas sagen?«, protestierte Alix. »Sie liebte ihn und hat auf ihn verzichtet. Das ist für mich eine sehr ernste Sache. Hallo, Fanny! Du siehst aus, als ob du frierst. Wollen wir eine Tasse Kaffee trinken, Nick? Bitte, setz das Wasser auf.«

Alix schien angesichts des romanhaften Verzichts, den sie soeben auf dem Bildschirm miterlebt hatte, geradezu beseelt von Verständnis und Mitgefühl zu sein. Ich beobachtete sie und fragte mich, was wohl in ihrem Kopf vorging, was für geheime Gefühle und Wünsche sie sich eingestand. Was würde ihr Alibi sein, fragte ich mich. Aber wenn ich an Miss Morpeth zurückdachte, wie sie mit kleinen infantilen Bewegungen an ihrem Taschentuch zerrte, überlief mich ein Schauer und ich gestattete Alix all den Spielraum, den sie für sich beanspruchen mochte.

Als Nick den Kaffee brachte, beobachtete ich ihn unauffällig von der Seite und überlegte mir, wie er in dieses Bild passte. Meine frühere Einschätzung von ihm als der idealen Verkörperung des männlichen Prinzips, von einem Mann, der ohne Furcht die Welt durchstreift und im Stillen überall sein *droit de seigneur* beanspruchte oder ausübte, diese Einschätzung hatte einen Wandel erfahren. Nick erschien mir jetzt passiver, als hätte sich seine Kraft der seiner Frau untergeordnet. Gewiss, seine Haltung gegenüber meiner vermeintlichen physischen Unschuld war väterlich-fürsorglich gewesen, vielleicht auch voyeurhaft, jedenfalls aufregend genug, um den eher alltäglichen Freuden meines damaligen Lebens einen pikanten Zusatz zu verleihen, mit dem es nun leider aus war ... Seine Haltung James gegenüber war immer sehr ruhig und gelassen gewesen, so als könnte er nun, nachdem er ihn ins Haus gebracht und in den Kreis seiner Freunde eingeführt hatte, seinerseits auf weitere Einmischung verzichten und in Ruhe die Folgen abwarten. Ich hatte beobachtet, dass er zwar bei Beginn einer Bekanntschaft mehr Charme aufwandte als Alix, sich danach aber damit zufrieden gab, Alix alles Weitere zu überlassen. Nachdem die ersten Schritte unternommen worden waren, war er fast geistesabwesend. Was seine augenblickliche Haltung war, konnte ich schlechthin nicht verstehen. Vielleicht war dieses ideale Paar in seinen Arrangements und in seinem Einvernehmen von so übermenschlicher Vollkommenheit, dass, was immer geschehen war, es in jedem Fall über mein Verständnis hinausgehen würde. Ich beneidete sie. Wieder fühlte ich meine innere Leere und meine Furcht, und im Geiste verneigte ich mich vor ihnen. Weil sie taten, was sie wollten. Was es auch war. Wen immer sie dabei benutzten. Ich wünschte mir, wie sie zu sein. Wenn ich in meinem Urteil schwankte, brauchte ich nur an den weihnachtlich verpackten Seidenschal zu denken, den mir Miss Morpeth geschenkt hatte, und über die trübselige Bedeutung dieses Geschenkaustauschs ein wenig nachzusinnen, um mit Entschlossenheit auf meinem Wege weiterzugehen, ohne Rücksicht auf die Folgen.

Heute allerdings, so viel war klar, gab es keine Folgen. Die beiden Frasers waren nach dem gewaltigen emotionalen Erlebnis, das ihnen die Frau im trägerlosen Abendkleid vermittelt hatte, als sie von dem Mann, den sie liebte, davonfuhr, in einer eigentümlich verhaltenen Stimmung. Sie schlürften wortlos ihren Kaffee, den Blick noch immer nachdenklich auf den leeren Bildschirm gerichtet. Alix gab wieder ein »Hm« von sich und schob dann ihren Stuhl zurück.

Ich versuchte, mich in ihre Stimmung zu versetzen oder jedenfalls in eine Stimmung, von der ich annahm, sie sei ihnen genehm.

»Wo ist James?«, fragte ich munter. »Noch immer bei der Mama? Armer James!«

»Honor Anstey ist eine ungewöhnlich reizende Frau«, erklärte Alix. »Ungewöhnlich nett. Ich bin von ihr begeistert. Ja, er ist bei ihr zum Abendessen.«

Es gab mir einen Stich, als ich hörte, dass James seine Mutter mit Alix bekannt gemacht hatte. Ich hatte sie nie kennengelernt. Aber Alix war bereits von ihr begeistert oder behauptete wenigstens, es zu sein. Ich verglich die Möglichkeiten, die Alix hatte, mit den meinen, und fühlte wieder etwas von meiner alten Entschlossenheit in mir aufkommen, obschon doch alles, was ich an diesem Tag erlebt hatte, nur entmutigend gewesen war. Aber vielleicht bestärkte mich gerade das. Wenn, wie ich glaubte, es nach Alix' Wünschen gegangen war – und ich scheute davor zurück, mir auszumalen, was das genau war –, warum sollte es jetzt dann nicht einmal nach meinen Wünschen gehen, fragte ich mich. Und ich dachte an das Haus in Plaxtol, das nur auf uns wartete.

»Nick!«, schrie Alix plötzlich. »Wie konntest du nur?« Sie zeigte auf die zu drei Vierteln geleerte und von zusammengeknülltem Einwickelpapier umgebene Pralinenschachtel. »Wie konntest du mich all dieses fürchterliche, dick machende Zeug essen lassen?«

Er sah sie mit einem Lächeln an, dem Lächeln des Jägers, der selbst gut gegessen hatte.

»Wie konntest du?«, wiederholte sie. »Du weißt, dass ich mir Mühe gebe, abzunehmen.« Sie stand auf, wobei ein paar Cellophanpapierschnipsel von ihrem Rock auf den bestreuten Teppich fielen, und legte die Hände um ihre Taille. »Ich muss Pfunde zugenommen haben. Wie konntest du, Nick?« Sie trat an seinen Stuhl heran und blickte auf ihn hinab. Er saß mit gespreizten Beinen da und sah sie von unten herauf an, betrachtete ihre schmollende Miene, ihren gespielten Ärger und lächelte sein träges Lächeln.

»Nick«, sagte ich zaghaft, »ich glaube, du solltest Miss Morpeth einmal anrufen. Es geht ihr gar nicht gut. Sie kann nicht nach Australien reisen, weil ihr Herz nicht in Ordnung ist. Sie wird nun Weihnachten ganz allein sein. Von mir will sie nichts mehr wissen, deshalb kann ich nichts für sie tun. Wenn du vielleicht einmal Zeit fändest, sie anzurufen?«

»Gott!«, murrte Alix.

»Liebling, mach dir keine Sorgen«, beschwichtigte Nick sie lachend. »Ich werde sie nicht zu uns einladen.«

Er stand auf und sah mich an, seinen Arm um Alix' Taille gelegt. »Gut, Fanny. Ich werde irgendetwas tun. Danke, dass du mich daran erinnerst hast.«

Ohne Frage war dies – das zweite Mal an diesem Nachmittag – das Stichwort für mich zu gehen.

Ich war verlegen und entmutigt. Ich ging zur Tür, etwas ungeschlacht in meinem Mantel, den ich nicht abgelegt hatte, und dachte an Nicks Hände um Alix' Taille. »Also dann auf morgen!«, sagte ich, nun wieder sehr aufgeräumt. Sie lächelten und sagten: »Ja, ja«, als seien sie mit ihren Gedanken anderswo. Das Essen am nächsten Abend hatte alle Bedeutung für sie verloren. Sie hatten es sehr eilig, allein zu sein.

Als sich die Tür hinter mir schloss, stand ich für ein Weilchen auf dem Treppenflur, da es mir schwer fiel, wegzugehen. Aber die Vorstellung, sie könnten mich hier draußen noch vorfinden und glauben, ich wollte sie belauschen, bewirkte, dass ich rasch und leise die Treppen hinunterlief, so als ob ich sie wirklich belauscht hätte. Mir kam gar nicht der Gedanke, dass ich mich etwas merkwürdig verhielt oder mein Denken sich in sonderbaren Bahnen bewegte. Ich wusste nur, dass die Entschlossenheit, die ich noch am frühen Nachmittag empfunden hatte, inzwischen brüchig geworden war und dass ich mich in einem Zustand von Verstörung befand, der einer Krankheit nahe kam, sodass ich langsam daran zweifelte, ob mir überhaupt noch Zeit blieb, die Dinge irgendwie einer Lösung zuzuführen. Ich fühlte mich in meiner Substanz bedroht. Ich spürte, wie die Willenskraft anderer Menschen im Begriff war, meinen Willen zu zerbrechen. Vielleicht wäre alles mit mir in Ordnung gewesen, wenn ich nach dem Besuch bei Miss Morpeth direkt nach Hause gegangen wäre. Irgendwie hätte sich mein Selbstgefühl wiederhergestellt, und ich hätte meine Autonomie zurückgewonnen. Vielleicht hätte ich sogar angefangen, die Geschichte zu schreiben, in der Miss Morpeth mit Dr. Leventhal zusammen auftreten sollte. Aber wie aus einem Instinkt heraus hatte ich so schnell wie möglich ein Gegenmittel für mein schmerzliches Erlebnis gesucht; denn das tun Menschen im wirklichen Leben. Jedenfalls glaubte ich das. Und alles, was ich dabei erfahren hatte, war, dass das Schauspiel normalen Glücks, nein, allein normaler Zufriedenheit mir mehr zusetzte als das von Niederlage, Verzweiflung und Resignation. Denn im Augenblick unverhüllten Elends liegt für den anderen etwas Abstoßendes; so etwas fördert nicht die freundschaftlichen Gefühle. Man läuft davon.

Und doch gibt es ein besonderes Gefühl der Verlassenheit, das gerade vom Anblick des entgegengesetzten Zustandes herrührt, zumal dann, wenn der so unbedenklich zur Schau gestellt wird. Ich ging in der Dunkelheit durch den Park und hatte weniger Angst vor der Leere rundum als vor der Leere in mir. Edgware Road war verlassen, abgesehen von ein paar traurig dreinblickenden Indern in einem der Supermärkte. Die Schwesternkittel sahen im unfreundlichen Licht der Schaufenster gespenstisch aus. Ich überlegte, was ich nur tun sollte, bis es Zeit zum Schlafengehen wurde, und dann machte ich mir klar, dass ich auch sofort zu Bett gehen konnte, wenn ich wollte. Das merkwürdige Schweregefühl wie von Schlaf lastete doch schon auf mir. Als ich die Wohnung betrat, rief ich Nancy zu, dass ich nichts mehr essen wolle. Ich legte den Mantel ab und ging in mein Schlafzimmer. Es herrschte tiefe Stille. Nach ein paar Minuten hörte ich das Schlurfen von Nancys Pantoffeln auf dem Korridor. Die Tür ging auf, und dann fühlte ich ihre raue, blankgescheuerte kleine Hand auf meiner Stirn, wie ich sie so oft in meiner Kindheit gefühlt hatte. »Mir fehlt nichts, Nan«, sagte ich, wie ich damals immer gesagt hatte. Ich fühlte mehr, als dass ich es hörte, wie sie wieder hinausging. Ich war so müde, dass ich es kaum erwarten konnte, mich auszuziehen. Dann fiel ich ins Bett und schlief ein.

10

Was ich, mit meinen Gedanken ganz bei diesem Abend, vergessen hatte, war, dass der Montag der letzte Tag vor den Weihnachtsfeiertagen war, an dem die Bibliothek geöffnet hatte, ja dass sie bereits, wie das ganze Institut, um zwölf Uhr mittags schloss.

Der Morgen verging mit dem Einordnen von Akten, die sich vor allem auf einem Platz angehäuft hatten. Mrs. Halloran führte einen aussichtslosen Kampf gegen die Stapel von Material, bestand aber darauf, es um sie herum aufgebaut zu lassen wie eine Barrikade. Als ich es ihr wegnahm, griff sie in ihre Tasche und zog eine Flasche Ingwerwein und eine Schachtel Schokoladenkekse heraus. Sie war plötzlich sehr animiert, ergriff unsere Mickymausbecher, goss plätschernd den Wein ein und reichte die Becher reihum. Olivia, man muss es zu ihrer Ehre sagen, trank mit einer Miene stillen Genießens; zu ihren unvermuteten Talenten gehört es, dass sie alles Mögliche essen und trinken kann. Ich war nicht in dieser glücklichen Lage, tat mich aber doch sehr hervor mit Ausrufen des Entzückens nach jedem Schluck. Wahrscheinlich hatte ich dabei etwas übertrieben, denn ich stellte fest, dass Mrs. Halloran mich mit dem Ausdruck äußerster Skepsis musterte. Danach hatte ich nicht mehr den Mut, mich darüber zu beklagen, dass sie einen Kupferstich mit Kekskrümeln verunreinigt hatte, übrigens eine ziemlich abstoßende Darstellung aus Molières Eingebildetem Krankem, auf der ein paar Ärzte mit Schaufelhüten auf dem Kopf eine Spritze von der Größe eines kleineren Kanonenrohrs schwangen.

Das Hauptereignis des Morgens war jedoch das Erscheinen von Dr. Simek mit zwei Anemonensträußen, einem für Olivia und einem für mich. Mrs. Halloran zeigte sich entzückt, ihn zu sehen, und traktierte ihn mit dem übrig gebliebenen Ingwerwein; es war freilich nur ein winziger Rest, den sie in eine kleine Vase goss, in der Miss Morpeth früher ihre Stifte aufbewahrte. Mit einem geflüsterten »Sehr liebenswürdig!« erhob Dr. Simek die Vase in seiner pergamentenen Hand, warf den Kopf zurück und leerte sie in einem Zug. Dann neigte er den Kopf und setzte die Vase auf den Tisch, worauf er auf Mrs. Halloran zutrat und ihr die Hand küsste. Mrs. Halloran, die sich nicht übertreffen lassen wollte, erhob sich ebenfalls, schloss ihn in die Arme und drückte ihm einen Kuss auf beide Wangen. Dann ließ sie sich wieder in ihren Sessel sinken, hielt die leere Flasche schräg gegen das Licht und schleuderte sie, nachdem sie sich vergewissert hatte, dass sie tatsächlich leer war, in Richtung des metallenen Papierkorbs. Von dem klirrenden Geräusch alarmiert, erschien Dr. Leventhal in der Tür und sagte, mit einem Blick die Situation erfassend: »Ich glaube, es wird Zeit, dass wir uns auf den Weg machen. Wir freuen uns darauf, Sie beide im neuen Jahr wiederzusehen.«

»Alles Schöne und Gute, ihr Mädchen!«, rief uns Mrs. Halloran in einem Ton der Verzweiflung zu. Dr. Leventhals Ankündigung schien ihr allen Lebensmut geraubt zu haben. Ich stellte mir ihr Weihnachten in einem kleinen South Kensington-Hotel vor: den winzigen Weihnachtsbaum, die Papierhüte, die mikrowellenerhitzten Truthahnportionen und den enormen Konsum an der Bar. Ich wechselte einen Blick mit Olivia, und sie nickte mir zu. Ich griff in die Schublade meines Schreibtischs und zog die beiden Kalender vom Metropolitan Museum heraus, die Olivia bestellt und die ich eingewickelt hatte. Ich gab sie nun unseren beiden Besuchern. Keiner von beiden würde, soweit ich sah, die geringste Verwendung für einen Terminkalender haben, aber die Bilder waren hübsch. Dr. Leventhal hatte bereits den teuersten Kalender, den ich auftreiben konnte, von uns bekommen. Er enthielt Reproduktionen der Vogelbilder Audubons, was nach Olivias Meinung kein Fehler sein konnte, wenn auch der vorjährige Kalender mit Vergrößerungen von Landkarten John Speeds nicht gerade ein Erfolg gewesen war. Jeder bekundete Entzücken. Dr. Simek neigte den Kopf. Mrs. Halloran wurde sentimental, was wir befürchtet hatten, wenn auch schwer einzusehen war, wie sie es wegen eines Kalenders werden konnte. »Alle eure Wünsche sollen in Erfüllung gehen, Mädchen!«, verkündete sie mit wiederaufflammender Begeisterung und steckte den Kalender in ihre Basttasche, in der es klirrte. »Alles Gute, Joe!« Als wir ihr in ihr Cape halfen, kam mir die Frage in den Sinn, ob sie soeben Dr. Simek oder Dr. Leventhal gemeint hatte; beide hießen Joseph. Dr. Leventhal löste das Problem, indem er sich in sein Büro zurückzog und es Dr. Simek überließ, mit Mrs. Halloran zusammen das Haus zu verlassen. »Wie wär's mit einer Fete am ersten Feiertag, Mädchen?«, fragte sie noch von der Tür aus. Dann nahm sie den Arm von Dr. Simek, zwinkerte uns mit gespielter Verworfenheit zu und rauschte mit ihm hinaus.

Es ist schon sehr merkwürdig, wie uns jeder für völlig unerfahren hält. Es muss an unserem Aussehen liegen.

Ich ging mit Olivia in ihre Wohnung am Bryanston Square und blieb zum Lunch. Ich hatte ohnehin noch zu viel Zeit zu verbringen, bevor es Abend wurde, und ich hatte keine Lust, viel von dieser Zeit allein zu verbringen. Da niemand von der Familie zu Hause war, aßen wir Bohnen auf Toast und ein paar Äpfel. Den Kaffee tranken wir in dem tabakbraunen Salon, in dem die Fenster stets geschlossen blieben und die Gardinen nach Zigarren rochen; wir setzten uns jede in eine Sofaecke. Wir waren beide Gewohnheitsmenschen, und die Unterbrechung des gewohnten Arbeitsrhythmus war uns keineswegs willkommen. »Wir können tun, was uns Spaß macht«, rief ich Olivia ins Gedächtnis. »Wenn wir wollen, können wir auch das Tagesprogramm im Fernsehen einschalten.« Aber wir wollten nicht. Olivia war müde und sagte, sie wolle sich für eine oder zwei Stunden ins Bett legen und lesen, also entschloss ich mich, nach Hause zu gehen und zu versuchen, dasselbe zu tun. Erinnerungen an die Kindheit, wo wir uns vor einer Gesellschaft immer ausruhen mussten ... Ich bat Olivia um ihren Rat, was ich am Abend anziehen sollte, und sie meinte, das Graue mit dem weißen Kragen sei wohl das Rechte. Es ist ein etwas steifes Kleid, aber schmal in der Taille, und der Rock fällt weit, und es steht mir wirklich gut. Olivia erinnerte mich daran, dass ich wie üblich am zweiten Feiertag erwartet wurde, und sie fragte mich, ob mich David mit dem Wagen abholen solle.

Mit ihrem gewohnten Takt sprach sie nicht vom ersten Feiertag, da ihr aus einem früheren Gespräch in Erinnerung geblieben war, dass ich für diesen Tag andere Pläne hatte. Ebenso wenig erwähnte sie das Haus in Plaxtol, obwohl sie mich irgendwann doch einmal fragen musste, wann ich davon Gebrauch machen wollte, um der Frau im Dorf, die für sie putzte, Bescheid zu sagen, dass sie mir den zweiten Schlüssel für das Haus gab.

Ich hatte keine große Lust, schon aufzubrechen, und dabei wusste ich, dass sie wirklich schlafen wollte. Widerstrebend ging ich zur Tür und schickte mich an, meinen langen einsamen Nachmittag zu beginnen. In dieser Wohnung war es still, und eine Atmosphäre der Schläfrigkeit schien sich in der zunehmenden Dämmerung auszubreiten. Im Grunde genommen herrschte in dieser Wohnung immer eine schläfrige Atmosphäre, in die nur die explosive Gegenwart von Olivias Mutter Leben brachte, wenn sie mit all ihren Taschen und Mappen voller Protokolle, Agenden und Notizen erschien. Sie war der Typ von Frau, die sich nicht die Mühe macht, ihren Mantel abzulegen, da sie gleich wieder gehen will, und zu ihren Gewohnheiten gehörte, ein Gespräch, das sie mit irgendjemandem gehabt hatte, zu Hause fortzusetzen, als nähme sie an, ihr Mann und ihre Kinder würden den Part des anderen mit den erwarteten Antworten übernehmen. Und sie war aufrichtig überrascht, wenn sie erklärten, sie hätten keine Ahnung, wovon sie rede. Sie liebten sie innig und hatten zugleich nicht die geringste Nachsicht mit ihr. Sie war es gewohnt, von ihnen zu hören, sie solle die Tür hinter sich schließen oder ihre Sachen wegräumen. »Na, komm schon, Ma«, rief David ihr zu,

»sei wieder da!« Am Sonntag, dem einzigen Tag, an dem sie zum Mittagessen zu Hause war, blickte sie strahlend in die Runde, nach Beifall heischend, denn sie hatte nicht nur den Mantel abgelegt, sondern auch ihren Schreibtisch aufgeräumt, die Zeitungen vom Sofa gefegt, und sie war bereit, ebenso den andern zuzuhören, wie sie selbst gehört zu werden wünschte. Diese Sonntagnachmittage, die ich zuweilen bei den Benedicts verbrachte, sind für mich eine Offenbarung von Familienglück. Alle sprechen zu gleicher Zeit, was mich immer wieder ein wenig verblüfft, bis sie die Wärme des Kaminfeuers und der nachmittägliche Frieden beruhigen und das Gespräch zu leisem Gemurmel dahinschwindet. Ich habe sie alle mit ihren Büchern sitzen sehen, jeder in eine andere Geschichte versunken, aber alle in völliger Eintracht miteinander. Später macht dann Olivias Vater den Tee, und Olivias Mutter stößt einen Seufzer des Behagens und des Bedauerns aus und sagt: »Dass ich immer wieder vergesse, wie ich unsere Sonntage genieße. Was für einen wunderbaren Tag haben wir gehabt!« Schon eine halbe Stunde später hören sie ihre Mutter, wie sie am Telefon lange und komplizierte Gespräche mit Kollegen führt. Die neue Woche hat begonnen.

Ich liebe sie, weil sie in den vergangenen Tagen einmal, ein einziges Mal, mein Gesicht in ihre Hände nahm und sagte: »Was auch geschehen mag, Frances – und es wird geschehen –, du wirst nie allein sein, solange wir da sind.« Dann streichelte sie mir die Wange, ergriff ihre Aktentasche und war schon auf und davon zu irgendeiner Sitzung. Meine Anwesenheit in ihrer Wohnung betrachtete sie als völlig normal, und sie wünschte wahrscheinlich, genau wie es meine Mutter getan hatte, dass ich David heiratete und auf diese Weise immer bei ihnen bliebe. Aber darüber hatte ich mir nicht viel Gedanken gemacht, nicht weil ich etwas gegen David hätte, der ein stiller Mensch war und seinem Vater glich, sondern weil mir die Sache nicht dringlich erschien. Ich hatte das angenehme Gefühl, dass David so lange warten würde, bis ich meine Entscheidung getroffen hatte. Es würde kein Drängen geben, auch keine offizielle Werbung, sondern nur eine freundliche Frage. Ich hatte ihn in jüngster Zeit vernachlässigt und hatte deshalb ein bisschen ein schlechtes Gewissen. Er war zu vernünftig, als dass er sich von mir beleidigt hätte fühlen können, aber ich hätte der Familie gern zu Weihnachten eine Freude gemacht. Ich war nur zu sehr mit meinen letzten Erlebnissen beschäftigt gewesen, das heißt, mit der traurigen und verwirrenden Entwicklung, die es damit genommen hatte, um diesem Gedanken nachzugehen. Aber schon bei der Erinnerung an James wurde mir mit einem Aufseufzen klar, dass ich den Benedicts diese Freude weder in diesem noch im nächsten Jahr würde machen können. Ich wusste, dass ich unausweichlich immer würde wissen wollen, wie es um James stand, wie es ihm ging, wo er war und was er tat. Wenn das Liebe war, so war sie nicht in Erscheinung getreten, als wir zusammen waren, aber sie hatte sich unzweideutig manifestiert, als wir getrennt waren. Sie hatte meine einstige innere Einheit erschüttert, sie hatte mich dazu gebracht, Pläne zu schmieden, zu intrigieren, zu versuchen, ins Geschehen einzugreifen, und sie hatte mich wieder zu einem Beobachter, einem Außenstehenden gemacht. Und doch fand ich immer wieder für kurze Zeit zu meiner alten Entschlossenheit zurück. Ich nahm noch immer jede Gelegenheit wahr, für mich zu kämpfen; ich lehnte es ab, mich geschlagen zu geben. Nur hätte ich es lieber gesehen, wenn es auf andere Weise geschehen wäre. Ich wünschte mir das alles offener und freimütiger, ohne Heuchelei, ohne Mystifikationen, und ohne jemandem Schaden zuzufügen. Ich hätte gern James' Mutter kennengelernt, und er, so wünschte ich mir, hätte die Benedicts in ihrem Heim kennenlernen sollen. Ich hätte gern Offenheit, Ungezwungenheit und Zustimmung erfahren. Vor allem Zustimmung und die Glückwünsche meiner Freunde.

An der Tür drehte ich mich nach Olivia um. »Meinst du wirklich«, fragte ich, »dass das graue Kleid nicht zu einfach ist?« Sie antwortete, es stünde mir wunderbar, aber natürlich könne ich mich auch für ein anderes Kleid entscheiden, in dem ich mich wohlfühlte, anstatt den ganzen Nachmittag Kleider zu probieren und wieder auszurangieren. Ich nickte, aber mein Lächeln musste wohl etwas halbherzig gewesen sein, denn jetzt wurde sie sehr entschieden und energisch. »Klettert auf alle Berge, Mädchen«, schmetterte sie, in einer leidlich gelungenen Imitation Mrs. Hallorans, »träumt den unmöglichen Traum!« Wir sahen uns an, und ich sagte: »Ja, das wäre es wohl«, und sie antwortete: »Genau!« Ich ging mit einem Gefühl der Erleichterung.

Ich machte mich auf den Weg nach Hause und überlegte mir, womit ich den Nachmittag ausfüllen könnte. Bis zum Fest am Donnerstag waren es noch drei Tage, aber die wenigsten Leute schienen noch zu arbeiten. Mir waren dieser Stillstand der Arbeit und die leeren Straßen, diese ganze weihnachtliche Entvölkerung immer zuwider gewesen. Zuwider war mir in den Supermärkten die Kaufwut der Leute, die gleich ein halbes Dutzend Brote einpackten; zuwider das Nachspiel von Büroweihnachtsfeiern, mit kichernden jungen Frauen auf der Straße, die sich gegenseitig festhielten, um die Riemen ihrer Abendsandaletten hochzuziehen; zuwider die vor den Pubs herumbrüllenden Männer; die Autos, die im Getränkemarkt kistenweise Spirituosen geladen hatten; die Schaufenster, besonders die in der Edgware Road, in denen sich ein extremer Zynismus kundtat durch Mistelzweige im Mieder jener Wachskrankenschwester, die im Übrigen denselben weißen Nylonkittel und dasselbe weiße Häubchen trug wie seit einem halben Jahr; oder dort, wo völlig gleichartige verstaubte Girlanden aus farbigen Glühbirnen blinkend an- und ausgingen, nämlich in dem asiatischen Restaurant mit den Fertiggerichten zum Mitnehmen ebenso wie in dem Laden, in dem Fernsehapparate vermietet wurden. Doch mehr als alles andere war mir die Schnellwäscherei zuwider. Am ersten Weihnachtstag pflegte Nancy ein vollständiges Festmahl zu servieren, das wir im Speisezimmer gemeinsam zu uns nahmen. Nach der Fernsehansprache der Königin wurde es Zeit für Nancy, in ihr Zimmer zu gehen und sich dort bis zum späteren Nachmittag auszuruhen, um dann mit mir zusammen Tee zu trinken und Weihnachtskuchen zu essen. Solange sie ruhte, ging ich aus, um frische Luft zu schöpfen, die mir nottat, denn an diesem besonderen Tag des Jahres empfand ich meine Wohnung als bedrückend. Bei einem dieser Spaziergänge – es war so still, dass ich das Klappern meiner Absätze auf dem Straßenpflaster hörte – war ich an der Schnellwäscherei vorbeigekommen und hatte hinter den dampfbeschlagenen

Scheiben drei Männer und eine Frau gesehen, die alle vier gut angezogen waren. Ihnen war nichts anderes übrig geblieben, als diesen Tag hier zu verbringen und zu sehen, was für andere einsame Menschen sie hier zu ihrer Gesellschaft finden würden. Das wollte ich nie wieder sehen.

Nancy und ich waren bisher erst zweimal Weihnachten allein gewesen. Das erste Mal nach dem Tod meiner Mutter; damals ignorierten wir das Fest, zu sehr bedrängte uns der Gedanke an ihr leeres Schlafzimmer, an die für immer geschlossene Tür, an das abgezogene Bett, das nun für immer leer blieb. Im vorigen Jahr hatten wir es ein bisschen besser geschafft. Es war ein friedliches Fest gewesen, bis ich dann meinen Spaziergang machte. Ich sah durch die beleuchteten Fenster lärmende Feiern aller Art und empfand den sehnlichen Wunsch, an ihnen teilzunehmen, aber dann, am Ende meines Weges, sah ich diesen Waschsalon mit den ebenso unglücklich wie ehrbar aussehenden Personen, die sich dort aufhielten. Der Tag war mir verdorben. Ich konnte es nicht erwarten, bis Nancy sich zum Fernsehen zurückzog, und ich ging sogar in das Badezimmer meiner Mutter, um mir aus ihrer Hausapotheke zwei Schlaftabletten zu holen. Ich hatte sie nicht nötig, ich wollte nur, dass der Tag verging. Und dann wollte ich, dass auch der zweite Feiertag und alles, was damit zusammenhing, vorbei und erledigt war, dass ich wieder an meine Arbeit gehen konnte und mir nie wieder über Weihnachten Gedanken machen musste.

Dieses Jahr hatte sich allerdings hoffnungsvoller angelassen. Gegen Ende des Frühjahrs hatte ich mich mit den Frasers angefreundet und so oft mit ihnen zu Abend gegessen, dass ich mich allmählich von dem Zwang befreite, den mir

Nancy mit dem, was sie von mir erwartete, auferlegt hatte. Und nach meinem Sommerurlaub in Plaxtol war ich in die Bibliothek und auch zu den Frasers zurückgekehrt. Aber zu der Zeit des Jahres, wo man anfängt, an Weihnachten zu denken, hatte meine Bekanntschaft mit James begonnen. Vielleicht konnte man auch sagen, meine Unkenntnis von ihm.

Ich wollte, dass es in diesem Jahr anders würde; es sollte eine Entscheidung bringen. Wie nebelhaft mir auch die Ereignisse der beiden letzten Monate blieben, wie wenig ich sie begriff, so wünschte ich mir doch eine Entscheidung, und zwar eine Entscheidung zu meinen Gunsten. Und ich wollte unsere Freundschaft zurück und mit ihr die Aussicht auf mehr. Es sollte sich alles ordentlich entwickeln. Ich wollte mich in Spiegeln und in Schaufenstern so sehen, wie ich mich auf dem Foto gesehen hatte, das Nick damals auf unserem Ausflug nach Bray aufgenommen hatte. Ich wollte für mich eine Zukunft, die entschieden anders als meine Vergangenheit war, und sie sollte nicht allein James, sondern ebenso Nick und Alix einschließen. Wir sollten wieder zu viert sein, aber unter uns vieren sollten wir beide als Paar gelten. Ich meinte, dies sei keine zu hoch gegriffene Erwartung. Ich hatte niemandem etwas zuleide getan; ich hatte gegen nichts Einspruch erhoben. Ich hatte niemandem Vorwürfe gemacht, ich hatte mich zu nichts hinreißen lassen und irgendetwas gesagt, was nicht wieder gutzumachen wäre. Was geschehen war, sagte ich mir, war nur, dass ich ein wenig müde geworden war, auch überempfindlich gegen kleine Änderungen des Verhaltens, die vielleicht gar nicht beabsichtigt waren. Doch das würde anders werden. Ich brauchte mich nur zusammenzunehmen und taktvoll und unbeschwert aufzutreten (ja, unbeschwert, das war das Wesentliche), und all diese Missverständnisse würden sich auflösen wie der Morgennebel zu Beginn eines wunderschönen Tages.

Gebadet und adrett angezogen in meinem grauen Kleid, trat ich vor den Spiegel, um meine Wirkung zu studieren. Ich sah – ja, ich sah merkwürdig aus. Ziemlich schick, aber auch recht schlicht; nicht ein Haar, das nicht an seinem Platz war (was selten der Fall war), runde, wachsam blickende Augen. Mein Äußeres, wie ich es akzeptiert hatte, nachdem ich zu der Überzeugung gekommen war, dass ich es nur mit Geschmack und Stil schaffen konnte, mein Äußeres gefiel mir nicht mehr. Ich fand, dass ich wie ein kulleräugiges, viktorianisches Kind aussah. Ich ging an den Kleiderschrank, um etwas Interessanteres zu suchen, aber als ich mich umdrehte, bemerkte ich plötzlich einen schmeichelhafteren Ausschnitt meines Spiegelbilds, eine schmale Taille, einen langen Rücken, einen weiten, vorteilhaft fallenden Rock. Und da es spät wurde, holte ich einmal tief Atem und versuchte, interessanter auszusehen, indem ich mein Gesicht zu einem weicheren und nicht mehr so kritischen Ausdruck zwang.

Ich mochte dieses Zimmer nicht mehr, in dem es zu einer so peinlichen Situation gekommen war. Ich nahm eine Nagelfeile zur Hand und feilte einen rauen Nagel glatt, und ich gab mir Mühe, die Dinge in Ruhe zu betrachten, aber ich zitterte, und die Nagelfeile rutschte ab. Ich überlegte mir, dass ich nicht unbedingt in diesem Schlafzimmer bleiben musste, schließlich gab es noch drei weitere. Nancy kam gerade mit sauberer Bettwäsche herein, und einer plötzlichen Regung nachgebend sagte ich: »Sie brauchen das Bett nicht frisch zu beziehen, Nancy. Ich glaube, ich werde in eines der anderen Schlafzimmer übersiedeln. Morgen werde ich mich entscheiden.« Der morgige Tag würde ohnehin ein Tag der Entscheidungen werden. Und bevor Nancy anfangen konnte, sich über meine Worte zu beunruhigen, griff ich nach meinem Mantel, gab ihr einen Gutenachtkuss und verließ die Wohnung.

Auf den Straßen war das Nachspiel zu den Bürofeiern im vollen Gang: Gruppen junger Mädchen, die sich gegenseitig festhielten und vor lauter Ausgelassenheit schier zusammenbrachen; junge zukünftige leitende Angestellte mit erhitzten Gesichtern, die zusammenstanden, um voreinander zu prahlen und einem neuen Ansturm ihrer Sekretärinnen Widerstand zu leisten. Ich schlängelte mich vorsichtig zwischen all diesen Gruppen hindurch, die den ganzen Bürgersteig besetzt hielten, und bald hatte ich die größten Menschenansammlungen hinter mir, war unter dem Marble Arch und endlich im Hyde Park. Wie so oft vor Weihnachten, war es wieder mild geworden. In der Luft war Regen. Es war genau das Wetter, das einem Lust machte zu meilenweiten Spaziergängen, und ich überlegte schon, ob ich später an diesem Abend nicht durch den Park nach Hause gebracht werden würde. Weiter dachte ich nicht, aber tief unter meiner Zurückhaltung und meinem sorgfältig kontrollierten Ausdruck brannte die Hoffnung.

Während ich den Weg ging, der mir so vertraut war, klärten sich meine Gedanken, und meine Stimmung hellte sich auf. Ich war entschlossen, mich, einerlei, was geschehen war – und ich wusste oder verstand noch immer nicht, was eigentlich geschehen war –, so zu benehmen, als ob es bei uns in jeder Hinsicht normal, korrekt, offen und ehrlich zuginge. Ich tröstete mich ein wenig mit der Überlegung, dass ich mit keiner Gebärde verraten hatte, ich sei beleidigt, dass ich niemandem Vorwürfe gemacht und vor niemandem Geständnisse abgelegt hatte. Ich konnte nur verzweifelt hoffen, dass diese so wichtige Affäre gefeit sein würde gegen all die seltsamen Ereignisse, die sie scheinbar in ihrem Verlauf störten. Ich fasste alle nur möglichen vernünftigen Entschlüsse, zum Beispiel fröhlich, gutherzig und freimütig zu sein, und falls ich irgendwann einmal den Argwohn haben sollte, man sage etwas Boshaftes, dann wollte ich einfach fragen und um eine Erklärung bitten. Ich meinte, ich sei immer zu schwierig gewesen, weil ich versucht hatte, allein mit dieser Geschichte fertigzuwerden, ohne auch bei den andern nach der Wahrheit zu suchen. Ich hatte meinen Stolz darein gesetzt, mich so zu benehmen, als sei alles in Ordnung. Wahrscheinlich war ich unerträglich selbstgefällig gewesen; kein Wunder dann, dass meine Freunde mich langweilig und enttäuschend fanden. Ich beschloss, das alles zu ändern. Und als ich zu den Lichtern von Knightsbridge gekommen war, lächelte ich schon wieder, ganz erfüllt von meinen neuen Vorsätzen.

Ich wusste, dass ich heiter und unbeschwert zu sein hatte, also ließ ich mein Lächeln noch heller strahlen, sogar bevor ich an der Tür der Frasers geläutet hatte. Aber die Tür war schon geöffnet. »Hierher«, rief Alix aus dem Innern der Wohnung. »Ins Schlafzimmer. Lächelnd betrat ich das Schlafzimmer, in dem ich Nick und James fand, die nebeneinander hinter Alix standen; alle drei blickten in den Spiegel über der Frisierkommode. »Meine Meinung ist eindeutig: aufgesteckt«, erklärte James, womit er sich auf das ewige Problem ihrer Frisur bezog. Da ich ihr zu Weihnachten einige antike Schildpattkämme schenken wollte, stimmte ich James zu. Sie drehte den Kopf von einer Seite zur anderen, strich glättend über die Strähnen im Nacken, zog die Schultern hoch und sagte: »Hm. Was meinst du, Nick?« Ich bemerkte, dass sie ein sehr enges schwarzes Jerseykleid trug, das tief ausgeschnitten war. »Mein Gott, wie schick du bist«, sagte ich. Aber sie drehte nur immer wieder den Kopf von einer Seite zur anderen, wobei sie ihn kritisch musterte, und es war offensichtlich unmöglich, bei irgendjemandem Beachtung zu finden, bis diese Musterung ihr natürliches Ende erreicht hatte. James und Nick waren so ernst, als ob sie einen schwierigen Fall diskutierten, und die starre Haltung der drei, die in den Spiegel blickten, verurteilte mich, die ich hinter ihnen stand und mühsam zwischen ihnen hervorlugte, dazu, mich sozusagen an ihre Rücken zu wenden. »Du weißt doch, wie ich darüber denke«, brummte Nick, und nach einer Minute des Zögerns zog sie plötzlich die Haarnadeln heraus und ließ ihr Haar fallen. »Du hast recht«, sagte sie. »Es steht mir nicht.« Worauf James und ich im Chor beteuerten: »Aber doch, es hat dir gut gestanden.« »Nein, nein«, sagte sie und bürstete wütend ihr Haar. »Mein Mann hat immer recht.« Dabei lächelte sie ihm von unten her zu und ließ ihr raues Kichern hören. Sie schien damit auf weite Bezirke ihrer Intimsphäre anzuspielen und zugleich die Ausschließlichkeit der Bindung an ihren Mann zu bekräftigen.

Ich hatte immer gewusst, dass Alix über ungewöhnliche Talente verfügte, aber bis zu diesem Augenblick hatte ich noch nicht miterlebt, wie sie sie einsetzte. Mit einer einzigen kleinen Konzession in einer unbedeutenden Angelegenheit hatte sie erreicht, uns jeden Gedanken an einen Verrat zu nehmen und das Bild von Nick und ihr als dem idealen Ehepaar wiederherzustellen. Und doch erkannte ich an der Art, wie James ihr mit den Augen folgte, dass er trotz dieser kleinen Vorstellung von ihr, oder gerade deswegen, ihren Beifall suchte. Sie sah in ihrem engen schwarzen Kleid älter und gebieterischer aus. Die Kurven ihres Körpers schienen üppiger als sonst und verminderten mein ohnehin schwindendes Selbstvertrauen noch mehr. Untadelig, bewusst bescheiden in meinem grauen Kleid, konnte ich keinen Blick auf mich ziehen. Seht mich doch an, drängte ich stumm. Seht mich an!

Tatsächlich war es so, als seien nur die drei anwesend, und als ich ihnen die Treppe hinunter folgte, fühlte ich mich merkwürdig deklassiert. Zwar lächelte ich noch immer strahlend, aber nur für mich; die drei bewegten sich wie eine Einheit, alle drei groß, schön und physisch miteinander verbunden. Ich erlaubte mir kein Urteil, aber ich fühlte Zorn und Angst in mir wachsen, und ich musste mir Mühe geben, meine Gefühle in Schach zu halten. Das machte mich sehr still, aber da niemand eine Frage oder überhaupt eine Bemerkung an mich richtete, fiel mein Schweigen nicht weiter auf. Aber vielleicht bestand zwischen ihnen auch eine Vereinbarung, von mir keine Notiz zu nehmen. So setzte ich mich denn, noch immer lächelnd, doch wachsam und auf der Hut wie ein Tier, mit ihnen an ihren gewohnten Tisch.

Maria war schon da, auch sie herausgeputzt in Atlashosen und einer gerüschten weißen Bluse. Sie schlenderte, fast stolzierte sie durch das überfüllte Restaurant und schlug Alix auf den Rücken. »Du Schlampe!«, begrüßte sie sie laut. »Hattest du nicht versprochen, mich heute Nachmittag anzurufen?« Und schon waren sie in heftigem Streit darüber begriffen, wer was gesagt hatte. Maria hatte mich immer in eine gewisse Verlegenheit versetzt. Ihre tiefe, heisere Stimme und ihre stolze Erscheinung hatten mir auf eine unbestimmte Weise Unbehagen bereitet. Aber sie war immer sehr freundlich zu mir gewesen, und wenn ich auch in ihrem beständigen Wortgeplänkel mit Alix so etwas wie schlechte Manieren sah, erkannte ich doch bei beiden die Kühnheit an, eine Kühnheit, der ich einfach nicht gewachsen war. Meine Wirkung, so hatte ich selbstgefällig in der Zeit meines Glücks geglaubt, bestünde gerade darin, dass ich nie Grenzen überschritt, nie eine gesellschaftliche Verlegenheit verursachte. Und das meinte ich sogar jetzt noch.

Während des Essens versuchte ich, Bemerkungen einzuwerfen, was mir jedoch misslang, sodass ich mich auf Ausrufe beschränkt sah wie »Nein, wirklich?!« oder »Oh, davon bin ich überzeugt!«. Aber selbst diese Zwischenrufe verfehlten ihr Ziel. So zum Beispiel auch im Zusammenhang mit einem Kommentar von James, wobei ich dem Gedankengang des Gesprächs nicht ganz hatte folgen können. Es schien da um einen halb ernsthaft, halb scherzhaft geführten Streit zwischen Alix und Maria zu gehen, dem die beiden Männer wie gebannt folgten. Er bezog sich auf etwas, was irgendwann passiert war, als ich nicht dabei gewesen war, und so konnte ich mich weder an dem Gespräch beteiligen noch begreifen, worum es überhaupt ging, und meine mit einem Lächeln begleiteten Ausrufe kamen sogar mir selbst lächerlich vor. Ich verstummte daraufhin ganz. Ich sah James an und bemerkte, dass er sich gut amüsierte. Er hatte ein hochrotes Gesicht, und obwohl er neben mir saß, hatte er sich doch halb von mir weggewendet, wie um Maria besser anschauen zu können. Der Gedanke, dass er es nicht einmal ertrug, mich anzusehen, war mir so schrecklich, dass es mir gar nicht in den Sinn kam, wie unhöflich er sich benahm. Aber was für ein einfältiger und altmodischer Begriff war doch Unhöflichkeit bei diesen von Begierden besessenen Menschen, deren Augen vor Spott und Vergnügen glänzten, und deren absonderliche Unterhaltung inzwischen so gespickt von Anspielungen war, dass ich an einen Albtraum dachte, als könne sich etwas Derartiges nur in einem bösen Traum ereignen.

Maria schlug Nick auf die Schulter und sagte, vielmehr schrie: »Wie wirst du mit diesem Luder fertig?«

»Sei lieb zu mir«, entgegnete Alix. »Heute Abend muss jeder nett zu mir sein.«

»Warum?«, fragte ich, eigentlich nur, um etwas zu sagen.

Sie stieß einen Bühnenseufzer aus und legte den Kopf auf die Seite. Dann flüsterte sie betrübt: »Weil ich, die ich einst bessere Tage gesehen habe, so heruntergekommen bin.«

Alle bogen sich vor Lachen, und James und Nick riefen im Chor: »Heruntergekommen ist sie!«, und sie beugten sich beide über sie und küssten sie. Nick hatte den Arm um sie gelegt, und sie sah mit leuchtenden Augen zu ihm auf. »Halt!«, sagte Maria. »Weihnachten hat angefangen. Aber bitte nicht hier!« Sie fuhr mit dem Arm dazwischen. »Ihr bringt Fanny in Verlegenheit.« Wieder lachten sie alle, und ich lächelte natürlich.

An den anderen Tischen drehte man sich nach uns um, grinsend, die Köpfe schüttelnd und doch mit amüsierter Nachsicht beim Anblick dieser Possen. Es war sehr heiß, und es herrschte eine Atmosphäre nervöser Erregung. Alix zündete sich eine Zigarette an. »Noch nicht, nicht jetzt!«, rief Maria. »Nicht vor dem Dessert!« Gerade näherte sich ein Kellner unserem Tisch mit einer gewaltigen hochaufragenden Komposition, an der, soviel ich erkennen konnte, in reichem Maße Schlagsahne ihren Anteil hatte. Laute Ausrufe des Entzückens erklangen, und Maria ergriff einen Löffel, um große Portionen auf unsere Teller zu häufen. Der Anblick der weiß-gelben Masse verursachte mir eine plötzliche Übelkeit, aber die anderen bekundeten ihr Vergnügen und fielen rasch über diese süße, schnell schmelzende Mischung her. »Mehr, mehr!«, rief Maria mir zu und häufte, ohne meinen Protest zu beachten, weitere Berge auf meinen Teller. »Mehr, mehr«, und sie beugte sich zu James, der lachte, und sagte: »Mehr, Liebster. Ich will dich stark und leistungsfähig heute Nacht. Mehr!«

Ich starrte auf die gelbe Eiercreme auf meinem Teller und zwang mich, meinen Schock nicht zu zeigen. Als ich den Kopf wieder hob, war ich imstande, Alix und Nick ein ruhiges und sogar lächelndes Gesicht zu zeigen. Sie hatten mich natürlich beobachtet. Ich sagte: »Es war köstlich, aber ich könnte wirklich nicht mehr davon essen.« Ich wandte den Kopf und sah Maria an; sie hatte ein erhitztes, lachendes Gesicht. Und als ich mich wieder gefasst hatte, sah ich

James an. Seine Augen hingen an Maria, und sein Gesicht war töricht vor Begierde.

»Hm«, machte Alix, die sich anscheinend ein wenig betrogen fühlte um die »interessante« Situation, die sie vorhergesehen, wenn nicht gar selbst geplant hatte; aber ich würde es nie erfahren. Niemals würde ich darauf zurückkommen. Ich war mir bewusst, dass die anderen sich möglicherweise für mich erwärmt und mir Sympathie bezeigt hätten, wenn ich so etwas wie eine Szene gemacht hätte. Das Problem mit den guten Manieren ist, dass die anderen überzeugt sind, es sei alles in Ordnung, man bedürfe keines Schutzes, sondern sei durchaus imstande, selbst für sich zu sorgen. Und manche Leute sehen in unserer Gelassenheit sogar eine beabsichtigte Beleidigung, wie es anscheinend Alix gerade tat. Und doch lächelte ich.

Die Gesichter vor mir waren gerötet, wie gezeichnet von lässlichen Sünden, von Verderbtheit und von zu gutem Essen und Trinken. Gesichter, denen die Gefährdung anzusehen war. Der Rauch ringelte sich durch die warme Luft nach oben, und niemand gab acht, wenn die Asche auf die Teller fiel. Alix drückte ihre Zigarette in den Überresten ihrer gelben Eiercreme aus und strich Rouge auf ihre breiten Lippen. Nick hatte den Arm um sie gelegt. Ich wagte nicht, zu James hinzusehen. Es war sehr heiß, und ich wusste, dass ich bald hier herauskommen musste, aber meine Eile nicht verraten durfte.

»Hm«, kam es wieder von Alix. »Ich glaube, wir sollten jetzt lieber aufbrechen.« Ich zog mein Portemonnaie und bestand lächelnd darauf, die Rechnung zu bezahlen. Es war in jedem Fall die letzte Mahlzeit, die ich hier eingenommen hatte. »Ich meine, wir lassen die beiden hier allein«, sagte Alix. Ich lächelte.

»Was hast du Weihnachten vor, Fanny?«, fragte sie.

Sehr ruhig, weil ich mich bereits in einem derartigen Zustand befand, dass ich meinte, schlimmer könne es nicht mehr werden, sagte ich: »Ich werde wohl bei Olivia sein.«

»Besser du als ich«, sagte sie.

»Das verstehe ich nicht«, sagte ich und wandte ihr höflich das Gesicht zu.

»Nun ... besonders lustig ist das doch wohl nicht, oder?«
»Warum?«, fragte ich,
»Nun ... weil sie verkrüppelt ist.«
»Nur physisch«, sagte ich. Und ich musste wohl ziemlich laut gesprochen haben, denn es folgte ein kurzes allgemeines Schweigen.

Danach war es offenkundig, dass der Abend vorüber war. Sie standen auf und zogen sich ihre Mäntel an, und obwohl ich vor ihnen auf die Tür zuging, war es für mich eine Frage des Stolzes, mich so zu benehmen, als befände ich mich noch in ihrer Gesellschaft. Ich sah nicht zurück. Ich trat einfach auf die Straße hinaus, noch immer lächelnd, winkte kurz und ging rasch davon.

11 Und dann war ich, auf dieser sich allmählich leerenden Straße, allein in der nächtlichen Dunkelheit, um mich darin zu verbergen.

Ich behielt meinen leichtfüßigen Gang bei, und auch das Lächeln stand noch immer auf meinen Lippen. Denn so lange ich es für möglich hielt, dass Nick und Alix meinen könnten, sie müssten sich um mich kümmern und mir anbieten, mich in ihrem Wagen nach Hause zu bringen, schlenderte ich mit belustigter, nonchalanter Miene weiter, so als hätte ich eben eine besonders köstliche Episode der menschlichen Komödie mit angesehen, wie sie nur besonders guten Kennern des Absurden zugänglich war. Die Hände in den Manteltaschen vergraben, den Kopf in der für mich typischen Weise leicht schräg gehalten, als wolle ich forschend fragen, ließ ich mir Zeit, betrachtete gelegentlich die in den Schaufenstern ausgestellten Artikel, schritt unbefangen aus dem Licht in den Schatten, immer gewärtig, das Zischen von Autoreifen hinter mir zu hören, immer in der Erwartung, dass ein Auto anhalten und mich eine Stimme rufen würde. Ich wäre mit ihnen gefahren. Ja, selbst jetzt noch wäre ich in ihren Wagen gestiegen. Denn was ich unter der Oberfläche meines Äußeren mit seiner gezwungenen

Heiterkeit in Wahrheit empfand, war das Gefühl eines ungeheuren Verlustes. Es war mir nicht mehr wichtig, dass ich betrogen worden war. Ich hatte so lange verzichtet, dem oder jenem eine Schuld zuzumessen, dass ich nun nicht mehr erkennen konnte, wo es angebracht war. Ich fühlte mich wie geblendet vom Schein der Explosion einer großen Enthüllung, wenn mir auch die Natur dieser Enthüllung noch nicht ganz klar war. Ich konnte kein einziges vertrautes Gefühl aufbringen. Als ich so vor einem hellerleuchteten Schaufenster stand, anscheinend von einem Paar dunkelroter Schuhe fasziniert, vermochte ich nur ein Gefühl in mir zu benennen: das des Ausgeschlossenseins. Es war mir, als würden die Naturgesetze nicht mehr für mich gelten, da ich mich außerhalb jedes normalen Bezugssystems befand. Ein biologisches Nichts, etappenweise abzutöten. Und irgendwo drang auch, hilflos und sinnlos, in mein Bewusstsein der Zorn der Zukurzgekommenen, die Pläne für blutige Rache und Revolution schmiedet.

Was aber James betraf, den ich nur umso mehr liebte, als ich ihn verloren hatte, und noch mehr, seitdem ich ihn als echten Mann gesehen hatte, Begierde im Blick, ein Liebhaber endlich – James, das war klar, James war … wie die anderen auch. Von einem bösen Streich konnte nicht die Rede sein, denn man kann sich nicht zwischen einen Mann und seine Neigung stellen, wenn diese Neigung stark genug ist. Vor diesem Abend hatte ich geglaubt zu wissen, was Liebe war. Hätte es das Schicksal gewollt, hätte ich mein Leben geopfert … da nun einmal opfermütig veranlagt. Freilich, man müsste die Initiative ergreifen, seiner Aufmerksamkeit eine neue Richtung geben, falls das Ziel falsch gewesen war.

Gewiss, in der Liebe nutzte ein zügelloser Egoismus mehr als naive Hoffnung. Ich dachte wieder an das Restaurant mit seinem Lärm und seiner Hitze, an die angespannten und geröteten Gesichter, an die zerfließende Eiercreme, das saugende Inhalieren des Zigarettenrauchs, die verstohlene Erregung in den heiseren Stimmen und an die, die uns zuschauten. Das war zweifelsfrei die richtige Atmosphäre, in der Liebe gedieh. Und recht bedacht, warum nicht schonungsloser Wettbewerb, Verleumdung, Listen, Tricks und Taktik, versteckte Andeutungen, Betrug, Erpressung, Grausamkeit und Imstichlassen? Warum nicht den Sieg des stärkeren Willens? Und warum darüber traurig sein? Wenn doch, wie wir von höchster Stelle wissen, mehr Freude im Himmel ist über einen Sünder, der bereut, warum dann nicht, bis auf Weiteres, sündigen? Warum nicht die Regeln verletzen wie jener Verlorene Sohn (und damit so viel mehr zur Unterhaltung beisteuern als sein langweiliger Bruder), der gewiss an vielen Gesellschaften wie der von heute Abend teilgenommen hatte und der dann doch nach Hause kam und sich das gemästete Kalb schmecken ließ? Denn ohne ihn war es ihnen langweilig geworden. So fürchterlich langweilig allein mit dem Schauspiel von Tugend und Fleiß als einziger Verlockung.

Es wurde allmählich stiller auf der Straße, und um meinen Freunden eine letzte Chance zu geben, blieb ich vor einem Schaufenster von Harvey Nichols stehen und betrachtete einen kleinen elektrischen Zug, der geräuschlos im Kreise herumfuhr. Als ich aufsah, begegnete ich meinem Spiegelbild: klein, zart und unleugbar schick. Wie aus dem Ei gepellt. Noch immer gelassen, noch immer erschrocken, noch immer voller Mordlust. Ein Mensch, könnte man sagen, ohne offensichtliche Wünsche oder Bedürfnisse. Gut versorgt, in einer guten Gegend zu Hause. Und in ausgezeichnetem Gesundheitszustand. Eine Person, die in keiner Weise heruntergekommen war. Und bei der man sich darauf verlassen konnte, dass sie nie eine peinliche Situation heraufbeschwören würde, weder in gesellschaftlicher noch in privater Hinsicht. Vielleicht gerade darum nicht besonders interessant. Aber recht begabt: zwei Geschichten waren bereits in einem angesehenen amerikanischen Magazin erschienen. Im Begriff, wie man hörte, einen Roman zu schreiben, mit dem vor allem akademische und literarische Kreise angesprochen werden sollten. Keine unmittelbaren Pläne, aber als Schriftsteller plant man nicht so wie andere Menschen. Niemand erwartet es von ihm. Er ist, wie wir uns in Erinnerung rufen wollen, ein Beobachter, ein Auge, das ohne zu blinzeln das registriert, was in diesem Moment niemand für bemerkenswert hält. Um dann später einmal diese Szenen oder Vorgänge intakt zurückzuholen. Natürlich, ohne damit einen Vorwurf zu verbinden. Imstande, an allem die komische Seite zu sehen.

Denn es war ja alles unglaublich komisch: der Enthusiasmus am falschen Platz, die hoffnungsvollen Erwartungen. Sich als Jünger anbieten, wo man nicht gebraucht wird, und als Braut bei jemandem, der seine Wahl anderswo getroffen hatte. Und noch jetzt, als ich im Schaufenster eine sich im Kreise bewegende elektrische Spielzeugeisenbahn betrachtete, glänzten meine Augen, wenn ich sie zu der dunklen Scheibe hob, vor Tränen und Groll. Aber es musste komisch sein. Denn wer ernst ist, der ist selten ein willkommener

Gast. Alles muss irgendwie in Unterhaltung umgewandelt werden. Und ich konnte das. Ich tat es vielleicht nicht gern, aber wen kümmerte es? Ich konnte es. Und wenn ein Geheimnis überall bekannt ist, wird niemand glauben wollen, dass es einmal ein Geheimnis war.

Auf der Straße war es jetzt nahezu völlig still, kein Auto störte die Ruhe. Der Regen, der den ganzen Tag schon gedroht, aber nur den Nachmittag verdunkelt und zu einem verführerisch milden Abend geführt hatte, dieser Regen kam jetzt, kam mit dem Wind, zausend und zerrend, und raubte mir den Halt. Ich nahm Abschied von der Spielzeugeisenbahn, ging auf die gegenüberliegende Straßenseite und betrat, fast mechanisch, den Park. Ich hatte es nicht eilig, nach Hause zu kommen, obwohl mir der Gedanke kam, dass das, was ich da tat, recht gefährlich sein könnte. Aber – ein wenig kindlich – meinte ich, dass mich doch meine Freunde, wenn es wirklich gefährlich wäre, nicht hätten gehen lassen. Und da sie mich nicht zurückgehalten hatten, wollte ich es nun darauf ankommen lassen.

Ich war auf diese Dunkelheit und diese Stille nicht vorbereitet gewesen. Ich hatte sie früher nie bemerkt, da ich sonst, wenn ich einen Besuch in Chelsea vorhatte, immer sehr schnell gegangen war, oder wenn mich James nach Hause brachte, ich das Gesicht nur ihm zugewandt hatte. Sonst schwirrten mir bei jeder Gelegenheit die Worte nur so im Kopf herum. Jetzt, wo ich sie brauchte, ließen sie mich im Stich. Innerlich leer, war ich von Leere umgeben. Es war alles höchst undramatisch. Abgesehen davon, dass ich stolperte, wenn meine Füße auf weiches Erdreich traten, und dass ich wieder stolperte, wenn sie dann auf harten Boden kamen, war ich mir keiner irgendwie gearteten Empfindung bewusst. Nachdem ich das Ufer des Serpentine-Sees und das jetzt dunkle Café hinter mir gelassen hatte und wieder auf dem Kiesweg war, machte ich einen Augenblick dort halt, wo man die Wahl zwischen drei Wegen hat, die alle zum Marble Arch führen. Eine Gruppe von breiten, knorrigen kahlen Bäumen, vielleicht nicht mehr als drei oder vier, aber in dem ungewissen Licht massiv und kompakt wirkend, stand wie ein Posten am Rand des Hauptwegs, der kürzesten Verbindung zur anderen Seite. Aber es drängte mich nicht, rasch die andere Seite zu erreichen, und so wandte ich mich nach rechts und schlug den schmaleren Weg ein, der in einem spitzen Winkel ins tiefste Dunkel führte.

Die Leere entwich aus mir nach beiden Seiten. Der Regen fiel stetig, aber geräuschlos, in so dünnen Fäden, dass man ihn nur als herabrieselnde Kälte wahrnahm. Um mich herum war keine Spur von Leben, kein Rascheln im Unterholz, kein beruhigendes ländliches Gezwitscher. Nachts war der Park bar jeden Trosts, ein Ort für Verbrecher, für Menschen, die ein Versteck suchten. Ich war ganz allein und wäre vielleicht auf unbestimmte Zeit so weitergelaufen, hätte ich nicht zu früh die dunklere Allee erreicht, die zur Park Lane parallel verläuft. Jetzt konnte ich ein zischendes Geräusch vernehmen, wenn gelegentlich ein Auto auf der nassen Straße vorbeifuhr. Die Lichter in den großen Hotels dienten einzig dazu, die Dunkelheit, in der ich mich bewegte, nur noch zu betonen. Der Mond schien, freigegeben und wieder verhüllt von schwarzem Dunst, aber sein Licht reichte nicht herab bis in meine Dunkelheit, und außerdem war er ohnehin im Abnehmen.

Auf eine merkwürdige Weise wurde mir klar, dass ich meinen Weg aus dem Gedächtnis ging, denn ich konnte nichts vor mir sehen. Ich vernahm wohl rechts von mir die gewohnten Verkehrsgeräusche der Stadt, wenn auch gedämpft angesichts der späten Stunde, aber sie hatten nichts zu tun mit dem Stillstand des Lebens in der engen Enklave, in der ich mich bewegte. Ich hatte in keinem Augenblick Angst, auch nicht, als ich Schritte hinter mir hörte, ein stetes, weiches Hämmern von eiserner Entschlossenheit. Ja, ich fühlte mich kaum veranlasst, den Kopf zur Seite zu wenden, als der schweigsame Läufer in Shorts und Trainingshemd mich überholte. Dann hörte ich sein keuchendes Atmen und roch seinen Schweiß. Als er wieder verschwunden war, war die Stille noch tiefer geworden. Meine dünnen Schuhsohlen verursachten kein Geräusch, und mein schwarzer Mantel machte mich den starren Säulen der Bäume gleich.

Es war alles so friedlich, passte so zu meiner Stimmung, dass ich mich auf eine Bank setzte und mich dazu beglückwünschte, in so überaus beherrschter Weise mit einer Situation fertig zu werden, die anderen nicht gerade viel versprechend erschienen wäre. Noch immer in dieser Stimmung strenger Selbstbeherrschung begann ich, Pläne zu schmieden. Veränderungen würde es geben müssen, überlegte ich praktisch. Ich konnte nicht länger in dieser Wohnung bleiben, mit ihren mittlerweile zwei Schichten von Erinnerungen. Ich wollte Nancy eine Pension aussetzen und zu ihrer Schwester nach Cork schicken. Ich wollte es ihr nach Weihnachten sagen und, sobald das erledigt war, die Wohnung zum Verkauf anbieten. Sie würde mir eine hübsche Summe einbringen, mit der ich mir irgendwo, in einem anderen Viertel, eine Mansarde, eine Dachgeschosswohnung kaufen konnte. Ich liebte die kleinen Einkaufsstraßen in der Nähe der Victoria-Station. Vielleicht gab ich sogar meine Stellung auf, denn ich brauchte jetzt weder das Geld noch die Arbeit mehr. Ich würde als Schriftstellerin leben; das Material für meine Bücher lag ausgebreitet vor mir, die ganze Welt war eine Fundgrube für mich, und ich war frei, mein Leben neu zu erfinden. Ich zweifelte, ob ich David heiraten sollte, denn irgendetwas war in mir verletzt worden, als sei es einer starken, todbringenden Bestrahlung ausgesetzt gewesen, die zu einer Art von Sterilität geführt hatte. Ich hatte seine Familie zu gern, als dass ich ihm eine Frau hätte wünschen können, die unfähig war, einer aus dem Herzen kommenden und ihr Vertrauen verdienenden Zuneigung Verständnis oder ein wenig Zutrauen entgegenzubringen. Nachdem ich mich von dem Anblick der lautlos fahrenden Eisenbahn, diesem Sinnbild von so viel Weihnachtserwartungen, getrennt hatte, fühlte ich mich irgendwie kleiner werden, härter, spröder, unwürdiger, geliebt zu werden, als zuvor. Ich fühlte mich zugleich Gefahr bringend und gefährdet. Je eher ich mich von allem losriss, desto besser für mich. Ich meinte, ich müsste an einen Ort gehen, wo mich niemand beobachten und kontrollieren konnte, wie ich mit den Dingen fertig wurde. Aber ich wollte die Dinge auf meine Art und Weise behandeln und dabei vor prüfenden Blicken sicher sein. Meine eigenen Ansichten, nach denen bisher niemand gefragt hatte, mochten sich dabei am Ende durchsetzen.

Ich wusste nicht, wie viel Uhr es war, aber es musste schon sehr spät sein. Als mir kalt wurde, stand ich auf und ergab mich, weiterzugehen. Noch immer kein Zeichen von Leben. Ich ging – es war fast ein Schlendern – in Richtung Marble Arch weiter. Weit vor mir flackerte in Gürtelhöhe ein kleines Licht, verschwand und erschien wieder. Mein Mantel war feucht, mein Gesicht kalt. Ich fühlte winzige Wassertropfen auf meinen Wimpern, durch die für mich die Umrisse der Bäume in Dunst verschwammen. Das Licht kam nun näher. Nicht einen Augenblick lang empfand ich Furcht oder Neugier, und als mich schließlich der Polizist auf seinem Fahrrad fragte, ob ich wohlauf sei, antwortete ich so munter, wie ich konnte, dass alles in Ordnung und ich auf dem Heimweg sei. Ich ginge oft diesen Weg, erklärte ich ihm, da ich spürte, dass er mir nicht ganz glaubte. Und tatsächlich ging ich nun etwas schneller, denn er war von seinem Rad abgestiegen und beobachtete mich; ich fühlte seinen Blick in meinem Rücken, als ich die Stufen zu der Unterführung hinabstieg.

Im schwachen Schein der violetten Lichter erstreckte sich der Tunnel vor mir in endloser Länge, und dieser Anblick konnte einem weit mehr Angst machen als der dunkle menschenleere Park. Es stank nach Urin, und irgendjemand hatte kürzlich mit einer Spraydose gearbeitet, denn mehrere frisch gespritzte Parolen in blauer arabischer Schrift verzierten die gekachelten Wände. »Es lebe der iranische Revolutionsrat!« stand da, mit Filzstift auf ein sonst harmloses Plakat geschrieben, das einen Frackverleih anzeigte. Es war niemand zu sehen, doch jetzt fühlte ich ein gewisses Unbehagen, meine Schritte hallten lauter, ihr Echo kam zurück. Einmal stolperte ich und musste wohl an eine leere Bierdose gestoßen sein; das unheimliche Klappern, ein düsterklagendes Geräusch, ließ mich mit zusammengebissenen Zähnen rasch weiterlaufen. Da, als ich gerade die ersten Anzeichen von Angst spürte, kam eine Gestalt taumelnd um die Ecke und blieb nicht weit von mir stöhnend stehen. Der Mann stemmte sich gegen die Wand und beugte sich vornüber wie in einem Zustand unsagbarer Qual.

Mit dröhnenden Schritten, den Blick starr geradeaus, ging ich auf ihn zu. Whiskygeruch schlug mir entgegen, und ich hörte den Mann stöhnen und etwas vor sich hin murmeln. Mit einem Seitenblick erkannte ich, dass er sich vornüberbeugte, als wollte er sich erbrechen. Aber er richtete sich wieder auf. Nun stand er, breitbeinig gegen die Wand gelehnt, und stützte sich mit einer Hand mit dicken schwarzen Fingernägeln an den Kacheln ab. Als ich auf gleicher Höhe mit ihm war, streckte er die freie Hand nach mir aus, als wollte er mich am Ärmel packen. Doch er bewegte sich unsicher und verfehlte den Ärmel. Es ärgerte ihn, und seine Stimme verfolgte mich, ein drohender, tierischer Laut. Ich trabte weiter, wie elektrisiert vom Schrecken, und nahm dabei einen Ausdruck von blasierter Gleichgültigkeit an, als hätte ich nichts Peinliches bemerkt. Erst als ich das andere Ende des Tunnels erreicht hatte und mich anschickte, die Stufen hinaufzugehen, wagte ich es, mich umzudrehen. Ich sah ihn, an die Wand gelehnt, die Hand noch immer ausgestreckt, die nach mir tastete. Sein Gesicht war kupferrot.

Es hatte mich arg mitgenommen, und ich merkte, wie mich mein Selbstvertrauen, oder sollte ich sagen, mein Wahn oder was es sonst war, verließ. Ich spürte, wie das Blut aus meinem Gesicht wich und die Wärme aus meinem Körper. Ich fühlte, wie sich meine Schultern zusammenzogen und meine Hände zu zittern begannen. Ich wäre den Rest des Weges gerannt, wenn ich noch die Kraft dazu gehabt hätte, aber auch die schien mich verlassen zu haben. Die Oxford Street sah wie eine düstere Schlucht aus, mit gespenstischen Weihnachtsbäumen in den von grellen Neonröhren erleuchteten Schaufenstern. Ich blickte auf meine Uhr, es war halb eins. Aus irgendwelchen Gründen war mir der Gedanke, ein Taxi zu nehmen, nicht in den Sinn gekommen. Übrigens kam auch keines vorbei. Ich hatte die Vorstellung, ich müsste dieses Ritual zu Fuß vollenden und könnte nur unter dieser Bedingung die Zuflucht voll Wärme und stickiger Luft ertragen, die mich erwartete. Nur so konnte ich meine Kräfte genügend erschöpfen, um meine Gedanken einzuschläfern, und wenn ich meine Kräfte nicht auf diese Weise erschöpfte, würde ich eher das Gefühl gehabt haben, eine Gruft zu betreten als mich in ein ganz gewöhnliches Bett zu legen. Als ich in die Edgware Road einbog, den letzten Abschnitt auf meinem Heimweg, dachte ich sogar schon mit Sehnsucht an das heiße Getränk, das Nancy für mich bereitgestellt haben würde, und an die Sicherheit, die mir ihre Gegenwart versprach, den Schutz, den sie mir gewährte.

Ich ging jetzt nicht sehr schnell, und von Zeit zu Zeit stolperte ich. Ich kam an dem Sex-Shop und dem Verleih von Fernsehapparaten vorbei, an dem Laden des exotischen Friseurs, in dem die Neonröhre über dem Schaufenster matt blinkte und damit mein Gefühl absoluter Verlassenheit minderte. Ich grüßte die Wachskrankenschwester in ihrer gespenstischen Tracht wie eine alte Freundin. Ich kam an Banken und Supermärkten vorbei und an mysteriösen Läden, die von Verfall und Verlassenheit sprachen und an deren eigentlichen Zweck ich mich nicht erinnern konnte. Es hatte aufgehört zu regnen, aber mein Mantel war feucht und behinderte mich. Es war wie in einem Albtraum. Ich schien nicht vorwärtszukommen, so als versuchte ich, durch eine klebrige Substanz zu waten, bekleidet mit einem altmodischen Taucheranzug. Es war niemand zu sehen, und man hörte keinen Laut, bis auf ein fernes Rollen, dessen Charakter ich nicht definieren konnte. Mein Atem ging schwer, und ich spürte einen Schmerz in meiner Brust; das Haar klebte strähnig an meinem nassen Gesicht, und ich hatte großen Durst. Das dumpfe Rollen kam näher, und ich bemerkte eine dunkle Masse, die vor mir aufragte. Dann begriff ich, dass dies die Überführung war und dass ich noch einen Tunnel zu durchschreiten hatte, um auf die andere Seite und nach Hause zu gelangen.

Eine ganze Weile war ich außerstande, mich weiterzubewegen. Ich klammerte mich an das Geländer und wartete ab, bis ich mich wieder besser fühlte. Ich glaube, ich hatte mich sogar entschlossen, dort zu bleiben, bis jemand käme; vielleicht brächte ich dann den Mut auf, ihm diese Stufen hinabzufolgen. Ich machte mich darauf gefasst, bis zum Morgen zu warten, aber ich war so müde, und es war so dunkel, dass dies doch sofort wieder unvorstellbar wurde. Immer wieder machte ich Anstalten, die Stufen hinunterzugehen, aber immer wieder wich ich mit trockenem Mund auf die Straße zurück. Ich brachte es nicht fertig, dort hinunterzusteigen. Ich wusste, dass manchmal Menschen in Unterführungen schliefen, dass diese Tunnels der bevorzugte Schlupfwinkel von Betrunkenen und Obdachlosen waren.

Ich dachte an den Mann vom Marble Arch und spürte wieder den Whiskygeruch. Ich glaube, irgendwann muss ich mich auf die Stufen gesetzt und mein Gesicht in meinen Händen vergraben haben. Ich hatte diesen Weg noch nie allein gehen müssen. James, der meine Angst kannte, hatte immer den Arm um mich gelegt, und dann war es sogar schön gewesen. Und bei dieser Erinnerung empfand ich wieder seinen Verlust und damit den Verlust allen Schutzes, und ich gab mir Mühe, das Verlustgefühl mit meinem Zorn zu bekämpfen. Aber irgendwo auf dieser Wanderung nach Hause hatte ich sogar die Kraft zum Zorn verloren.

Nach ungefähr einer halben Stunde brachte ich es über mich, endlich die Stufen hinunterzusteigen. Aber ich zitterte dabei so sehr, dass ich mich am Geländer festhalten musste und mit dem Fuß nach jeder Stufe tastete. Als ich unten im Tunnel angelangt war, hielt ich mich nahe an der Wand, an den schmutzigen Kacheln, bereit, beim leisesten Geräusch fluchtartig umzukehren oder, als ich bis zur Mitte gekommen war, mich vorwärts zu stürzen. Ich weiß so viel, dass der Weg sehr lange dauerte und dass ich, nachdem ich die Treppe am anderen Ende erreicht hatte, kaum die Füße heben konnte, um sie hinaufzusteigen. Einmal packte mich plötzlich ein Schwindelgefühl; ich musste stehen bleiben, bis ich die Kraft zum Weitergehen fand. Dann tauchte ich in die schwärzeste Nacht auf, die ich je gesehen hatte.

Dies musste die ärgste Stunde sein, die Stunde, in der in Hospitälern die Kranken sterben. Da ist kein Laut, kein Licht, die Lebenskräfte schwinden, selbst das Gedächtnis schwindet. So wusste ich nicht mehr genau, wo ich den ersten Teil dieses Abends verbracht hatte, noch begriff ich wirklich, was geschehen war, oder wie es kam, dass ich hier war. Ich wusste nur eines, als ich wie im Traum die endlose leere Straße entlangging: dass ich nach Hause musste. Ich griff sogar schon mit der Hand in die Tasche, um den Schlüssel herauszuholen. Ich hielt ihn wie einen Talisman vor mir, als ich, schwindlig und unsicher auf den Füßen, zu der Ecke gekommen war, wo die Westminster Bank massiv und unerschütterlich stand, wie sie von jeher da gestanden hatte; und als ich die Augen hob, konnte ich hinter den Vorhängen des Salons einen ganz schwachen Lichtschein erkennen, so als ob eine Lampe für mich angeblieben wäre.

Es kostete mich viel Zeit, die mit einem roten Läufer bedeckten Treppen hinaufzugehen. Ich kam mir wie ein Pilger vor, der endlich das Ziel seiner Wallfahrt erreicht hat, nach Tagen und Nächten der Suche und der Erschöpfung. Ich betrachtete das leuchtende Messing der Läuferstangen, als seien sie Teil einer sakralen Ausstattung, und behutsam strich meine Hand über das hölzerne Treppengeländer. Langsam sah ich mich um. Ich hatte das Ziel meiner Reise erreicht. Ich hob die Hand mit dem Schlüssel.

Die Tür war verriegelt. Nancy hatte den Riegel vorgeschoben.

Nach einiger Zeit oder, besser gesagt, nach einem kompletten Ausfall von Zeit läutete ich. Dann läutete ich noch einmal, in dem Bewusstsein, etwas dermaßen Unziemliches zu tun, wie es in diesem Hause noch nicht vorgekommen war. Diese Stätte der Ordnung, der gesunden, wenn nicht gar hypochondrischen Gewohnheiten, dieses von seriösen Menschen bewohnte Haus, in dem Ruhe und Gemessenheit herrschten, wurde jetzt, um zwei Uhr früh, durch den schrillen Klang einer herrisch fordernden Glocke in seinem Frieden gestört. Ich stellte mir vor, wie die Bewohner, aufgeschreckt und empört über die Störung ihrer Nachtruhe, in Bewegung gerieten. Ich erwartete schon, die alten Leute, in Pantoffeln und Schlafröcken, alles von bester Qualität, vor ihren Türen zu sehen, kopfschüttelnd und im Begriff, mir ernste Vorhaltungen zu machen. Ich war auf ihre Beschwerden gefasst. Ich sah mich um wie ein Angeklagter vor Gericht. Aber dann hörte ich, nach einer langen Pause, das Schlurfen von Nancys Schritten, hörte die Kette gleiten und den Schnappriegel hochgehen. Endlich öffnete sich die Tür, und ich sah in Nancys blaue, streng und zugleich vertrauensvoll blickende Augen.

Ich muss sehr komisch ausgesehen haben, denn sie sagte nichts, sondern streckte nur die Hand aus und legte sie mir auf den Ärmel. Als ich hineinging, sehr langsam jetzt, nahm sie meinen Arm in beide Hände. Dann fühlte ich ihren Arm um mich, und schweigend gingen wir zusammen über den Korridor. Sie brachte mich in die Küche und machte Licht. Als ich mich in ihren gepolsterten Korbsessel fallen ließ, ging sie schlurfend an den Herd und machte sich mit dem Kessel zu schaffen. Ich hatte noch immer meinen nassen Mantel an, und meine Füße waren geschwollen; meine Augen, so schien mir, waren von den gesenkten Lidern wie mit Jalousien verhangen, obwohl mir Nancy sagte, sie seien starr und weit offen gewesen. Als sie den Tee machte, stellte sich mein Gehör auf diese neue Form der Stille ein. Ich vernahm ein Singen in der Leitung und das Rücken des Zeigers an der Küchenuhr, dann das Sprudeln des kochenden Wassers, das in die Teekanne gegossen wurde. Ich fühlte, wie die Tasse an meinen Mund geführt wurde, und ich trank, während Nancy mir die Tasse an den Mund hielt; sobald sie glaubte, ich müsste einmal Atem holen, nahm sie die Tasse fort, genauso wie sie es getan hatte, als ich noch ein kleines Kind war. Ohne zu fragen, schenkte sie mir wieder ein, und nun ließ sie mich allein trinken. Dann holte sie die alte viereckige Keksdose und stellte sie vor mich hin. Nach einem Weilchen griff meine Hand verstohlen hinein und nahm einen Keks heraus. »Das ist mein braves Mädchen«, sagte sie.

Sie stellte mir keine Fragen. Sie setzte sich einfach hin, mit gefalteten Händen, und wartete. Es war so friedlich in der Küche, und ich war hier so gut aufgehoben, dass ich nicht den Wunsch hatte, zu gehen. Ich musterte die hellgelben Wände und den Küchenschrank, in dem die Tassen an Haken hingen, und erkannte die Stapel des ›Cork Examiners‹ wieder und ihren über die Stuhllehne gehängten Strickbeutel. Ich betrachtete den Fernsehapparat, den ihr meine Mutter einmal zu Weihnachten geschenkt hatte, und den altmodischen Radioapparat, den sie sich weigerte durch einen neuen zu ersetzen. Die Spülküche, die die ganze Maschinerie unseres täglichen Lebens enthält, das Instrumentarium, mit dessen Hilfe wir ernährt und sauber gehalten werden, hatte ich kaum je aufgesucht, obwohl ich doch manchmal bei Nancy in ihrer Küche saß. Bei diesen Gelegenheiten sprachen wir, wie auch jetzt, nur wenig miteinander, aber ich glaube, sie hatte es gern, wenn ich dort bei ihr war.

Seit langem war ich nicht mehr hier gewesen. Wie zur Probe streckte ich die Hand aus und fühlte die glatte saubere Tischfläche aus Kiefernholz. In der Mitte stand eine Obstschale aus blauem Porzellan, und zwischen den Äpfeln und Mandarinen lag eine Schachtel mit den scharfen Pfefferminzpastillen, die sie so liebte. Es war immer ein zarter Pfefferminzgeruch um sie. Aber dann bemerkte ich eine riesige, elegant aufgemachte Pralinenschachtel. Unwillkürlich lächelte ich. »Sydney?«, fragte ich. Sie nickte. »Es kam gerade, als Sie fortgingen«, sagt sie. »Er hat es sehr bedauert, Sie nicht angetroffen zu haben. Er kommt ja jede Weihnacht, der Mr. Goldsmith. Ich habe ihm einen netten kleinen Tee gemacht, wenn er auch zuerst nichts zu sich nehmen wollte. Er sagte, er ginge nachher essen. Aber ich kenne ihn doch. Er fuhr mit dem Zug nach Hause, zurück in ein leeres Haus, nehme ich an. Ich habe ihm ein Ei gekocht und ein paar Toastscheiben gemacht, auch etwas von meinem Stollen angeboten. Und ich habe ihm ein paar Sandwiches für zu Hause mitgegeben. Er lässt Sie herzlich grüßen, Miss Fan. Er hat es sehr bedauert, Sie verfehlt zu haben.«

Sydney Goldsmith in seinem Gangstermantel! Seine unverbrüchliche, so taktvolle Treue! Fast hatte ich ihn vergessen, jetzt sah ich ihn wieder deutlich vor mir, mit stolz erhobenem Kopf, in der Hand einen weichen braunen Hut. Ich sah ihn, wie er sich vor meiner Mutter verbeugte und sie auf die Stirn küsste, und hörte ihn wieder sagen: »Jederzeit, Beatrice. Du kannst dich jederzeit an mich wenden. Meine Zeit gehört dir.« Wie lange schien es her zu sein, dass ich mit Nancy an der Tür stand, um ihm nachzuwinken. Und ich hatte mich nie mit ihm in Verbindung gesetzt, wie gern er es auch gesehen hätte. Er hatte mich immer gemocht.

Nancy stand auf und ging hinaus, und nach einer Weile

hörte ich das Badewasser einlaufen. Aus meinem Mantel war die Feuchtigkeit verdampft, nun war er in den Falten steif geworden. Mit einem Ruck befreite ich mich von ihm. Meine Schuhe und Strümpfe waren mit Schmutz bespritzt; mein graues Kleid, das ich nie wieder tragen würde, hing an meinem unscheinbaren Körper herab. Meine Erschöpfung war so groß, dass ich, wenn ich überhaupt einen bewussten Wunsch hatte, nur wünschte, zu bleiben, wo ich war. Ich fühlte mich alt und schwerfällig. Langsam und mit großer Behutsamkeit setzte ich mich auf und beugte mich vor. Ich hatte meine Zweifel, ob ich den Anstrengungen eines Bades gewachsen war. In der Wärme, die mich jetzt umhüllte, konnte ich das Parfum riechen, das ich am frühen Abend benutzt hatte. Nur mein Wunsch, es abzuwaschen, bewegte mich dazu, aufzustehen und Nancy ins Badezimmer zu folgen.

Sie hatte ein frisches Handtuch und ein frisches Nachthemd für mich herausgelegt. Sie hatte ein Stück grüne Seife ausgewickelt und die Badematte auf den Fußboden gelegt. Sie wartete, bis ich meine schändlich zugerichteten, schmutzigen Sachen abgelegt hatte und ging dann mit ihnen hinaus. Ich weiß nicht, was sie mit ihnen tat, ich habe sie seit jener Nacht nie wieder gesehen.

Ich lag im Wasser, diesem freundlichsten aller Elemente, das uns willkommen heißt, besänftigt und wiegt und von dem es so schwer ist, sich wieder zu befreien. Ich schwamm oder schwebte, ohne einen Gedanken, ohne eine Erinnerung, nur in dem Bewusstsein, dass etwas geschehen war. Das war es, was mein Gedächtnis ständig wiederholte: Es ist etwas geschehen. Die Einzelheiten waren mir entgangen, aber ich wusste, dass sie irgendwo gespeichert waren und ich sie an einem zukünftigen Tag intakt zurückbekommen konnte. Es würde eine mühevolle Aufgabe sein, sie mit Lust und Witz wiederaufzufrischen, damit die Leser über meine akkurate Darstellung aller Details ihr Gesicht zu einem Lächeln verzogen. Keine Gnade gewährt, keine Gnade gefunden. Und der Sinn des Ganzen entschieden fraglich. Vielleicht der, die Last der ungesagt gebliebenen Dinge etwas leichter zu machen. Denn wer zur Feder greift, tut es, weil er selten seiner Stimme traut und zudem in Gesellschaft nur wenig zu sagen hat. Wer schreibt, ist, wie ich jetzt wusste, von allen Gästen der, der am wenigsten zu unterhalten weiß.

Ich betrachtete mich in dem langen Spiegel, nachdem ich den Dampf mit einem Zipfel des Handtuchs weggewischt hatte. Ich sah eine schmächtige, fast kindliche Gestalt mit starren, angstvollen Augen. Für einen Augenblick lächelte ich sogar. Ich war froh, dass ich nie so aussah, wenn jemand in der Nähe war. Normalerweise sehe ich, wie ich weiß, eher etwas hochmütig aus. Als ich noch jünger war, nahm mich Tante Julia einmal beiseite und sagte mir, ich würde mich unbeliebt machen, wenn ich meinem Gesicht nicht einen anderen Ausdruck gäbe. Damals folgte ich ihrem Rat, aber vor Kurzem, vor ganz Kurzem, fand ich den hochmütigen Ausdruck wieder nützlich.

Ich zog das Nachthemd an, ein weißes mit langen Ärmeln, das ich im ersten Augenblick nicht wiedererkannte. Es wunderte mich, denn ich bin ziemlich eigen, was meine Wäsche betrifft. Dieses Hemd war, soweit ich sehen konnte, noch nie getragen worden, denn es hatte lange, senkrechte

Falten und roch nach neuer Baumwolle. Es war sehr hübsch, mit rundem Ausschnitt und einer Passe, die es weit herabfallen ließ. Es stand mir nicht schlecht. Aber dass es mir so fremd war, verwirrte mich, und ich stand mitten im Badezimmer und überlegte, wo Nancy dieses Nachthemd her hatte. Plötzlich fiel es mir ein. Es war eines der Nachthemden, die ich für meine Mutter gekauft hatte. Sie hatte damals gesagt: »Das ist ja viel zu hübsch für mich. Das musst du tragen.« Lächelnd hatte sie es wieder zusammengelegt. Ich war ziemlich gekränkt gewesen, wenn ich es ihr auch nicht zeigte; ich hatte das Hemd in die Schublade ihrer Frisierkommode gelegt, der Kommode mit der Glasplatte, unter die sie alle möglichen Fotografien gesteckt hatte. Nancy hatte es natürlich aufbewahrt, wie sie alles aufbewahrte.

Auf einmal wollte ich schlafen. Taumelnd ging ich zur Tür und trat auf den Korridor hinaus. Nancy kam aus der Küche. »Ohne Schlafrock, Miss Fan?«, fragte sie. »Was denken Sie sich denn nur?« Aber ich musste wohl sehr erschöpft ausgesehen haben, denn sie nahm mich am Arm und stützte mich. Vor meiner Tür angelangt, machte ich Anstalten, ihr einen Gutenachtkuss zu geben, aber sie wehrte mich ab. »Nicht doch, Kindchen!« Sie ging mit mir weiter über den Korridor. »Was ist denn los?«, fragte ich. Aber sie ging, nur noch entschlosseneren Schritts, weiter vor mir her. »Nancy, was ist los?«, rief ich hinter ihr her. Sie drehte sich um. »Sie wollten doch eine Veränderung«, erklärte sie in aller Arglosigkeit, »ich habe darum Ihre Sachen in das Schlafzimmer Ihrer Mutter gebracht. Es ist ein so nettes Zimmer. Ich habe das Bett für Sie frisch bezogen.«

So kam ich denn in dieses Bett, das mir nach meinem

eigenen sehr fremd schien. Ich musterte die elfenbeinfarbenen Atlasvorhänge und den weißen Läufer vor dem hell gekachelten Kamin – alles schon ziemlich verschossen, aber aus so vorzüglichem Material, dass es noch eine Ewigkeit halten würde. Und da war auch der ausgefallene schmiedeeiserne Lüster in der Mitte der Decke, dem eine Unzahl kleiner seidener Lampenschirme entsprossen! Wie oft hatte ich meine Mutter gebeten, ihn durch einen anderen ersetzen zu dürfen, aber sie wollte nichts davon hören. Sie wünschte immer, dass alles beim Alten blieb. Und wenn ich auch seit langem dieses Zimmer nicht mehr betreten hatte, war ich überzeugt, dass im Kleiderschrank noch immer ihre Sachen hingen und auch ihre schmalen Schuhe untadelig wie stets dort aufgereiht standen.

Ich wollte jetzt nicht mehr schlafen, aber ich fühlte, wie Nancy meine Hand streichelte und sie auf dem Betttuch gleichsam besänftigte. Dann fühlte ich ihre prüfende Hand auf meiner Stirn und danach auf den Augen, wie so oft in meiner Kindheit. Es war das Signal, die Augen zu schließen. Ich hörte sie im Zimmer herumgehen, die Vorhänge dichter zusammenzuziehen und die Dinge auf der Frisierkommode zurechtrücken. Dann hörte ich, wie sie die Tür hinter sich schloss, ganz leise, so als schliefe ich schon.

12

Ich erinnere mich, dass ich den Rest dieser Nacht hindurch abwechselnd schlief und wach lag und mir diese kurze Zeitspanne irgendwie unendlich lang erschien. Nachdem Nancy das Zimmer verlassen hatte, war ich wieder aufgestanden und hatte die Vorhänge aufgezogen. Ich sah, dass der Himmel von einem matten Pflaumenblau war, wie er angeblich immer über einer Stadt steht, die nicht schlafen darf. Es war merkwürdig, denn als ich unterwegs war, hatte ich nur Schwärze bemerkt. Mehrmals wachte ich auf und sah wieder diesen unbehaglichen, ja bedrohlichen Lichtschein, der freilich mit der Zeit dunkler und härter wurde, bis er kurz vor dem Morgengrauen in eine farblose Fahlheit überging.

Immer, wenn ich wach wurde, fühlte ich mich rein und voller Vorfreude wie ein Kind, streckte Arme und Beine voller Behagen, bis mir wieder einfiel, wo ich war und wie ich dahin gekommen war. Das Unbewusste funktionierte in mir anscheinend sehr merkwürdig. Aus tiefem ungetrübten Schlaf tauchte ich immer wieder auf – vielleicht war nur eine Viertelstunde vergangen –, in einen Zustand totaler Regression, als wäre ich, liebevoll umsorgt, in den Ferien, und vor mir läge ein Tag voller Überraschungen und Freuden. Ich finde, dass dies einer der übelsten Streiche ist, die wir uns selbst spielen: diese Unfähigkeit, uns freizumachen von der frühen, kindlichen Erwartungshaltung. Diese kindliche Schicht meines Ichs war, wie es schien, vollkommen intakt geblieben, intakt unter den Schichten von Erfahrungen, die sich wie vulkanische Asche darüber gelagert hatten und die durch das Aufwachen, diesen ungeheuren Wurf nach oben ins Licht, aufgewirbelt wurden, nur um sich nach dieser übermenschlichen Anstrengung wieder am alten Platz niederzulassen. Und jedes Mal wieder fühlte ich mich eine Sekunde lang klein und spindeldürr, und ich hätte schwören können, dass auf meinem Gesicht ein Lächeln lag, das Lächeln eines Kindes, das genau weiß, dass gleich das Kindermädchen kommt, um es für den neuen Tag fertigzumachen.

Das Lächeln schwand rasch und mit ihm alle Hoffnung, aber ich war noch nicht bereit, mich mit meiner Situation auseinanderzusetzen, und ich drehte mich einfach auf die andere Seite und zwang mich dazu, weiterzuschlafen. Der Schlaf war von dichter, dicker, verschlingender Art, und ich war gierig danach wie nach einer fetten, schweren Speise. Einmal konnte ich sogar mein Gesicht erkennen. Ich hatte die Augen fest geschlossen, und mit vollem Munde suchte ich schnüffelnd nach Art der Schweine nach etwas wie dem totalen Vergessen. Merkwürdigerweise waren beide Stadien, das des Schlafs und das der trügerischen Kindlichkeit beim Erwachen, nicht unangenehm. Und der Umstand, dass sie so regelmäßig und so häufig wechselten, ließ mich glauben, dass ich nicht nur ausgeruht genug, sondern auch auf die vor mir liegende Aufgabe eingestellt war.

Ich erwachte, endgültig und ungern, ungefähr um acht Uhr. Es war ein trüber, dunkler Morgen, und dank der Lage des Zimmers – es war ja das Schlafzimmer meiner Mutter – vernahm ich keines der mir vertrauten Geräusche von der Straße her. Stattdessen hörte ich Nancy schlurfend über den Korridor gehen, und ich hörte, wie die Wohnungstür geöffnet und wieder geschlossen wurde. Ich richtete mich im Bett auf, und sogleich wurden meine Arme und Beine, die noch während der Nacht ohne Gewicht gewesen waren, wieder steif von der Überanstrengung. Die Fußgelenke taten weh, und meine Handgelenke kamen mir, wenn ich sie so vor mich hielt, dünner vor. In einigen Momenten nüchterner Überlegung hatte ich gemeint, ich könnte den Vormittag im Bett verbringen, denn ich hatte keine Arbeit zu verrichten, und es gab überhaupt nichts, weswegen ich hätte aufstehen müssen. Die Geschenke waren sämtlich eingepackt, und ich hatte schon am Wochenende Nancy bei ihren Einkäufen geholfen. Ich hatte also nichts zu tun. Und doch drängte es mich aufzustehen. Ich empfand einen merkwürdigen Ekel vor meinem unbekleideten Körper, so als sei meine Nacktheit ein Vergehen. Darum erfüllte mich der Anblick meines Körpers, als ich mein Nachthemd auszog, mit Scham; denn so wie ich ihn sah, flach, reizlos und gedemütigt, fehlten ihm alle Eigenschaften des Erwachsenen. Ich überlegte mir, ob mich dieses Gefühl je verlassen würde, oder ob ich dazu verdammt sein würde, mich für den Rest meines Lebens so zu sehen.

Ich nahm ein Bad und kleidete mich sehr sorgfältig an. Ich wählte heitere Sachen aus, meine wollene blaue Hemdbluse und den blauen Pullover. Ich widmete meiner äußeren

Erscheinung große Aufmerksamkeit und auch meinem Wohlbefinden. So erhob ich keine Einwände, als Nancy darauf bestand, mir zwei Eier zum Frühstück zu kochen, und ohne Widerspruch saß ich am Küchentisch, während sie sich um mich zu schaffen machte. Ich aß ein paar Toastscheiben und trank zwei Tassen Tee und kaute sehr sorgfältig, als müsste ich jetzt eine Art Training beginnen und meine körperlichen Kräfte für die vor mir liegende Aufgabe stählen. Nancy war über meinen Appetit hocherfreut und schalt mich, weil ich so dünn geworden sei. Ich selbst hatte es erst an diesem Morgen bemerkt, doch jetzt, da sie es erwähnte, fühlte ich plötzlich meine eckigen Schulterblätter und bemerkte, dass mein Rock ein wenig locker in der Taille war. Aber es machte mir nichts. Ich fand es richtig für mich, dass ich an Gewicht abnahm und meine biologischen Merkmale verlor. In Zukunft würde ich ganz in meinen Kopf und meine Hand eingehen, in meine schreibende Hand.

Die Frage war, wie ich den Rest des Tages ausfüllen sollte, denn als ich mein Bett gemacht und das Zimmer aufgeräumt hatte, war es nicht später als halb zehn. Ich dachte, ich könnte vielleicht gleich drauflosschreiben, aber dann saß ich im Sessel meiner Mutter, mit müßigen Händen, indes der Tag, lichtlos und trübe, ohne mich seinen Weg nahm. Weit entfernt, der überlegene Satiriker zu sein, wie ich es mir vorgestellt und als Ziel gesetzt hatte, fand ich mich nun in die Kindheit zurückversetzt, zurück zu jenen gleichgültigen Winternachmittagen, wenn ich stillsitzen musste, weil meine Mutter ruhte. Ich vermisste die Arbeit in der Bibliothek, und ich begriff, was mein Leben sein würde, wenn ich keinen Arbeitsplatz hätte. Doch dann rief ich mir in Erinnerung, dass ich meine Arbeit mit mir herumtrug, und mit einer großen Anstrengung erhob ich mich und suchte mir ein Heft und einen Stift. Damit setzte ich mich wieder, um mir Notizen zu meinem Roman zu machen, zu einem Roman, dessen Gestalten für mich so große Wirklichkeit besaßen und mir so nahe waren. Doch als mich Nancy zum Mittagessen rief, saß ich noch immer da, am selben Platz, und hatte nichts von irgendwelcher Bedeutung geschrieben.

Nancy hatte Fisch gekocht, man roch es auf dem Korridor: ein schwerer, träger, penetranter Geruch. Ich roch ihn in den Vorhängen, in meinem Haar; er machte mir einen trockenen Mund. Nancy musste wohl bemerkt haben, in was für einem seltsamen Zustand ich mich befand – ein Zustand, der eigentlich die Aufhebung aller normalen Zustände war –, denn sie fragte mich, ob mir nichts fehle. »Natürlich nicht«, sagte ich. »Man braucht nur ein bisschen Zeit, sich daran zu gewöhnen, dass man nicht zur Arbeit geht. Ich glaube, es ist beinahe anstrengender, zu Hause zu bleiben.« Bei dieser Bemerkung musste ich ein Gähnen unterdrücken. Aber sie hatte es doch bemerkt und ebenso, dass ich meine Portion nicht aufessen konnte. »Am besten, Sie ruhen sich jetzt aus«, meinte sie. »Legen Sie sich für eine Stunde ins Bett. Sie können ja ein Buch mitnehmen«, fügte sie hinzu, als wäre ich wieder das kleine Mädchen.

Und so zog ich mich wieder, mit dem Gefühl der Unvermeidlichkeit, aus und ging ins Bett. Nicht, dass ich erwartete, schlafen zu können, oder es auch nur wünschte, eigentlich nur, um die beste Stellung einzunehmen, wenn man nachdenken und mit sich zu Rate gehen will. Ich setzte mich aufrecht und saß wie eine Schiffbrüchige auf einem großen Floß, und in dieser Stellung muss ich, ohne mich zu bewegen, über eine Stunde verharrt haben. Ungeachtet meiner guten Vorsätze konnte ich mich nicht einer lethargischen Stimmung erwehren, die der Trauer sehr nahe kam. Was mich am meisten beunruhigte, war der Umstand, dass ich überhaupt keinen Zorn empfand, denn ohne Zorn keine Satire. Stattdessen empfand ich Müdigkeit und eine Verständnisbereitschaft, die sich sogar bis auf die Gefährten der vergangenen Nacht erstreckte. Ich fühlte instinktiv – und vielleicht lag das nur an meiner großen Erschöpfung, aber das bezweifle ich –, dass diese Menschen ohne alle Schuld waren, abgesehen von ihrer Gier; dass sie, Kindern oder Tieren ähnlich, sich einfach nahmen, was sie begehrten. Und dass dies das allgemeine Gesetz war. Im Licht meines tristen Tages sah ich ihre Gesichter wieder vor mir, diese durchtriebenen, erhitzten Gesichter mit den verstohlenen Seitenblicken, wie um zu sehen, ob ihnen jemand auf die Schliche kommt ... Ich sah sie vor mir, wie sie zügellos aßen, sich die beschmierten Münder mit süßer Speise füllten. Wie sie ihre Party, ihre Feier genossen und zu schick gekleidet waren und zu laut lachten. Ich sah, dass es Kinder waren, fast wie ich im Schlaf oder im Augenblick des Erwachens, und dass auch sie unvermeidlich einmal diese kurzfristige Verzweiflung erleben würden, die das erwachsen gewordene Kind heimsucht, das Kind ohne Eltern und ohne elterliche Freunde. Dass sie plötzlich stutzen würden, erst bestürzt, dann ärgerlich, bis der Ärger in Verlegenheit übergehen würde. Dann würde ihnen all ihr hochmütiges Gehabe so wenig nützen, wie mir meine scharfe Zunge nützte. Der einzige Unterschied bestünde darin, dass sie sich gegenseitig trösten würden, denn sie waren groß in lauter Klage und lautem Protest. Während ich einfach hier saß und nicht wusste, wie ich es überstehen sollte, aber doch, mit Stift und Schreibheft, daran arbeitete.

Ich konnte nicht einmal gegen sie Partei ergreifen. Ich gehörte nur nicht zu ihnen, das war alles. Sobald ich mir diesen Unterschied bewusst gemacht hatte, stürzte ich in tiefste Traurigkeit. Alle meine vorgegebenen Gewissheiten fielen von mir ab, als wären es modische Kleidungsstücke, die ich vielleicht in irgendeinem Laden anprobiert und dann mit Bedauern beiseite gelegt hatte als ... nun, nicht passend für mich. Sehnsüchtig, ja mit einer gewissen Rührung dachte ich an die Zeiten unseres Zusammenseins zurück, an das Lachen, das echt gewesen war, an die gewaltige Faszination, die ihr egoistischer Hedonismus auf mich ausgeübt hatte, an die Neugier und Aufmerksamkeit, mit der ich sie beobachtet hatte. Zuerst dachte ich dabei unwillkürlich an Nick und Alix und erinnerte mich dankbar, wie sie mich vor so manchem Sackbahnhof des Lebens bewahrt hatten – dem Alter, dem Schweigen, der Einsamkeit –, und wie ich auf ihr Wort gehorcht hatte, so als hätte ich ein Leben lang darauf gewartet. Ich dachte daran, wie sie mich in den wahren, den lebenbewahrenden Egoismus eingeführt hatten, und wie ich mich unter ihrer Anleitung von trübseligen Existenzen distanziert hatte, denen ich doch keine Freude schenken und nichts weiter als meine Gegenwart und Ratlosigkeit bieten konnte. Ich erinnerte mich an die Abende und wie ich durch den Park gelaufen war in der sicheren Erwartung des Vergnügens, das ich am Ende meines Weges haben würde. Ich dachte an den Tag, an dem wir mit dem

Auto nach Bray gefahren waren, und ich erinnerte mich an die Fotografie. Ich meinte, das Geräusch der letzten Blätter zu hören, die leise auf den Rasen fielen, als wir in der wohltuend wärmenden Sonne saßen, in dieser fast nicht mehr erwarteten Wärme, wo uns nur die leichte Kälte, die sich vom Fluss heraufschlich, sagte, dass es Winter und nicht Frühling war.

Mein Erinnern war von der Art, die man kennt: dass das Wetter damals immer schöner, die Farben lebhafter, die Begierden heftiger und unsere Kräfte unerschöpflich gewesen waren. Ich blickte auf den Herbst und die guten Dinge, die er mir geschenkt hatte, wie aus großer Entfernung zurück; ich sah mich, wie ich in meinem hübschen cremefarbenen Kostüm die Sloane Street hinunterging, und ich dachte, als ich mich so in der Erinnerung sah, wie lebhaft und elegant ich doch wirkte. Das brachte mich zurück in die Gegenwart, wie ich da um zwei Uhr mittags im Bett lag, hager, irgendwie auf der Hut, weder sehr jung noch sehr alt, aber ein geistiges Wesen, das dazu bestimmt war, älter zu werden in einem Körper, der dazu bestimmt war, immer kindlicher zu erscheinen. Das biedere Glück dieser Herbsttage war gefroren zu einer unaufhörlichen argwöhnischen Vorsicht.

Und selbst jetzt noch hoffte ich, sie wiederzusehen. Ich entbehrte sie und alles, was sie mir an Neuem beigebracht hatten, zu sehr, um sie völlig aufzugeben. Ich brauchte ihre Gesellschaft, ihre Vergnügungen, auch wenn ich nicht zu ihnen gehörte. Ich musste sie studieren, ich brauchte sie als Material. Und wenn ich je den Mut finden sollte zu einem letzten Versuch, dann musste ich wieder den Kontakt zu ihnen aufnehmen. Ich musste sie an Weihnachten beobachten, musste ihre gierigen Hände beobachten, ihre unfehlbaren Gelüste. Ich brauchte ihre Lasterhaftigkeit, auf die ich mich immer verlassen konnte. Und ich brauchte ihre Lebenslust, die so passend für die Weihnachtszeit war, wenn die Augen aufleuchten vor Begehrlichkeit und Unmäßigkeit, wenn die Gelüste immer größer werden und nie Befriedigung finden, wenn die Liebe auch den Beobachter beim Fest mit einschließt. Ich wollte einfach Weihnachten mit ihnen feiern, mit diesen Lords of Misrule[3] in Lärm und Hitze feiern, zwischen Tellern voller abgenagter Knochen und Puddingruinen, an einem Tisch, überhäuft von bunt glänzendem Papier und leeren Geschenkverpackungen, indes die Luft blau ist vom Rauch gewaltiger Zigarren und träge Hände nach Nüssen, kandierten Früchten und Marzipan tasten. Das war kein kirchliches Weihnachten. Aber wie viel begehrenswerter als mein makelloser Haushalt mit dem Geruch nach totem Fisch, der dumpfen, staubigen Wärme und dem Schlurfen pantoffelbewehrter Füße vor meiner Tür.

Wenn ich an James dachte – und ich gab mir Mühe, es nicht zu tun, empfand ich so etwas wie Angst. Denn jetzt war mir klar geworden, dass er für andere zugänglich war, aber nicht für mich. Was ich mit eigenen Augen gesehen hatte, machte es mir unmöglich, diesen Beweis wieder aus meinen Gedanken zu verdrängen. Denn sobald man etwas weiß, kann man es nicht mehr nicht wissen. Allenfalls kann man es vergessen. Und selbst wenn ich es vergäße, was un-

---

3 Historisch. U. a. in den Colleges der Universitäten und den Rechtsschulen in London (Inns of Court) ernannter Aufseher und Anführer für die meist lärmenden Weihnachtsfestlichkeiten. A. d. Ü.

wahrscheinlich ist, so würde er es nicht vergessen oder, besser gesagt, er würde in irgendeiner Ecke seines Bewusstseins ein Warnsignal hören, das ihn an meinen beobachtenden Blick und meine schreibende Hand erinnert, und sogleich würde er sich von mir fernhalten. Ich glaubte, dass eher ich als er das zustande gebracht hatte, und meine Verzweiflung war ungeheuer groß. Denn jetzt, als ich wusste, dass ich ihn liebte, war es sein ganzes Leben, das ich liebte. Und dieses Leben würde ich nie kennenlernen. Natürlich würde es in seinem Leben Veränderungen geben, aber ich konnte nicht einmal wissen, worin sie bestanden. »Wie geht es ihm«, würde ich gerne fragen, aber niemand würde da sein, den ich fragen konnte. Wenn ich ihm auf dem Korridor des Instituts oder im Bibliothekssaal begegnen sollte, würde ich lächeln müssen wie die Fremde, die er in mir zu sehen wünscht. Und wenn ich ihm einen Gefallen tun wollte, brauchte ich ihm nur fernzubleiben. Und sein Leben, sein Leben ... das würde ohne mich weitergehen. Und ich würde nichts davon erfahren. Und da ich ihn augenscheinlich so wenig verstanden hatte, konnte ich ihm nicht einmal Vorwürfe machen. Sie sehen es selbst, ich fasse alles falsch an.

Diese Schlussfolgerung schürte meine Unruhe. Von neuem fragte ich mich, ob der Fehler nicht wiedergutzumachen sei. Mit Schrecken dachte ich an die kommenden Tage und Nächte, an die vor mir liegenden Jahre, in denen sich vielleicht nichts änderte, und ich wäre so alt wie Nancy und lebte so zurückgezogen wie sie. Ich glaube, dass ich in diesem Augenblick beschloss, mir ein Herz zu fassen und gegen dieses Schicksal anzukämpfen – zu telefonieren und ihnen zu sagen, dass es mir gut ginge und ich mich darauf freute, sie wiederzusehen. Und zwar zu ihren Bedingungen, wie sich versteht. Aber es erübrigte sich gewiss, dies eigens zu betonen; die Botschaft würde ohnehin vollkommen klar sein. Und wenn ich sehr aufpasste und meine Blicke zügelte und aus meiner Miene Zweifel oder Vorwürfe verbannte, würden sie mich vielleicht wieder aufnehmen. Natürlich wäre mein Status nun nicht mehr derselbe. Ich würde bescheidener sein müssen, mich mehr unterordnen. Das war der Preis, den ich zu entrichten hatte. Und ich würde ihn zahlen. Aber wenn ich nun gleichzeitig Notizen für einen satirischen Roman machte...? Wenn sie ihr Schicksal aus meinen Händen annehmen mussten, und das, ohne etwas davon zu ahnen, wäre das dann nicht eine vollkommen folgerichtige Entwicklung?

Dieser Gedanke erregte mich und setzte meinen Grübeleien ein Ende. Schon konnte ich fühlen, wie ein aggressiver Scharfsinn in mir die Oberhand gewann, und ich schloss mein inneres Auge, das, wie ich meine zu Unrecht, das Glück der Einsamkeit genannt wird, und öffnete stattdessen wieder meine äußeren Augen und richtete den Blick wieder auf die weißen Schränke mit den Schiebetüren und den in Gold abgesetzten Kanten, auf die austernfarbenen Atlasvorhänge, auf die flaumigen weißen Bettvorleger, die Bücherstützen aus Rosenquarz in Gestalt von Elefanten, den rosa opalisierenden Dufttopf auf der Frisierkommode, die silbern gefassten Bürsten und die kleine flache Kristallschale mit dem samtenen rosa Nadelkissen und der Maniküregarnitur mit Elfenbeingriffen. Ich glaube, heute sind diese Dinge ziemlich viel wert; ich muss sie einmal schätzen lassen. Ich schwang die Beine aus dem Bett und schlüpfte in meine Kleider, die lustige blaue Bluse mit dazugehörigem Pullover und den blauen Wollrock. Ich setzte mich vor den Frisierspiegel und bürstete mir das Haar, und als ich mich im Spiegel musterte, beglückwünschte ich mich zu meiner Beherrschtheit. Ich sah keine Gespenster. Hinter meinem Spiegelbild erblickte ich einen gerahmten Farbstich an der gegenüberliegenden Wand. Er zeigte eine Schlittschuhläuferszene aus dem achtzehnten Jahrhundert, puppenähnliche Gestalten mit Muff und weiten Röcken oder mit Dreispitz und in eng anliegenden seidenen Kniehosen. Als Kind hatte ich dieses Bild geliebt, doch konnte ich damals die Unterschrift nicht lesen. Heute erschienen mir die Worte merkwürdig gut passend. Sie lauteten: »Glissez, mortels; n'appuyez pas!« – »Gleitet dahin, Sterbliche; bleibt nicht stehen!« Natürlich eine Anspielung darauf, wie dünn das Eis ist. Ich sah darin ein gutes Omen und beschloss, mich in einer entsprechend zwanglos eleganten Manier zu bewegen.

Ich hatte Hunger und Durst bekommen, der Lebensmotor lief wieder. Ich stand auf und musterte mich, und ich sah, wie die Maske der Belustigung wieder an ihrem Platz war, wie mein körperliches Ich wieder adrett und gesammelt war, ausgeglichen und bereit zu handeln. Ich machte mein Bett, öffnete das Fenster und ging zu der farbigen Radierung hinüber. Ich gab dem Bild einen kleinen beifälligen Stups. Die puppenähnlichen Gesichter, in ewiger Jugend konserviert, bar jeden Ausdrucks und Gefühls, erwiderten starr meinen Blick. Sie erinnerten mich daran, dass auch ich jung war und nicht ganz mittellos. Ich schloss die Tür hinter mir und ging in die Küche auf der Suche nach Tee.

Ich fand Nancy, wie sie sich mit einer Vielzahl von Dosen zu schaffen machte, runden, quadratischen, rechteckigen und vieleckigen Dosen, denen sie mancherlei Kuchen und Kekse entnahm. Sie backt derlei ständig, aber ich kann mir nicht vorstellen, wer sie alle isst. Ich glaube, sie liebt Süßigkeiten, und wie die meisten alten Leute knabbert sie lieber an etwas Leichtem, als dass sie eine richtige Mahlzeit zu sich nähme. Es war sehr warm in der Küche, und ich stellte fest, dass Nancy ungefähr zwei Dutzend mince pies gemacht hatte. Der gute Geruch schwebte noch in der Luft, und da sie zum Abkühlen auf ein Kuchengitter gelegt worden waren, sah ich dort, wo die Füllung durch den Pastetenteig gedrungen war, den verlockenden Schimmer. Ich muss gestehen, dass Nancy keine sehr gute Bäckerin ist und ihre Kuchen gewöhnlich etwas zu schwer geraten; hinzu kommt, dass dermaßen viele Früchte darin sind, dass sie ewig reichen. Ich kann mir nicht vorstellen, was am Ende mit ihnen geschieht. Zu den sympathischen Zügen von James gehörte (doch, ich brachte es fertig, ganz ruhig an ihn zu denken), dass er stets die kleinen runden Kuchen und die Kekse, die Nancy für uns auf das Tablett gestellt hatte, aufaß. Was Nancy natürlich nur dazu anreizte, noch mehr zu backen.

Sie schien eine kleine Party vorzubereiten, und als ich sie fragte, ob sie jemanden erwarte, antwortete sie: »Ich nehme an, dass Mr. Reardon hereinschauen wird.« Natürlich war ich nachmittags nie zu Hause, und so konnte ich nicht wissen, dass Nancy all ihr Backwerk auf Mr. Reardon ablud, der wohl immer noch mit der Abendzeitung heraufkam, bevor er ins Wettbüro ging, um dort seine Gewinne zu kassieren.

Ich hatte eigentlich nur rasch eine Tasse Tee trinken und dann wieder in mein Zimmer gehen wollen, um ein bisschen zu schreiben. Aber nun kam mir dies hier durchaus gelegen, denn irgendwann musste es zum Austausch weihnachtlicher Artigkeiten kommen, und ich brachte das ebenso gern bei der sich nächstbietenden Gelegenheit hinter mich.

Mr. Reardon war offensichtlich ein ausgezeichneter Kenner des süßen Gebäcks, denn ich zählte vier verschiedene Sorten auf dem Tisch, und alle sehr schwer. Die Türglocke läutete gerade, als Nancy den Tee einschenkte, und als ich aufstand, um die Tür zu öffnen, hoffte ich, dass dies einigermaßen schnell überstanden sein würde. Mr. Reardon ist ein reizender Mann und lebt in diesem Hause, solange ich denken kann. Er ist sehr klein, ruhig und korpulent und leidet, wie ich glaube, an hohem Blutdruck. Er trägt eine Art von blauer Uniform, die offensichtlich aus früherer Zeit stammt, denn sie ist ihm heute viel zu eng. Sie scheint seinen gedrungenen Körper zusammenzupressen und ihm das Blut in den Kopf zu treiben, denn er bewegt den Nacken nur mit Vorsicht, und seine kleinen stachelbeerfarbenen Augen sind anscheinend von der Mühe, offen zu bleiben, blutunterlaufen. Er hat das Pensionsalter längst erreicht, ist aber immer noch da, weil ihm die Arbeit Freude macht und weil er stolz auf das Haus und seine Bewohner ist; die Herren von der Verwaltung sind natürlich sehr froh darüber.

Wahrscheinlich wegen seines Alters und wegen seines hohen Blutdrucks kann Mr. Reardon nicht mehr die schwere Arbeit leisten wie zum Beispiel das Hochheben der Mülltonnen. Dafür hat er einen Gehilfen, einen etwas merkwürdigen jungen Mann, den mein Vater immer nur den Jungen genannt hatte; jetzt ist er natürlich viel älter und als Mr. Fentiman anzusprechen. Auch bei ihm ist nicht alles ganz in Ordnung, aber ich glaube, dass Mr. Reardon ihn unter Kontrolle hat. Mr. Fentiman spricht mit sich selbst, und zwar in einem drohenden Ton, und zuweilen macht er auch drohende Gebärden mit den Armen. Sein Äußeres ist nicht gerade Vertrauen erweckend, denn er trägt die Mütze ziemlich tief in die Stirn gezogen, und an seiner Jacke, einer Art Blouson, hat er den Kragen ständig hoch gestellt, sodass sein Gesicht aussieht, als luge es hinter einem MG-Stand hervor. Er rasiert sich nur einmal in der Woche und hat ständig eine Zigarette zwischen den Lippen; er nimmt sie nie aus dem Mund, und wenn man mit ihm spricht, während er gerade hustet, bekommt man die ganze Asche ins Gesicht.

Mein Mut sank, als ich sah, dass Mr. Reardon Mr. Fentiman mitgebracht hatte, samt Zigarette und allem Zubehör, und ich stellte mich darauf ein, die Teegesellschaft über mich ergehen zu lassen. Nancy war entzückt, und sobald wir alle aßen, wurde mir klar, dass dies jeden Nachmittag so vor sich ging und dass der Eindringling ich war. Aber alle waren besonders nett zu mir und nötigten mich zum Essen, und ich saß da und beobachtete fasziniert, während ich mit ein paar Krümeln spielte, wie Mr. Reardon seinen Teller füllte und leerte und unter den strahlenden Blicken Nancys eine Tasse Tee nach der anderen trank. Einmal versuchte Mr. Fentiman, dessen Mütze fest an ihrem Platz saß, eine einigermaßen unzusammenhängende Geschichte von einem Mann zu erzählen, der sich in eine der Garagen geschlichen hatte, aber Mr. Reardon, der gerade seine dritte Tasse Tee entgegennahm und sich mit dem Finger rund um den Kragen fuhr, unterbrach ihn: »Genug davon, Arthur, wir dürfen die Damen nicht aufregen.« Dann bat er um die Erlaubnis zu rauchen, und als ich aufstand, um einen Aschenbecher zu holen (den aus grünem Malachit mit dem Kakadu auf dem Rand), nutzte ich die Gelegenheit, die für die beiden vorbereiteten Umschläge vom Schreibtisch zu nehmen, und legte sie, als ich zurückkam, neben ihre Teller. Mr. Fentimans Teller war natürlich bereits voller Asche.

»Sehr freundlich von Ihnen, Miss«, sagte Mr. Reardon und gab Mr. Fentiman einen Wink, der darauf aufsprang, davoneilte und eine Minute später mit einer eingewickelten Flasche in der Hand zurückkam. »Ich war so frei«, erklärte Mr. Reardon, »eine kleine Aufmerksamkeit für Miss Mulvaney mitzubringen, die uns mit ihrer Gastlichkeit so verwöhnt. Ich war immer sehr glücklich hier«, sagte er schlicht und überreichte Nancy die Flasche. »Das hätten Sie nicht tun dürfen«, sagte Nancy, die immer verlegen wird, wenn sie etwas geschenkt bekommt, und sich wehrt, etwas anzunehmen. Aber ich ließ sie die Flasche auswickeln, und da klar war, dass die Gelegenheit nach dem gebührenden feierlichen Ernst verlangte, holte ich vier Gläser. »Ich möchte einen Toast ausbringen«, erklärte Mr. Reardon und hob sein Glas Kirschlikör. »Arthur, steh auf. Allen Menschen ein Wohlgefallen!« Er leerte sein Glas. »Bravo!«, sagte ich, da irgendjemand etwas sagen musste, und brachte es fertig, einen Schluck von diesem Kirschlikör hinunterzubringen, der unangenehm zähflüssig und viel zu kalt war. »Ich trinke mein Glas später«, sagte Nancy, wie sie es zu sagen pflegte, wenn ihr mein Vater am Sonntag ein Glas Sherry vor dem

Mittagessen eingoss; sie war dann immer hin und her gerissen zwischen der Abscheu davor, den Sherry zu trinken, und ihrer Furcht, meinen Vater zu kränken. Ich sah ihr an, dass sie jetzt von dem gleichen Konflikt gepeinigt war. »Es wird Ihnen schmecken, Nan«, ermunterte ich sie. »Es ist süß.« Aber sie blieb dabei, ihr Glas lieber zum Abendbrot zu trinken, und stellte es hinter sich auf die Anrichte.

Mr. Reardon war jetzt in der Stimmung, in Erinnerungen zu schwelgen – eine Stimmung, vor der mir graute. Er hatte immer ein paar Worte über meinen Vater zu sagen, den er sehr bewundert hatte, und natürlich hatte er meine Mutter sehr gern gehabt. Ich sehe noch, wie er sich eine Träne aus den kleinen Stachelbeeraugen wischte, als er zu uns heraufkam, um sich, wie gewohnt, nach ihrem Befinden zu erkundigen, und ich ihm sagen musste, dass es zu spät war ... Und seine kleinen, dicken, ein wenig nikotinverfärbten Finger, mit denen er zittrig ein Taschentuch mit buntem Rand entfaltete ... Um dem zuvorzukommen, fragte ich ihn, wo er Weihnachten verbringen würde, und erfuhr, dass er seine verheiratete Tochter in Harrow besuchen wolle. »Aber am Abend bin ich wieder zurück«, versicherte er uns. »Ich lasse die Damen doch nicht den ganzen Tag über allein. Die meisten sind natürlich fort. Mrs. Hunt ist gestern weggefahren. Sogar Lady Cohen ist fort, aber ich weiß nicht, ob das, mit ihrem Bein, eine kluge Entscheidung war.« Wir alle nickten nachdenklich. In der Küche war es warm und dunstig geworden.

Ein verstohlener Blick auf die Uhr zeigte mir, dass der Zeiger langsam auf die Fünf rückte, und ich begann, ihnen wortlos den Aufbruch nahezulegen. Am Ende stand ich auf und sagte: »Mich müssen Sie jetzt entschuldigen, ich habe noch zu schreiben. Aber bitte, bleiben Sie beide!« Die Männer schoben die Stühle mit einem scharrenden Geräusch zurück und erhoben sich. »Ein frohes Fest, Miss«, sagte Mr. Reardon. »Ich weiß, Sie vermissen Ihre Lieben. Das ist nur natürlich. – Arthur«, bellte er, als er mich entschlossen sah zu gehen, »begleite Miss Fanny zur Tür. – Aber die Erinnerung an sie lebt in unseren Herzen«, fuhr er fort; der Kirschlikör war ihm offenbar in den Kopf gestiegen, und so hatten sich bei ihm unwillkürlich Erinnerungen an den Waffenstillstandstag eingeschlichen. »Wir werden sie nicht vergessen.« »Bravo!«, kam es wie ein Echo von Mr. Fentiman.

An der Tür drehte ich mich um und sah sie alle feierlich hinter dem Tisch stehen, den Blick mir zugewandt; auf ihren dem grellen Deckenlicht ausgesetzten Gesichtern lagen tiefe Schatten. Auf dem mit Kuchenkrümeln bestreuten Tisch standen die klebrigen Gläser, und diese kindlichen Attribute, Kuchenkrümel und klebrige Gläser, schienen schlecht zu den freudlosen Gesichtern zu passen. Nancy und Mr. Reardon hatten die kurzen, derben Hände vor sich auf den Tisch gestemmt und sahen aus, als posierten sie für eine letzte, eine Abschiedsaufnahme. Mr. Fentiman sah mit dem hoch gestellten Kragen und seiner Zigarette zwar gefährlich aus, aber auch wie jemand, der es überlebt hatte: nicht den Hunger oder politische Unterdrückung, sondern Entbehrungen von mehr alltäglicher Natur. In ihren Mienen war deutlich zu lesen, dass sie um mich besorgt waren, dass sie mich, obwohl ich doch von ihrem Standpunkt aus zu den Privilegierten gehörte, als gefährdet betrachteten.

Als ich die Tür hinter mir schloss, hatte ich das Gefühl,

mich von Licht und Behaglichkeit auszuschließen. Ich ging in den Salon und schaltete die Lampen und das Kaminfeuer ein. Aber es kam mir irgendwie unpassend vor, dort nun ganz allein zu sitzen, und ich hatte auch etwas gegen die soziale Barriere, die mein Aufenthalt im Salon zwischen mir und den Leuten in der Küche aufrichtete. Nachdem ich ein paar Minuten nervös hin und her gelaufen war, schaltete ich Lampen und Kamin wieder aus und zog mich in das Schlafzimmer meiner Mutter zurück. Ich fand es ganz selbstverständlich, mich hier aufzuhalten, obwohl ich den Transport meiner Kleider von meinem Schlafzimmer in das meiner Mutter noch aufschob – eine Aufgabe, der ich mich nicht gewachsen fühlte. Vielleicht konnte es Nancy für mich tun, dachte ich, während meine ursprüngliche Zuversicht ein wenig nachließ. Ich setzte mich in den rosa Samtsessel, und zum ersten Mal an diesem Tag wurde mir bewusst, dass ich Weihnachten vielleicht allein sein würde. Das aber brachte die quälenden Gedanken zurück, die mich schon vorher verfolgt hatten. Wie auf der Suche nach einem inneren Halt, stand ich auf, holte mir Notizbuch und Stift und setzte mich an den Tisch, fest entschlossen, etwas zu schreiben.

Und das tat ich. Ich machte Notizen für meinen Roman und fand, dass es sehr gut und sehr schnell vonstatten ging, auch dass die Figuren ganz selbstverständlich hervortraten und dass ich, ebenfalls ganz selbstverständlich, die rechten Worte zu ihrer Beschreibung fand. In der Tat strömten mir jetzt die Worte nur so zu, die mich zuvor im Stich gelassen hatten. Der Umstand, dass ich souverän über die Oberfläche dahinglitt, alles ins Komische zog und um das Lachen des Lesers warb, mochte etwas damit zu tun haben. Einmal musste ich selbst lachen. Es war wirklich alles ganz leicht. Es gelang mir, auf diese Weise ein paar Stunden zu vertreiben. Ich hörte nicht einmal, wie Nancys Gäste aufbrachen.

Aber dann, ich weiß nicht genau warum, hörte ich plötzlich auf. Es war, als ob mein kleiner Vorrat an amüsanten Einfällen erschöpft sei, und selbst das Bewusstsein, dass ich, wenn ich wollte, diese Arbeit meisterte und damit für die kommenden Tage und Monate eine mir angemessene Beschäftigung gefunden hatte – selbst das interessierte mich nicht. Ich stand auf und trat ans Fenster, konnte aber nichts sehen als mich selbst: mein Spiegelbild in der schwarzen Fensterscheibe. Ich dachte an meine verlorenen Hoffnungen, und was für ein Glück es doch war, sie so leicht in Satire umwandeln zu können. Jetzt würden die Feiertage so gut wie unbemerkt vorübergehen, weil ich ganz in meine Aufgabe vertieft sein würde. Wahrscheinlich vor Neujahr (nur noch eine Woche bis dahin) würde ich dann die Frasers anrufen, mit allen guten Wünschen, und sagen: »Übrigens, ich schreibe jetzt an diesem Roman, von dem ich euch immer erzählt habe. Er nimmt meine ganze Zeit in Anspruch. Aber einmal müssen wir wieder zusammen zu Abend essen. Es ist eine Ewigkeit her ... Und wenn ihr James seht, dann wünscht ihm von mir ein glückliches neues Jahr!« Das, um den Schein zu wahren. Aber auch eine Investition. Denn ich musste wieder zurück zu ihnen und sie von neuem studieren. Ich musste sie noch einmal aus erster Hand kennenlernen.

Doch während ich ruhelos im Zimmer umherging, sagte ich mir plötzlich: »Es geht nicht.« Etwas war davon falsch, es passte nicht, es gab einen falschen Ton. In fast physischer

Erschöpfung warf ich den Kopf von einer Seite auf die andere und überlegte, was daran falsch war. Allmählich beruhigte ich mich, denn es wurde mir klar, dass ich noch immer die Hoffnung hegte, einer von ihnen würde mich anrufen und zu ihrer Weihnachtsfeier einladen.

Selbstverständlich konnte es auch anders kommen. Denn sobald eine Sache erst einmal bekannt geworden ist, kann sie nicht wieder unbekannt werden. Allenfalls kann man sie vergessen. Aber sobald sie einem wieder ins Gedächtnis kommt, weist sie, die Zeit gewissermaßen überspringend, auch in unsere Zukunft. Jetzt mache ich mir klar, dass ich, die ich hier in diesem Zimmer sitze und die ich älter werde, allein und sehr traurig, dass ich in diesem Bewusstsein leben muss. Da mag heute Abend oder morgen das Telefon läuten: es spielt keine Rolle. Jemand hat an mich gedacht, wahrscheinlich Alix, die immer sehr freundlich zu mir gewesen war. »He«, wird sie sagen, »ist da unser kleines Waisenkind Fanny?« Und im alterletzten Moment werde ich dann zu ihrer Weihnachtsfeier eingeladen werden. Ich habe keine Ahnung, ob ich gehen soll oder nicht. In einem gewissen Sinne macht es keinen Unterschied, denn die Sache ist bereits im Voraus entschieden und erledigt worden. Sie ist schon durchlebt worden. Sie ist gewesen.

Nach diesem letzten Satz trat ich ans Bett und schaltete die Nachttischlampe an. Indem ich diese letzte Barriere zwischen mir und der Wahrheit aufhob, hieß ich die Bilder wieder willkommen, die mich einst bedrängt hatten. Das nachtschwarze Fenster sperrt mich ein und in ihm spiegelt sich Dr. Constantine, wie er sich über das Telefon beugt, mit seinen braunen Augen, die ratlos und ohne Ausdruck sind.

Ich sehe Dr. Simek, wie er sich auf die Rückenlehne seines Sessels stützt, die Bernsteinzigarettenspitze zwischen den Zähnen. Und ich sehe Mrs. Halloran, zur Ruhe gekommen in ihrem Bett in South Kensington, die Flasche neben sich. Ich sehe auch Miss Morpeth, im Begriff, ihrer Nichte zu schreiben. Ich sehe mich selbst.

Nancy schlurft den Korridor hinunter; ich höre, wie sie die Haustür schließt. Jetzt ist alles ganz still. Eine Stimme sagt: »Fan, mein liebes Kind.« Ich nehme den Federhalter in die Hand. Ich beginne zu schreiben.

NACHWORT
von Daniel Schreiber

Das Leben allein. Anita Brookners Erschütterungen

Seit Tagen schon merke ich, wie ich dem Schreiben dieses Nachworts ausweiche. Natürlich gibt es Gründe dafür, unter anderem einen Terminplan, der mir übermenschliche Kräfte abzuverlangen scheint. Doch wie so oft im Leben sind es nicht diese Gründe, die den Ausschlag geben. Schließlich geht es um Anita Brookner, eine Autorin, die ich wie wenige andere verehre, die Hürde liegt hoch. Das Geheimnis ihrer Romane und ihrer Wirkung auf mich kann ich bis heute nicht völlig durchdringen. Und es geht um *Seht mich an*, einen Roman, der mich, seit ich ihn vor ein paar Monaten gelesen habe, nachhaltig erschüttert. Die Lektüre glich einem kleinen Erdbeben, das bis heute seine Nachbeben in meinen Alltag schickt, Wellen, die vieles ins Wanken bringen.

In fast allen von Anita Brookners 24 Romanen, die zwischen 1981 und 2009 erschienen, steht eine Protagonistin im Mittelpunkt, deren Leben dem von Brookner selbst zu gleichen scheint: eine kluge, alleinstehende, meist wohlhabende Frau, die in London lebt, sich aber merkwürdig obdachlos fühlt. Häufig ist es eine Protagonistin, die unter

Einsamkeit leidet und versucht, Anschluss an ein soziales Leben zu finden, das die meisten Menschen um sie herum ganz selbstverständlich führen, ihr aber aus unerfindlichen Gründen verwehrt bleibt. Eine Protagonistin, die sich im Nachhinein fragt, was sie hätte anders machen können, um dieses von außen so glücklich wirkende, alltägliche Leben zu erlangen, sich aber, wenn sie vor die Wahl gestellt wird, fast immer dagegen und für ihr Leben allein entscheidet. Eine Protagonistin, mit der ich mich wie viele andere Lesende, ohne es zu wollen, identifiziere, obwohl uns Welten trennen, Welten und Zeiten.

Vielleicht liegt ein Grund für diese intuitive Reaktion in der identifikatorischen Beziehung, die im Roman zwischen Francis, der Protagonistin, und Brookner selbst aufscheint und wenigstens zum Teil sowohl den kühlen Humor als auch den Schmerz des Textes, seine abgründige Wahrhaftigkeit ausmacht. Während Brookner selbst als Kunsthistorikerin am Courtauld Institute in London forschte und lehrte, arbeitet Frances in einer medizinischen Bibliothek, aber auch sie hat ein untrügliches Gespür für Bilder und ihre Wirkung und spricht darüber so mühelos und brillant wie Brookner selbst. Die Autorin und Frances teilen eine Familiengeschichte, stammen aus jüdisch geprägten Gegenden Londons, haben ihre kranke Mutter gepflegt und finden im Schreiben die Rettung, die einzige Möglichkeit, sich wirklich der Welt zu nähern und sie überhaupt erst zu ertragen. Man kann sich vorstellen, dass Brookner ähnlich auf das kulturell wie sexuell revolutionäre Klima der Sechzigerjahre reagiert hat, wie Frances es in diesem Roman tut – ohne es zu verurteilen, aber mit dem Wissen, selbst daran nicht teilnehmen zu können. Es ist verführerisch, Frances, die Hauptfigur, als autofiktionales Alter Ego von Brookner zu lesen – aber wie bei den meisten überragenden Romanen ist sie es ein bisschen und zugleich natürlich auch gar nicht. Brookner versteht nur besser als andere Menschen, wie Frances sich fühlt. Sie kann ihr Innenleben und ihre Ängste so gnadenlos ausleuchten, kann Dinge sagen, die in unserer Gesellschaft sonst ungesagt bleiben, weil sie selbst gegen die Wände gelaufen ist, gegen die auch ihre alleinlebende Hauptfigur läuft.

Seht mich an ist ein Roman über das Nicht-Erkannt-Werden, über die Verzweiflung des Nicht-Gesehen-Werdens, der wahrscheinlich schmerzhaftesten Form von Einsamkeit. Ein Roman über den Versuch eines letzten Ausbruchs aus dieser Unsichtbarkeit, eines Ausbruchs, der fehlschlägt. Als die Lesenden Frances zu Beginn des Romans kennenlernen, hat sie sich ein Leben zwischen ihrer Wohnung und der medizinischen Institutsbibliothek eingerichtet, dessen Leitlinie sie fast schon zwanghaft mit dem Wort »erträglich« umschreibt: Alles an diesem Leben ist ihr »erträglich«: die Arbeit, ihre Lebenssituation, ihr Vorgesetzter Dr. Leventhal. Mit umfänglicher Leidensfähigkeit stellt sie sich einem Leben, das für sie ausgesucht wurde. Nicht Freude, nicht Selbsterfüllung, Lust oder das Schöne sind die Maßgaben ihres Alltags, sondern das, was sie ertragen kann. Sie ist stolz auf ihre Beherrschung, wirkt ein wenig kühl auf ihre Mitmenschen und ist sich dessen bewusst. Dieses Gefühl von Kontrolle hat ihr schon durch viele Krisen geholfen. Obwohl Frances ein brillanter Kopf ist und alles über die kunsthistorischen Repräsentationen von Krankheit weiß, die den

Kern der Arbeit der Bibliothek ausmachen, gibt sie sich mit einer Position zufrieden, die weit unter ihren Möglichkeiten liegt. Sie durchschaut den untergeordneten Platz, den die Gesellschaft ihr als alleinstehender Frau zuweist, und scheint sich nicht dagegen zu wehren. Wie ihre Freundin und Arbeitskollegin Olivia verhält sie sich den Männern in ihrem Leben loyal gegenüber, wohlwissend, dass diese Loyalität nicht auf Gegenseitigkeit beruht. Obwohl sie die Abkürzung ihres Vornamens nicht mag, nimmt sie die leicht herablassenden und manchmal buchstäblich infantilisierenden Kosenamen ihrer Umgebung hin und lässt sich »Fanny«, »Fannyschatz«, »Darling Fanny«, »Miss Fanny« und sogar »Waisenkind Fanny« nennen. Sie ist stolz auf ihre Leidensfähigkeit, selbst wenn diese zu ihren Gefühlen von Einsamkeit führt.

Seht mich an ist überhaupt ein Roman voller einsamer Menschen, und um viele von ihnen kümmert sich Frances. In Rückblicken ist etwa ihre Mutter zu erkennen, die sich nach dem Tod ihres Mannes komplett von der Welt zurückgezogen hatte. Sie hinterlässt ihrer Tochter nicht nur die völlig altmodisch eingerichtete Wohnung im Londoner Stadtteil Maida Vale, ein Albtraum aus Gold, Beige und Glas, in dem diese sich nicht zuhause fühlt, sondern auch die irische Haushälterin Nancy, die nach dem Tod ihrer Arbeitgeberin ein noch einsameres Leben führt als zuvor. Die zwei Dauergäste der Institutsbibliothek, der zurückgezogen lebende Dr. Simek, ein osteuropäischer Gelehrter – von dem niemand auch nur in Erfahrung bringen will, woher er eigentlich kommt – und Mrs. Halloran, eine immer etwas zu laute Trinkerin, sind geradezu Prototypen von Einsamkeit.

Die eindringlichste Personifizierung von Einsamkeit, fast schon ihre Allegorie, ist jedoch die einstige Bibliothekarin Miss Morpeth, die nach ihrer Pensionierung traurig und ohne ihre Wohnung zu verlassen dem Ende ihrer Tage entgegensieht. Auf Geheiß ihres Vorgesetzten stattet Frances ihr regelmäßig Besuche ab, obwohl das für beide eine unbefriedigende Erfahrung darstellt.

Zusammen bilden diese Figuren ein Ensemble, das für Frances im Laufe des Romans immer stärker als Angstszenario fungiert, als eine Aussicht auch auf ihre eigene Zukunft. Brookner findet zahlreiche verstörende Bilder für Einsamkeitsgefühle. Sie stattet Frances mit einem ungeheuren Sensorium für dieses Gefühl aus – und mit so viel Selbstironie, dass sie darüber sprechen kann. Sie hat solche Angst vor Einsamkeit, dass sie sie überall sieht, auch da, wo für die meisten Menschen gängige Selbsttäuschungsstrategien greifen würden. Auch kleinste Manifestationen dieses Gefühls können sie emotional ins Straucheln bringen. Eine der traurigsten Szenen des Buches beschreibt ihre Erinnerung an den Weihnachtstag im Jahr, bevor die Handlung von *Seht mich an* einsetzt. Nach einem schweren Essen, das sie mit Nancy, ihrer Haushälterin, eingenommen hat, und nach der Weihnachtsansprache der Queen geht sie in den menschenleeren Straßen Londons spazieren, in denen es so ruhig ist, dass sie das Echo des Klackens ihrer Absätze hören kann. Sie kommt auch an einem Waschsalon vorbei, in dem drei Männer und eine gut angezogene Frau Wäsche waschen und gezwungen sind, den Weihnachtstag in der Zufallsgesellschaft voneinander zu verbringen. Die Szene hat nicht nur aufgrund der geschickten sprachlichen Horrorfilm-Andeutungen Brookners eine so quälende Kraft. Sie verfolgt Frances, weil sie darin einer doppelten Projektion erliegt, die den Kern ihres inneren Konflikts ausmacht. Natürlich sieht sie in der eleganten, einsamen Frau im Waschsalon sich selbst, ihr zukünftiges Selbst. Und zugleich sieht sie nicht, dass sie bereits in dem Moment ihrer Beobachtung schon viel einsamer ist als die vier Personen im Waschsalon. Sie ist es, die sich allein auf der Straße befindet, sie ist es, die sich diese Menschengruppe anschaut und ihr Verzweiflung unterstellt. Wenn Frances zu sich selbst sagt, dass sie »so etwas« nie wieder sehen möchte, weist sie damit die Zukunft von sich, von der sie glaubt, sie stehe ihr bevor. Sie sieht nicht, dass diese Zukunft für sie schon längst begonnen hat.

Frances und mit ihr die Lesenden wünschen sich nichts mehr als einen Ausweg aus dieser vorgezeichneten Einsamkeit. Anderthalb Jahre nach dem Tod ihrer Mutter, deren ängstlicher, isolierter Lebenswelt sie immer noch verhaftet ist, scheint sie sogar bereit zu sein, sich daraus zu befreien. Es wäre das logische Ende ihrer langen Trauerphase, sich der Welt neu zu öffnen, ihr Leben neu zu ordnen und neu aufzubauen. Doch irgendetwas hält sie davon ab. Sie weiß, dass sie Nancy pensionieren und zu deren Verwandten nach Irland schicken sollte, weiß, dass sie die Wohnung mit ihren seltsamen Möbeln verkaufen sollte. Doch aus einem Grund, der ihr selbst verschlossen bleibt, ist sie dazu nicht imstande.

Es steht zu vermuten, dass Frances' Skepsis romantischen Beziehungen gegenüber damit zu tun hat. Denn entgegen den Maßgaben der Gesellschaft, in der sie aufgewachsen ist, versucht Frances ihrer Einsamkeit und ihrer

Zukunftsangst nicht mit dem Eingehen einer Partnerschaft zu begegnen. Im Gegenteil – sie ist stolz darauf, in niemanden verliebt zu sein, auch in James nicht, einer der beiden wissenschaftlichen Mitarbeiter des Instituts und eigentlich der einzige alleinstehende Mann in ihrer Umgebung, der für eine Beziehung überhaupt infrage käme. Brookner lässt offen, warum Frances eine für ihre Zeit so ungewöhnliche Abwehrhaltung Beziehungen gegenüber an den Tag legt. An zwei Stellen des Buches deutet sie lediglich an, dass ihre Protagonistin traumatische Erfahrungen mit einem älteren, verheirateten Mann gemacht hat, einer Affäre, die sie emotional abhängig werden ließ und für eine persönliche Entgrenzung sorgte, gegen die sie sich seither wehrt. Aber die genauen Geschehnisse und ihre Folgen werden von Frances so verdrängt, dass auch die Lesenden nur eine Ahnung davon bekommen.

Brookner stattet Frances aber auch nicht mit einem feministischen Blick auf Partnerschaft und Familiengründung aus – obwohl ihr Leben dafür geradezu prädestiniert wäre und man es ihr von Herzen wünschen würde. Die Heldin von *Seht mich an* nimmt vielmehr bewusst Abstand von der »feministischen Guerillabewegung«, wie sie es nennt, genau wie es Brookner selbst zeitlebens tat. Frances lebt nicht aus emanzipatorischen Gründen allein, zumindest nicht aus vordergründig emanzipatorischen Gründen. Dennoch beweist sie wiederholt ihre Unabhängigkeit. Die Familie ihrer Freundin und Arbeitskollegin Olivia etwa, bei der sie sonntags regelmäßig zum Essen ist, geht etwa davon aus, dass sie irgendwann Olivias Bruder heiraten wird. Frances hat nichts dergleichen vor. Auch als sie ihren Kollegen James besser kennenlernt, kann sie die intensive, sich zwischen ihnen entspinnende Freundschaft nicht unter romantischen Vorzeichen lesen. Frances sucht ihr Heil schlicht nicht in einer Partnerschaft. In mancher Hinsicht gleicht sie Jane Austens Heldinnen: Sie ist brillant und selbstreflexiv, durchschaut die Welt, in der sie lebt, mit einer außergewöhnlichen Klarheit, nimmt mit einem eher distanzierten Blick an ihren sozialen Konventionen teil und kann sich aus emotional brenzligen Situationen häufig mit einer Mischung aus Humor und Selbstbeherrschung retten. Doch in einem zentralen Punkt unterscheidet sich Frances von Fanny Price, Elizabeth Bennet, Emma Woodhouse und ihren Epigoninnen: Frances befindet sich, auch wenn sie es selbst nicht so direkt ausspricht, nicht auf dem Heiratsmarkt. Sie ist eine gloriose Anti-Austen-Heroine.

Freiheit heißt für Frances zunächst einmal, nicht die Bedürfnisse anderer Menschen vor ihre eigenen stellen zu müssen. Sie möchte nach der Pflege ihrer Mutter nicht daran erinnert werden, dass Menschen verletzlich sind, dass der Tod auf uns alle wartet. Sie ergeht sich in ungeduldigen Ausbruchsfantasien. In dieser Phase ihres Lebens lernt sie Nick kennen, den anderen wissenschaftlichen Mitarbeiter des Instituts. Durch ihn und seine Frau Alix glaubt sie, Anschluss an jene andere Welt finden zu können, an jene andere Form von Nähe und Sozialität, die ihr bisher weitgehend verschlossen geblieben ist. Eine Welt, von der sie glaubt, dass sie dort endlich gesehen werden könnte. Das glamouröse Paar, das Frances zunächst unter seine Fittiche zu nehmen scheint, verkörpert diese Welt auf geradezu symbolhafte Weise. Die Gesellschaft der beiden verspricht genau die Freiheit, die sich Frances wünscht – Freiheit von den Bedürfnissen der Menschen, um die sich Frances kümmert, Freiheit von den Zwängen ihres einsamen Lebens, das sie mit anderen einsamen Menschen verbringt. Sie fühlt sich von der Vitalität, dem Ehrgeiz, der Sinnlichkeit und der unkomplizierten Art des Paars angezogen, genießt die spontanen Restaurantessen, die impulsiven Entscheidungen. Sie ist von der Intensität der Beziehung, die Nick und Alix führen, fasziniert, und von ihrem Bohème-Leben.

Nick und Alix sind nicht nur das Ticket, mit dem Frances versucht, dem maternalen Reich der Schatten zu entkommen, sie sind auch Repräsentanten der Londoner Swinging Sixties und der sich darin noch einmal neu manifestierenden kulturellen Herrschaftsmacht der englischen Oberschicht. Ohne dass Brookner es ausbuchstabiert, treffen hier zwei verschiedene Lebensstile aufeinander, zwei historisch und geographisch unterschiedlich geprägte Lebenswelten, die in mancher Hinsicht unvereinbar sind. Frances fühlt sich durch die Freundschaft mit den beiden sozial aufgewertet, weil sie fest daran glaubt, dass Nick und Alix qua ihrer Geburt und ihrer gesellschaftlichen Stellung dazu in der Lage seien, die Segnung der Inklusion auszusprechen. Ein großer Teil der Anziehungskraft, die das Paar auf Frances ausübt, liegt in seiner »Britishness«, seinem Klassenbewusstsein, der quasi »natürlichen« Überlegenheit, die es als Vertreter der oberen Mittelschicht ausstrahlt. Sein Wohlstand, wenn auch geringer als der von Frances, beruht auf vielen Generationen englischer Kolonialherrschaft. Alix etwa betrauert immer wieder den verlorenen Reichtum ihrer

Familie und deren Besitz auf Jamaika. Dabei betont sie freiwillig-unfreiwillig, dass sie im Gegensatz zu Frances, dem Enkelkind osteuropäischer jüdischer Migranten und Migrantinnen, »wirklich« zur englischen Gesellschaft, »wirklich« zur herrschenden Klasse gehöre.

Frances verspricht sich von der Gesellschaft der beiden nichts weniger, als ihre eigene Vergangenheit ungeschehen zu machen und sich neu zu erfinden. »Ich war aus meiner Einsamkeit erlöst«, sagt sie an einer Stelle, »man hatte mir eine neue Chance gegeben, und ich hatte große Hoffnungen auf eine Zukunft, welche die Vergangenheit auslöschen würde«. Spätestens wenn sie diese Überlegung anstellt, wissen die Lesenden, dass ihre Begegnung mit dem glamourösen Paar kein gutes Ende nehmen wird. Frances will etwas, das ihr niemand geben kann, sie will ein neues Leben, in dem sie sich völlig frei von den Fesseln ihrer Vergangenheit machen kann, sie möchte ein anderer Mensch werden. Darüber hinaus sind die eher einfach gestrickten, oberflächlichen und selbstgefälligen Nick und Alix auch noch die völlig falschen Adressaten für jede Art komplexerer Begegnung. Frances fällt nicht auf, dass sie sich ihr neues Freiheitsgefühl zu einem erheblichen Preis erkauft. Zunächst einmal einem wirtschaftlichen Preis. Da Frances aufgrund ihres Erbes – ihr Vater betrieb eine erfolgreiche Investmentfirma – wohlhabend ist, übernimmt sie viele der anfallenden Restaurantrechnungen. Sie scheint sich bewusst zu sein, dass das zum Vertrag ihrer Freundschaft gehört, obwohl oder gerade weil sie weiß, dass Nick und Alix diese Form des Reichtums, das »new money«, nicht respektieren. Doch als noch viel höher soll sich der Preis erweisen, den sie in der

Währung ihrer Gefühle und ihrer vergeblichen Hoffnungen auf ein anderes Leben bezahlt.

Auch Frances' Verhältnis zu James ist von dieser unausgesprochenen Spannung geprägt, dem Versprechen auf Aufstieg in eine als höher wahrgenommene soziale Schicht. Neben der traumatischen Erfahrung ihrer zurückliegenden Affäre liegt darin wohl ein weiterer Grund für Frances' Weigerung, sich näher auf James einzulassen. Für Frances steht zu viel auf dem Spiel, sehr viel mehr jedenfalls als für James, der zwar wie sie eine komplizierte Mutterbeziehung hat und nicht so gut in das lebensweltliche Laissez-faire von Nick und Alix zu passen scheint, aber durch seinen Posten als wissenschaftlicher Mitarbeiter und den schlichten Umstand, ein gutaussehender heterosexueller Mann zu sein, eine abgesichertere Stellung im sozialen Gefüge einnimmt. Die Freundschaft, die sich zwischen ihm und Frances entwickelt, hat daher fast etwas Kindliches, vielleicht auch, weil Frances zu lange zögert und sich zu spät eingesteht, dass sie tatsächlich romantische Gefühle für ihn hegt. Ihre langen gemeinsamen Spaziergänge und ihre regelmäßigen Treffen in der Institutsbibliothek wirken auf jugendliche Weise keusch. Lange hat man zusammen mit Frances den Eindruck, dass sich auch James nicht auf dem Heiratsmarkt befindet.

Erst als James bei Nick und Alix einzieht und das Band zu Frances merklich schwächer wird, erst als sein unwiederbringlicher Verlust droht, versteht Frances, dass sie mehr für ihn empfindet, versteht, dass sie mit ihm die Möglichkeit hätte, ihrer Einsamkeit zu entkommen und sich eine Zukunft aufzubauen, die zwar ihre Vergangenheit nicht auslöschen, ihr aber ermöglichen würde, einen neuen Lebensweg einzuschlagen. Sie versteht, dass sie sich in ihn verlieben könnte und sich vielleicht schon in ihn verliebt hat. Die Szenen, in denen das Frances klar wird, bilden das schmerzhafte, durch und durch erschütternde Crescendo des Romans. Ihr Versuch, James zu verführen, scheint zunächst zu gelingen, endet jedoch mit der schmerzvollsten Zurückweisung, die man sich überhaupt vorstellen kann: »Nicht mit dir, Frances. Nicht mit dir.« Trotz dieses Fehlschlags geht Frances noch zu einem gemeinsamen Essen mit James, Nick und Alix und Maria, einer aristokratischen italienischen Freundin des Paars, und begreift, dass James schon eine anderweitige sexuelle und vielleicht auch romantische Liaison eingegangen ist. Die beherrschte Frances versucht, emotionale Kontrolle über die Situation zu erlangen, indem sie die Rechnung für das gemeinsame Restaurantessen bezahlt und beim Abschied lächelt. Beide Szenen gehören zum Traurigsten, was Brookner oder irgendjemand je geschrieben hat. Beide Szenen haben sich unweigerlich in mein Gedächtnis eingebrannt. Beide Szenen werde ich nie wieder vergessen können.

In einem Interview, das Brookner spät in ihrer Karriere gab, sagte sie, sie bedaure, *Seht mich an* geschrieben zu haben, da dieser Roman für ihren Ruf als »nur über alte Jungfern schreibende alte Jungfer« verantwortlich sei. Man kann Brookners Bedauern verstehen, auch ihr Gefühl, von einer in Klischees denkenden Öffentlichkeit ungerecht behandelt worden zu sein. Sie hat ein überlebensgroßes literarisches Werk hinterlassen, das noch viel größeren Ruhm erlangt hätte, wäre sie ein heterosexueller weißer Mann gewesen. So sehr die Tatsache, dass Brookner eine alleinstehende Frau in ihren Fünfzigern war, das öffentliche Urteil über sie beeinflusste, so wenig verzieh man ihr die röntgenscharfe, völlig unsentimentale Präzision, mit der sie in diesem Roman das Leben allein durchleuchtet. Brookner reißt dem Singledasein alle Schleier der Selbsttäuschung weg und löscht jeden noch so kleinen Hoffnungsschimmer aus. So unmissverständlich wie nie jemand vor ihr stellt sie dar, was auf dem Spiel stand, wenn man allein lebte, und wie begrenzt die Möglichkeiten für alleinstehende Frauen in einer Gesellschaft waren, die dieses Lebensmodell nicht für beschützenswert, respektabel oder auch nur akzeptabel hielt, sondern bestenfalls für bemitleidenswert. Sie macht deutlich, wie groß die Unsichtbarkeit jener Menschen war, die sich, ob freiwillig oder nicht, für dieses Lebensmodell entschieden. Dieser schonungslose, eindringliche Blick geht mit einer Ehrlichkeit einher, die die Gesellschaft, in der Brookner lebte, nicht vertrug, weil sie nichts weniger als einen ihrer geheimen blinden Flecken ausleuchtete. Eine Kultur, die an ihren blinden Flecken festhalten möchte, verzeiht es nicht, wenn jemand den Scheinwerfer darauf richtet.

Vielleicht liegt darin auch der Grund, warum *Seht mich an* auch heute noch so erschüttert, warum der Roman auch heute noch, vierzig Jahre nach seinem Erscheinen, Lesenden wie mir schlicht den Boden unter den Füßen wegreißt: Brookners Röntgenblick macht klar, dass trotz aller gesellschaftlichen Veränderungen die Zweisamkeitsgrammatik unserer Kultur so wirksam ist wie je zuvor. Man kann nicht umhin, diesen Blick auch auf die eigenen Selbsttäuschungen zu richten. Ich lebe seit einigen Jahren allein, habe mich damit lange bewusst auseinandergesetzt. Doch *Seht mich an* hat mir Seiten dieses Lebens aufgezeigt, die ich bis dato nicht gesehen habe. Die Lektüre hat mich mit Facetten dieses Lebens vertraut gemacht, vor denen ich bisher die Augen verschlossen hatte. Die emotionale Dichte des Buchs sorgt dafür, dass ich mich innerlich bis heute mit ihm auseinandersetze – mit ihm und damit auch mit mir. Ich weiß, dass ich nicht der Einzige bin, dem es mit diesem großen, erschütternden und durch und durch gloriosen Roman so ergeht. Anita Brookner nimmt uns, die Lesenden, an die Hand und zeigt uns mit virtuoser Wucht nichts weniger als unsere eigenen blinden Flecken auf – und das ist mehr, als man sich auch von großer Literatur jemals wünschen kann.

ANITA BROOKNER
Hotel du Lac
Roman

Mit einem Vorwort von
Elke Heidenreich

Broschur mit gestalteten
Umschlaginnenseiten

Auch als E-Book erhältlich
www.eisele-verlag.de

»Sträflich amüsant.«
DIE WELT

Edith Hope wurde von ihren Freunden in Zwangsferien an den Genfer See geschickt. Sie finden, dass Edith sich zu Hause in England einen unentschuldbaren Fauxpas geleistet hat. Wider Erwarten ist sie jedoch auch im gepflegt langweiligen Hotel du Lac verschiedenen Anfechtungen ausgesetzt – und gerät in Versuchung, den nächsten Fehler zu begehen …

»Bewundernswert, wie Anita Brookner die filigranen Vernetzungen des Inneren beschreibt, und sie tut das mit einem immensen Sprach- und Bilderreichtum. Das liest sich fabelhaft und macht die Lektüre zur reinen Freude.«
ELKE HEIDENREICH

ANITA BROOKNER
Eine Mesalliance
Roman

Gebunden mit Schutzumschlag
und Lesebändchen

Auch als E-Book erhältlich
www.eisele-verlag.de

Die verletzte
weibliche Seele

Blanche Vernons Leben gerät aus den Fugen, als ihr Mann sie nach zwanzig Jahren Ehe für eine Jüngere verlässt. Sie versucht sich abzulenken mit Museumsbesuchen und einem strikt geregelten Tagesablauf. Doch den bringt eine neue Bekanntschaft ins Wanken: eine egozentrische junge Frau mit einem zweifelhaften Liebesleben. Fasziniert von dieser so unkonventionellen neuen Freundin und dem dreijährigen Mädchen, das sich in deren Obhut befindet, lässt sich Blanche mehr und mehr manipulieren ...

»Brookners Stil ist exquisit, jeder Satz eine Freude.«
THE OBSERVER